更好的阅读

代偿

[日] 伊冈瞬 著
吕灵芝 译

だいしょう

台海出版社

北京市版权局著作合同登记号：图字 01-2022-5679

DAISHO
© Shun Ioka 2014, 2016
First published in Japan in 2014 by KADOKAWA CORPORATION, Tokyo.
Simplified Chinese translation rights arranged with KADOKAWA CORPORATION, Tokyo through BARDON-CHINESE MEDIA AGENCY.

图书在版编目（CIP）数据

代偿 /（日）伊冈瞬著；吕灵芝译 . -- 北京：台海出版社，2023.2
ISBN 978-7-5168-3459-6

Ⅰ.①代… Ⅱ.①伊… ②吕… Ⅲ.①推理小说—日本—现代 Ⅳ.① I313.45

中国版本图书馆 CIP 数据核字（2022）第 226343 号

代偿

著　　者：[日]伊冈瞬	译　　者：吕灵芝
出 版 人：蔡　旭	责任编辑：俞滟荣

出版发行：台海出版社
地　　址：北京市东城区景山东街 20 号　邮政编码：100009
电　　话：010-64041652（发行，邮购）
传　　真：010-84045799（总编室）
网　　址：www.taimeng.org.cn/thcbs/default.htm
E-mail：thcbs@126.com

经　　销：全国各地新华书店
印　　刷：三河市嘉科万达彩色印刷有限公司

本书如有破损、缺页、装订错误，请与本社联系调换

开　　本：880 毫米 × 1230 毫米　　1/32	
字　　数：259 千字	印张：12
版　　次：2023 年 2 月第 1 版	印次：2023 年 2 月第 1 次印刷
书　　号：ISBN 978-7-5168-3459-6	
定　　价：58.00 元	

版权所有　翻印必究

目录

Contents

第一部 ———— 001

第二部 ———— 139

解说 香山二三郎 ———— 371

第一部

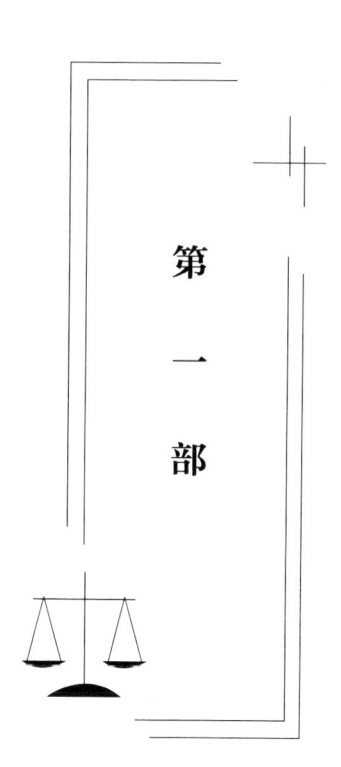

1

七月过去了,世界依然没有毁灭。

"搞什么啊,怎么还有第二学期。"班上有人抱怨。

可能是为了掩饰羞愧,也可能心里仍旧希望世界毁灭,原本就闹个不停的大人们,又开始鼓吹西历二〇〇〇年元旦,世界文明将会崩盘。

然而,证券交易所的电脑并没有炸出黑烟,天上的飞机也没有接二连三地坠落。二十世纪的最后一年,就这样到来了。

"世界才不会这么容易崩盘。"新年节目的嘉宾如是说。

"就是,我们家的贷款还没还完呢。"父亲看着节目,深以为然。

"要是世界毁灭了,贷款也就没有啦。"母亲笑着说。

世界毁灭肯定是很久以后的事。上小学五年级的奥山圭辅心想。

圭辅跟随父母住在世田谷区西侧——乘私铁到新宿只要二十分钟路程的地方。

距离车站徒步十分钟的地区被开发成一片别墅式住宅区，名叫"绿色小镇"。圭辅的父母在那里买下一栋小楼，签了三十年贷款。家里的布局为四室两厅一厨。圭辅三岁那年，一家人从公司宿舍搬到了这栋小楼里。因此，他只记得自己在这里长大的时光。

圭辅是家中独子，升上小学四年级时，他得到了二楼东南角的房间。他觉得自己成了独当一面的小大人，心里特别高兴。父母的房间在屋子的西南角，中间是父亲正晴的书房兼娱乐室。

正晴在总部坐落于东京都心的商社工作，双休日基本都不用上班，平时经常加班。除此之外，圭辅对父亲的工作一无所知。

母亲香奈子大约三年前开始到熟人经营的天然食品化妆品店铺帮工，工作的时间不长，工作时间一般是上午十点到下午四点左右。

圭辅对自己家是否富裕、跟朋友家相比如何都没有兴趣，他只觉得大家都差不多。

父母的关系还算好，虽然有时会小吵几句，但基本都是父亲当天晚上就选择让步。圭辅还没见过他们的争吵持续到第二天。

几乎每天晚上，在圭辅睡下之后，父母都会坐在起居室的桌旁，聊点儿家长里短。

圭辅偶尔会静悄悄地走下楼去，隔着门板偷听他们的对话。

"是不是该让圭辅去上补习班了？"

"不用，等他上初中再报也不迟。"

他总会因为双亲的对话或喜或忧。

住宅区正对的私铁轨道的另一头，也就是在算术课上学到的对称位置，是一个年代久远的都营小区。

那里的行道树不怎么有人打理，共有十栋楼，都是五层楼高、看起来脏兮兮的楼房。

小区的一楼部分都是专用庭院，里面长满了杂草，宛如废料堆场。建筑物的墙上残留着无数小孩踢球时把足球踢到墙上留下的痕迹，随处可见灰浆修补的裂缝。整个小区就像一个濒死的巨大生物。

他之所以有这种感觉，可能是因为父亲告诉他，那里不久之后就要被拆掉了。

小区旁边有一片郁郁葱葱的竹林，传闻里面住着可疑人物。他还听说一些人家里的猫和狗死了，都会被偷偷带到那里埋掉。只要傍晚经过竹林旁边，圭辅都会感觉一阵寒风从背后拂过。

总之，他不太想一个人靠近那里。

五年级放暑假时，那个小区发生过很悲惨的事故——一个与圭辅同龄的女孩子从顶层的楼梯转角栽了下来。

事故发生那天，圭辅正跟朋友在校园里玩，突然看见一个朋友跑了过来。

"喂，你们听说没有，楼房那边有个女生摔下来了。"

听说警察和电视台的人都来了，他们决定去看热闹，于是五六个人匆忙跨上了自行车。圭辅还是头一次经历这种事情。等到他们几个气喘吁吁地赶过去，现场真的围起了电视和电影里那种黄色警戒线。圭辅他们顿时兴奋起来，不过现场的气氛倒也没有他们先前期待得那么紧迫。

那里停着一辆警车，旁边站着两名穿制服的警员。他们只是跟小区的居民闲聊，不时地用对讲机说上两句。

"电视台的没来呀。"

一个人走到传话的小伙伴身边，轻轻踹了圭辅屁股一下。

"肯定已经走了。"

"什么嘛，真无聊。"

小伙伴们纷纷说着毫无责任感的话，转头到公园去玩了。

圭辅很想知道那个女孩后来怎么样了。几天后，他听说那个女孩死了。又过了几天，周围开始传闻出事的女孩很调皮，那天爬到楼梯转角的围栏上，一不小心就摔了下去。

圭辅母亲的远亲一家住在那个小区。

那家人姓浅沼，家里有父母和一个男孩子。据说，那是母亲香奈子的"远房表亲"。那个男孩名叫达也，跟圭辅年纪相仿。

达也上五年级那年秋天，一家人搬到了那个小区。圭辅不清楚他们是故意搬到了奥山[1]家附近的，还是纯属巧合。

由于轨道两侧所属的学区不同，圭辅和达也分别上了不同的小学。不过，他们俩不时地会见上一面，因为达也会跟他的母亲

---

1 本小说人物圭辅的姓。

道子一起，到圭辅家做客。

达也比圭辅，应该说比他认识的同龄人都要高大，而且体格健壮，说是初中生也不为过。

圭辅永远也忘不了两个人第一次见面的场景。

当时正值行道树的叶子渐渐变红的时节，他还记得那天乌云压得很低，天气异常寒冷，就跟下雪天似的。

"你好！"

达也笑着跟他打招呼，可是目光却透着冰冷。圭辅说不清自己为何会有这种感觉，可能是因为达也左边的眼睑上有一道小小的伤疤。

达也从初次见面那天起就很自来熟，他会勾着圭辅的肩膀大声问："小圭，你好吗？"圭辅低着头，勉强挤出一声"嗯"。

达也不仅高大，还动作敏捷，总给人一种野生动物的感觉。他长相英俊，可能在学校里很受女孩子欢迎。

而且，不只是达也一个人让圭辅应付不来，达也的母亲道子给人的感觉也很不一样。她肥胖、怠惰，胸部又大又软，走起路来晃得厉害。她还总是抽烟。圭辅听说她在做上门推销宝石的工作。道子阿姨虽然不会恶意捉弄圭辅，可是每当她喷吐着烟雾对圭辅说话时，他都会恨不得转身逃走。

达也和道子基本上每个月都会来圭辅家一次，每次都是工作日的傍晚。圭辅还发现，他们都是瞅准母亲做完兼职回来的时间上门。

每次他们过来，母亲都会对圭辅说："你跟达也君去屋里玩吧。"因为圭辅是过敏体质，所以他平时几乎没什么零食和饮料，此时母亲却会塞给他一大盘，让两个孩子在房间里打发时间，直到大人说完话为止。

圭辅很讨厌这段时间。仅仅因为是同龄人，怎么就一定能友好相处呢？而且，达也每次说的话题都让他越听越恶心。

比如，小区里有很多无人居住的房子，大多没有上锁，或是被人撬开了，可以随意出入。达也跟朋友们就从里面挑了一间还算干净的，当成自己的"基地"。

据说，他们在"基地"里放了不少零食和漫画，甚至还有香烟和色情杂志。圭辅漫不经心地点着头。达也竟然又说："我们还把一个目中无人的女生骗到'基地'里，五个人一起扒了她的衣服。"不过达也说，他只是站在旁边看。他还笑着说："我倒是一直叫他们住手来着。"

"小圭也对这些感兴趣吗？"

"不。"圭辅回答。

"没关系，被扒了衣服的女生很害羞，不敢告诉她的父母的。"达也不知误会了什么，又笑着对他说。

达也还讲过老鼠的故事。他们抓老鼠，给老鼠喂毒药，然后看着它拼命挣扎，最后死去。

"那老鼠很没骨气地叽叽乱叫，倒也挺可怜的。"

圭辅不明白，这种事到底有什么意思。

脱女孩子的衣服，给老鼠下毒，他认为这些都是达也编造的故事。尽管如此，他还是越听越恶心，也曾问过："你们做这种事，被发现了不会挨骂吗？"

达也似乎就在等他说这句话，立刻回答："你真不懂啊，就是因为可能被发现才更刺激啊。再说了，每次我都会说'你们别这样'，所以就算被发现，我也是第一个被原谅的人。"

达也似乎对此很得意。圭辅从未遇到过这种朋友，所以被他惊得说不出话来，只能听他一直讲。

圭辅用过年拿到的红包买了游戏卡带，达也特别感兴趣。

"我家太穷了，买不起游戏机。"

听了达也的话，圭辅实在不知该如何回答。

"小圭啊，下次你到我家来玩吧。我带你到'基地'去，你可以把不想让爸妈发现的东西藏在那里。"

因为达也的嗓门很大，圭辅每次都担心母亲会听到。

来过几次之后，达也开始说这种话：

"小圭的妈妈真好啊。"

一开始，圭辅不明白他的意思，便问他："为什么？"

"你妈妈长得漂亮，不怎么像大妈。"

圭辅确实不觉得母亲比其他到学校来参观课堂的学生家长差，但他同样不觉得母亲的长相和身材有多值得炫耀。他上五年级那年，母亲三十五岁。对圭辅来说，母亲就是一个随处可见的普通阿姨。

"对了，你还跟妈妈一起泡澡吗？"达也迟迟不愿意放下这个话题。

"没有啦。"

他有点气愤地否定道。

"太可惜了。"达也竟然这样说。

什么太可惜了？圭辅不懂。

总之，达也每次的话题都像这个样子，一点意思都没有。他们上门的那个瞬间，圭辅就满脑子想着他们怎么还不快走。道子有时只跟母亲说上不到十分钟的话，有时则会聊半个多小时。

他们坐了一会儿，楼下就会传来道子的声音："小达，回家啦！"她的声音很沙哑，仿佛刚刚大声吼过。达也会一脸留恋地对圭辅摆摆手说"再见"，然后走下楼去。圭辅很想对着他的背影说："再也别来了。"

一开始，圭辅以为母亲在跟道子讨论大人的事情，但是有一次，他发现两个人的来访可能还有别的意图。那次，他看见道子离开时，从包里拿出一个信封，迎着光查看里面的东西。那个信封是母亲给她的，而且里面好像装着钞票。

圭辅的生活就像一片秋日的晴空，而达也母子的出现就像空中的一片小小的乌云。

好在，只要不跟达也母子打照面儿，他的生活就一如往常。

可是，升上小学六年级的那年五月，晴空里的那一抹乌云变得更大、更黑了。

一切的开端，源自父亲的突发奇想。

过完黄金周，达也母子又来做客。那天碰巧父亲也在家，因为他节假日加了几天班,那天正在调休。达也跟圭辅走上二楼,父亲也跟了过来。

"让我也进来玩吧。"父亲一脸高兴地说。

没等圭辅开口,达也就说:"啊,请进请进。"

他们聊了一会儿学校的话题,父亲突然提出要出去露营。

"怎么,达也君没去露营过吗?"

"嗯,因为我家没什么钱,爸爸也不怎么在家。"

达也对圭辅的父母说话时特别有礼貌。

"哦,我不是那个意思,真对不起。"父亲挠挠头,然后补充道,"既然如此,不如下次你也一起来吧?"

"真的吗?"

"我们计划下下周的周六去。要是你有时间,就一起吧。"

"可是,我都没有装备。"

"你不用带什么,只要带上换洗的衣服就好。"

"太棒了!"

达也兴高采烈地朝天举起拳头。圭辅则心灰意懒,他痛恨父亲说这种多余的话。

2

"你就像我刚才教的那样,去那边打钉吧。"

父亲看起来比任何时候都高兴,这绝不是因为圭辅在闹别扭。

圭辅独自蹲在地上，用枯枝描绘宇宙飞船设计图，就是不愿往帐篷那边看。

　　"这里可以吗？"达也用爽朗的声音问道。

　　"OK。"父亲也用明快的语调回答。

　　按照计划，圭辅一家加上达也，四个人一起来到了露营地。他们把露营装备装进小面包车，开了一个半小时车来到这里。这是圭辅第二次来。

　　周围有许多自然风景，还有一座开发了徒步路线的小山，河边能抓到螃蟹，夏天的晚上还有犀牛甲虫和锹形虫飞到帐篷外面。而且，停车场距离帐篷区不足一百米，管理站附带简易淋浴装置和小卖部，可以轻松享受露营的乐趣。

　　"有人说这都是'歪门邪道'，不算真正的露营，但棒球也不总是用硬球才算英雄啊。外行人随便玩两把，只要开心就好。"

　　这是父亲的口头禅。

　　"这样可以吧？"那边又传来了达也的声音。

　　"很好很好，你很有天分。"父亲很是愉快。

　　画设计图的树枝折断了。

　　"你爸爸很开心嘛。"

　　圭辅转过头，发现母亲笑着站在他的身后，手上端着装了烹饪器具的大锅。

　　"比平时高兴多了。"

　　他的回答略带挖苦，母亲似乎听出来了。

"你爸爸这是在照顾达也君,担心他一个人会寂寞。"

"嗯。"

道理他都懂,可心里就是不好受。

"要是你有空,等会儿来帮忙洗菜吧。"

山那边传来了布谷鸟的叫声。

支好帐篷,他跟达也在河边走了走。

"小圭的爸爸妈妈真好。"

达也拾起一块扁平的石头,朝着河面甩了出去。小石头就像活物一样,在水面连着蹦跳了五六次后,消失在对岸的草丛里。

"感觉很时髦。"

那天,父亲和母亲穿了同样的衣服——蓝色纯棉T恤,还有轻薄的米色斜纹棉长裤。父亲是直筒裤,母亲则是小脚裤。父亲的脖子上系了一条深蓝色领巾,母亲则在头上系了一块红色三角巾。

"我家绝对看不到这样的。老爸整天阴沉着脸,像个病人一样,老妈又那么丑。"

"不会啊。"圭辅否定道。

达也露出雪白的牙齿笑了。

"你不用照顾我的心情,反正那女的不是我亲妈。"达也如此满不在乎地坦白,反倒让圭辅不知如何回应,"那女的是老爸的再婚对象,我亲妈在我三岁那年病死了。老爸也真是的,既然要再婚,为啥不找个像小圭妈妈那样的人呢?那样——"

说到这里，达也就没了声音。圭辅看了他一眼。

达也的视线对准了正在厨房区切菜的母亲的背影。因为她弯着腰，修身的长裤臀部印出了内裤的轮廓。

"可是，小达的妈妈看起来很温柔啊。"

圭辅实在受不了了，就说了一句违心的话。其实，圭辅特别害怕道子，不过道子看着达也的目光的确带有慈爱。就算没有血缘关系，母子就是母子。

"才没有。"

达也扔出第二块石头，可能是因为力气太大了，石头没有在水面上弹跳，而是"咚"的一声掉进水里，溅起一片水花。

"嗯？"

"她一点都不温柔，小圭你不懂。"

达也的脸涨红了，似乎特别生气。圭辅突然有些害怕，便转移了话题。

"对了，晚饭是咖喱。"

"真的吗？"达也的表情一下子明亮起来，"我最喜欢咖喱了。"

达也扔下一句"我要去帮忙"，就"吱吱嘎嘎"地踩着沙砾，朝圭辅的母亲那边跑去。达也喊了一声，母亲回过头，对他说了些什么。

这时，圭辅才注意到，达也比身高只有一米五的母亲还要高。

"今天烧的饭应该是有史以来最好吃的吧。"

四个人围坐在组合式火灶边上，大口吃着咖喱。

虽然火烤得脸颊发烫，偶尔还会被烟熏到，不过露营的饭菜还是格外不同。

他们以前也尝试过用饭锅烧饭，不过每次不是夹生，就是煳底，都不太好吃。相比之下，那天晚上的米饭确实很好吃。

"太好吃了。"

达也反复说着这句话，使劲往嘴里扒饭。

"别吃太快，容易消化不良。"母亲提醒他。

"没关系。我可以再来一碗吗？"

"嗯，多吃点。反正每次都剩下，到了第二天早上还得继续吃，害我没有发挥的空间。这下明天可以早起，试试烤面包了。"

"好棒！太厉害了！特别有露营的感觉。"

圭辅想起了达也不久之前说的话。

如果达也不是道子生的孩子，那无论法律如何规定，他跟达也就只是纯粹的外人而已。如此一想，他就有点放心了。

吃完饭，母亲去淋浴间洗澡。父亲趁机拿出了香烟，因为母亲一直唠叨让他戒烟。

晚风有点凉，圭辅想上厕所。

"这个很不错吧。"

父亲叼着香烟，拿出一把蓝色的金属工具刀。他很想向达也炫耀。

"哇，好酷！"达也立刻有了反应。

"你要玩玩吗？"

"可以吗？"

父亲心情大好，把工具刀交给达也，告诉他这里是小刀，这里是螺丝刀。圭辅很担心父亲会说"你想要就给你吧"，所以一直没去上厕所。

其实，就在几天前，父亲曾经拿着那把工具刀走进圭辅的房间。

"你要对妈妈保密哦。"父亲突然说。

圭辅想："如果要保密，那就别拿给我看呀。"当时，他正忙着写老师布置的作业，有点生气。

"是不是很棒，你想不想要？"

"我才不想要。"

好不容易才想到的解题方法，于是圭辅耷拉着脸回答道。

父亲嘟哝着："这可是个好东西啊。"然后转身下楼去了。

他很后悔，如果当时再仔细看看就好了。

帐篷很宽敞，摆下四个人的睡袋也绰绰有余。与家里的床相比，地面有点硬，不过圭辅还是马上就睡着了。

鸟儿的叫声将他唤醒。他深吸一口气，有森林的气息。帐篷里一个人都没有，看来大家都起床了。

父亲果然在外面烤面包，达也坐在他旁边，一脸得意地往灶台里塞小树枝。他们就像亲生父子一样。圭辅对两个人道了声"早"，转身去洗脸。

早饭是有点焦黄色纹路的面包和火腿蛋，还有热腾腾的速食汤。如果在家里，这点东西算不得多么稀罕，不过在户外呼吸着新鲜空气，却让圭辅感觉早饭异常美味。

由于他过于注意达也，说得不好听就是忌妒，中间闹过不少别扭，不过事情过去之后，他还是觉得这次露营很开心。

收拾东西准备回家时，圭辅发现父亲有点心神不宁。他一会儿掀开地垫，一会儿在周围的草丛里翻找，就是停不下来。

"什么东西不见了吗？"

母亲问了一句。

父亲慌忙摆着手说："不，没什么。"

"你好可疑啊。"

"没有，真的没什么。"

母亲去管理站办离场手续时，父亲悄悄对圭辅说：

"那把刀不见了。"

"啊？蓝色的那个？"

"就是啊。我记得放在枕边那个背包的外部口袋里了。"

"是不是掉在什么地方了？"

"我都找遍了也没有。那把刀还没怎么用过呢。唉——"

父亲长叹一声。圭辅并不讨厌父亲这种孩子气的性格。

那次露营之后，达也就经常跑到圭辅家玩。

那是因为父亲得意忘形地说："以后常来玩啊。"于是，达也几乎每天都会背着书包跑过来。

"你好！"

达也每次都大声地打着招呼，自己打开门走进来。有两次，圭辅故意锁上了门，于是达也就坚持不懈地按门铃，害他没多久就认输了。

达也就像回到自己家一样，在圭辅的房间或起居室里打游戏、看漫画，随便吃、喝家里的零食和饮料。

母亲一回来准备晚饭，达也就会说"打扰了"，然后回家去。一开始，他好像还想留下来吃饭，但是母亲提醒道："晚饭要在自己家里吃哦。"仅仅被说了一次，他后来就每次都在晚饭前回家。

那是进入梅雨季节好几天后的一个夜晚。

"滴答、滴答……"连绵不断的雨声让圭辅很难入睡。

不知第几次起来上厕所时，他听见一楼起居室传来了声音——是父母的深夜谈话声。

他差点就转头回房了，但又觉得两个人的声音跟平时不太一样。于是，他悄悄走下了楼梯。

"肯定不是，是你的错觉吧？"

他隔门听到了母亲的声音，丝毫没有"闲聊"的感觉。

"你说不见了三万日元吗？"父亲的声音跟平时没什么两样。

"嗯，我刚从银行取出来的。信封里正好装着十万日元，放在卧室的衣箱里，肯定不会有错。而且，上周也不见了两万多日元。"

"你确定？"

"当时，我也不太敢相信，觉得是不是自己弄错了。可是后来算账,还是对不上。"

"可是,家里只有我们俩和圭辅啊,难道进小偷了?"

"小偷肯定不会只拿三万日元吧?"

父亲沉吟了一会儿,然后从起居室里传来了"啪嚓"一声,接着是独特的气味。他点燃了香烟。

"真是的。"母亲的声音让他联想到了她瞪眼的表情,"都说了别在屋里抽烟。"

"就抽一根有什么嘛。"

门里传来了父亲起身的声音,他在往落地窗那边走。接着,他似乎拉开了一点窗子,把烟雾朝外面吐。那是不想在院子里抽烟时的应急手段。

"对了,你说还有别的东西不见了?"

"对啊,光是我发现的,就没了三件内衣。"

圭辅听见父亲咳嗽起来。

"不会吧?"

"绝对没错,那些都是刚买的新内衣。不见了一件胸罩和两条内裤。"

"这就有点吓人了。"

"还不止这些。"

母亲压低了声音,圭辅也跟着屏住呼吸,竖起耳朵倾听。

"怎么,还有吗?"

"那个对不上数了。"

"那个?"

"就是那个啊,放在卧室衣箱里的东西。上数第二层抽屉里的……"

"哦,那个啊。"父亲恍然大悟,圭辅则不明所以,"你想啊,谁会偷那种东西?是不是数错了?话说,你数那个干什么?好险好险,我得记着不能拿家里的东西到外面去用。"

父亲嘿嘿笑着说。

"别闹了。"母亲似乎有些恼怒。

"难道是圭辅?"

突然听到自己的名字,圭辅险些叫出声来。他很想立刻否定,说"我什么都不知道",不过母亲替他说话了。

"肯定不是圭辅。我应该跟你说过,最近达也君几乎天天放学后就跑过来,一直待到傍晚。这跟家里发生怪事的时间段正好一致。"

"达也君?你说是那孩子偷了钱和内衣?"

"只能这样想。"

"是不是你想多了?"

"那孩子看到我就会满脸堆笑,反倒有点诡异……要是查一查指纹,肯定能查出来。"

"不用那么夸张吧?"

父亲的反应还是有点半信半疑。

对话中断了片刻,父亲突然又说:"啊,对了。"

"什么?"

"不,没什么。"

"讨厌，你这样说，我更想知道了，别只说一半啊。"

"嗯……我书房的架子上原来不是有个别人送的小小的龙形摆件吗？"

"哦，你说的是你们部长从香港买回来送你的瓷器，对吧？"

"对，就是那个。前天，我突然发现那条龙的头断了，还以为是自己不知不觉弄到地上了。"

"要是你不知不觉碰掉了，它是怎么回到架子上的？"

"我肯定不会幻想它自己跑回去啦，当时只是觉得会不会是圭辅。"

"那孩子才不会乱动东西，就算碰掉了也会告诉我们。"

圭辅站在楼梯的中间，静悄悄地展开了思考。

如果家里出了怪事，那肯定是达也搞的鬼。父亲就是太善良了。

可是，达也什么时候做了那种事？假设达也有机会搞鬼，那肯定是母亲回家前那段时间。可是，他一直跟圭辅在一起啊。难道他每次都是趁圭辅不注意，跑到父母的卧室和书房里捣蛋、偷钱吗？

圭辅继续认真回忆起两个人相处的时间。

是趁他上厕所的时候？不，达也在家的时候，他只去小便过，时间肯定不够。那就是——

游戏。

圭辅坐在台阶上，险些叫出声来。

他们把游戏机接在起居室的电视上，起劲地玩射击游戏。每次都是轮流上场，比赛谁的得分高。他们俩都能轻易过到第三关前后。由于打游戏的时候注意力过于集中，圭辅不太能感觉到时间的流逝。现在想来，每个人独占游戏机的时间应该有十到十五分钟。在此期间，另一个人就完全空闲着。这么一想，圭辅打游戏的时候，的确好几次发现达也没在旁边。他一直以为达也是去冰箱那里翻零食了。

他可能就是趁那段时间溜进了父母的卧室和书房。

这个人太坏了。

如果有人把现金扔在桌子上，某些小孩可能会一时兴起把钱偷走。可是从藏在衣箱的信封里偷钱，还偷走内衣这些东西，那可是真正的偷窃了。

上次露营时，父亲的那把工具刀可能也不是丢了。

圭辅宛如坐在充满汽油味的巴士里，感到头晕目眩、胸闷恶心。

随后，他加倍注意不发出脚步声，静悄悄地回了房间。

3

听到那段对话后，又过了几天。

母亲吩咐他："这段时间，不准让任何人到家里来。"

老实说，圭辅听了母亲的吩咐，顿时长出了一口气。因为他绝对无法光明正大地对达也说"我不想跟你玩了"，所以"家里说不行"便成了最好的借口。

"为什么不行啊?"

他对母亲提出了达也肯定会问的问题。

"因为爸爸有一份重要的公司文件,要在家里保管一段时间。就算来的人没有恶意,万一弄丢了也无法挽回了呀。所以我们决定,这段时间不让任何人到家里来。"

"哦。"

"所以啊,你要对小达这样说,然后向他道歉。要是外面天气好,你们可以到公园去玩啊。"

"好。"

圭辅乖乖地答应了,其实心里压根儿不打算再跟达也玩。

今后还是多去参加以前一直偷懒的地方足球队的练习吧,总算能跟那家伙断绝联系了。

圭辅感觉心中积蓄已久的阴霾终于烟消云散了。

那天傍晚,他在门口等到达也出现,传达了母亲的话。

"那我以后都不能来玩了吗?"达也站在门外,对他投来询问的目光。

"嗯。"他尽量装出遗憾的样子点了点头,"还有,教练批评我了,叫我去参加足球队的训练,所以没什么时间玩。"

"哦。"

达也点了一下头,后退两三步,把圭辅家上下打量了一番。要是他看见母亲的身影,说不定会当场提出抗议。

"家里没人。"

达也不理睬圭辅的话,在路边拾起一块石子。

"他们说我什么没有?"达也边问边摆弄那块石子。

"什么都没说。"圭辅用力摇了摇头,连他自己都觉得动作太夸张了。

达也目不转睛地看着圭辅,猛地扔出石子。小小的黑影越过圭辅家的屋顶,不知落在了哪里,也没听见响动。

"知道了,要是你们嫌弃,我就不来了。"

"不是说嫌弃……"

"我知道了。"

达也说话时,露出了第一天进门时的那种眼神。

"你放心吧,我再也不来了。"他转身走了。

"小达。"

达也并不理睬。圭辅还想再喊一声,想想作罢了。他抬手抹了一下额头,已经出了一层薄汗。

还是那段时间。

父亲驾驶的汽车经过达也居住的小区旁边。

"欸,是不是闹过火灾啊。"

起火的地方好像是一楼,那里的窗户都碎了,窗框也扭曲得看不出原形。貌似从屋里拖出来的家具和被褥残骸,全都杂乱地堆在外面的院子里。扔在地上的杂志的页面迎风摇摆着,周围还散落着大量的空瓶、烟盒和貌似便利店的饭盒。

"对了,三天前好像是有一阵警铃声,原来是这里啊。"

不知为何,圭辅仿佛听到了达也轻蔑的笑声。

4

暑假,外公去世了。

圭辅只在小时候见过外公几次,对他没什么印象。

母亲的家乡在秋田县一个叫角馆的地方。父亲以前告诉他:"就在一个著名赏樱景点的河边。"

外公才六十七岁,不过好像一直有心脏病。外婆还在世,但不久之前得了阿尔茨海默病。一直是住在外公和外婆家附近的姨妈负责照顾他们。这个姨妈名叫佐和子,丈夫病故了,现在跟二十岁的儿子修一住在一起。修一是圭辅的表哥,听说他高中毕业后就一直无所事事,整天在家里啃老。

外公的葬礼定在一个炎热的盛夏之日。因为正好是暑假,圭辅也一起去了,还头一次坐了飞机。考虑到此行的目的,他不应该感到兴奋,可高兴就是高兴。

好久不见的姨妈比他记忆中的形象更纤弱,好像时刻在害怕什么。她说起话来语速飞快,却含混不清,还总是心神不宁地四处张望,一刻都坐不住。母亲好几次一脸担心地问:"姐,你还好吧?要是出了什么事,一定要告诉我。"姨妈听了连连点头,那个样子让圭辅不禁联想到宠物店的小动物。

他们在公营的殡仪馆举行了一场只有亲人和好友参加的告别仪式。

圭辅和父亲一起上厕所时,父亲小声告诉他:"妈妈家跟爸爸家一样,没什么亲戚。"

的确,圭辅去年被带去参加邻居的葬礼。当时有好多人,场面特别盛大。

等待火葬期间,他们拿到了便当。圭辅一边吃冷了的炸鸡块和煮物,一边观察四周。此时,父亲夹了一块炸虾给他。

"达也君他们不来哦。"

圭辅每次都特别感叹,别看父亲平时一副大大咧咧的样子,却总能说中他的心思。他很奇怪父亲为何会知道他的想法。的确,自打他来到这里,就一直想知道达也和道子会不会出现。

"因为是远房表亲吗?"

他听说母亲和道子是"远房表亲"的关系后,马上去查了资料。那个词指的是两个人的祖辈是亲手足,虽然也是一种亲戚关系,不过比较远。

"这是原因之一。"父亲凑到圭辅耳边,压低声音说,"道子本来就是家里的养女,现在好像已经跟父母那边断了联系,所以才不来的。真要说的话,她跟你妈妈其实什么关系都没有。吃焗菜不?"

"吃不下了。"

他感到很舒畅,就像告诉达也今后不能再让他进家门一样。

这种感觉用道理很难讲清楚，总之他得知自己跟达也和那个女人都没有亲戚关系后，长出了一口气。

圭辅的心情变好了，母亲却好像不太精神。他感觉那可能不只是因为外公死了，还因为姨妈的状态。

然而，他只跟达也断了几个月的联系。

十二月中旬，达也和父母少见地在休息日白天来到了圭辅家。

道子依旧每个月来一次，不过自从圭辅梅雨时节传达了"禁令"，他就没再见过达也。现在，城里已经充斥着令人厌烦的圣诞歌曲了。

这是圭辅头一次见到达也的父亲秀秋。达也长得一点都不像道子，却跟秀秋有着同样的气质。尤其是眼睛，秀秋的眼神就像冷淡了数倍的达也。

圭辅被吩咐到自己的房间去，他就转身走上了楼梯。但他没有听见达也跟过来，情况跟以往不一样。于是，圭辅又悄悄溜出房间，蹑手蹑脚地下了楼梯。

看来，他们是想在寒假期间把达也寄宿在这里几天。

圭辅之前听说秀秋做的是经营顾问的工作，再从刚才大人的交谈中推断，因为那份工作，秀秋要在大阪待一段时间。道子为了帮他安顿下来，过年这段时间也要在那里待上一周。就算把达也带过去，也无法照顾他。而且老实说，交通费和住宿费都是一笔很大的开支。所以，他们希望圭辅的父母让达也能在这里借住几天。

事情不好了。

快拒绝，快拒绝。

圭辅握紧双手祈祷着。

"既然是这样……"父亲的声音，"你说对吧？"

被问到的母亲应了一句，他没听清。

不会吧，快拒绝啊。

"真不好意思，总给你们添麻烦。以后一定会加倍感谢你们二位的。"

道子长出了一口气。

怎么会这样？他竟然要跟达也在家里生活一个星期，太难以置信了。

"事情已经谈好了，你去找小圭玩吧。"又是道子的声音。

圭辅慌忙回到自己的房间。紧接着，他就听见一阵飞快的脚步声，达也冲了进来。

"好久不见！"达也嘿嘿笑着说。

"啊，你好！"圭辅坐在椅子上，装出才发现他的样子。

"就是这样，麻烦你啦！"达也朝他敬了个礼。

"就是哪样？"圭辅歪着头问了一句。

然而，达也早就看透了。他笑得肩膀直发抖，抬手指向圭辅摊开的漫画杂志。

他拿反了。

达也一家离开时，圭辅从窗帘的缝隙里偷看他们。秀秋走在前面，道子和达也并肩跟在后面。不知秀秋是不是受伤了，走起来有点拖着右腿,再加上他瘦削得病态的体形,给圭辅留下了很深的印象。

几天后发生的事情,宛如镌刻在圭辅的记忆中,令他永远都忘不掉。

圣诞节前夜,达也来到了奥山家。他父母已经前往大阪了。

圭辅家每年圣诞节前夜都有小小的活动。虽然称不上派对,但还是会有蛋糕和烤鸡,菜也比平时多几道。把肚子吃得溜圆,回到房间里躺下,第二天早晨,圭辅就会发现枕边摆着礼物。因此,这是个十分快乐的日子。但他有点同情达也,不知对方能否收到礼物。

因为达也在,圭辅的父母似乎奢侈了一回。圣诞节前夜的料理看起来比以往还要诱人,还有达也以前就说很喜欢的杂菜饭。

"好好吃,太好吃了!"

达也狼吞虎咽,让圭辅在一边看着都觉得自己饱了。

"你吃东西还是那么豪爽啊。"

连父亲也要过度刺激达也。

"因为真的太好吃了。"

达也把自己那份烤鸡瞬间吃得只剩骨头,还把不爱吃鸡肉的圭辅父亲剩下的那些也吃掉了。接着,他满嘴流油,眼睛滴溜溜地看着桌上的料理。

"我已经吃不下了。"

父亲靠在椅背上,揉起了肚子。

"老公，你太不像样了。"

"啊，抱歉抱歉。我去抽根烟。"

父亲戏谑地说了一句，便到院子里抽烟去了。他喝醉酒回家，或是深夜没有人的时候，会打开起居室的窗户抽烟。不过，家里有人在的时候，他都会到院子里去抽。

父亲离席后，圭辅看了母亲一眼。

夏天的那场葬礼后，母亲就有点没精打采。他觉得这不是自己应该介入的问题，就一直假装没发现，但他知道，母亲去看了几次医生，还开了一些貌似安眠药的药物回来。她应该很担心患了阿尔茨海默病的妈妈和留下来照顾妈妈的姐姐吧。圭辅不知道母亲现在还有没有服药。本来这段时间她已经好了一些，但现在达也来了，他担心母亲又会消沉下去。

"小圭，你有几个5？"

达也突然问起了他的成绩。

"一般般吧。"

"什么嘛，干吗要瞒着我。我只有三个5。"

"我也差不多。"圭辅回答道。

其实，圭辅四门主科和音乐都拿到了5。虽然根据班主任的主观评价，每年多少会有些不同，不过他的成绩基本保持在这个水平。单看成绩单的数字，他比达也强一些，可他一点都高兴不起来。

达也似乎对比较成绩不太感兴趣，很快就笑着说："等会儿去打游戏吧？"

二十五日早晨，房间门前还出现了达也的礼物。

"哇，好棒！"

达也高兴得满脸通红。圭辅从来没见过他这个样子。

"我第一次收到圣诞礼物。"

达也的礼物是一台便携式游戏机。虽然不算很贵的机型，但达也还是特别高兴。圭辅的礼物则是他一直想要的电子词典。

"我好想永远当这里的孩子。"

开什么玩笑？

相比达也的兴高采烈，圭辅的心情坠入了谷底。

因为接下来的好几天，他从早上起床到晚上睡觉——不，甚至连睡觉的时候，也要跟达也待在一起。

正如圭辅所料，达也好像着了魔一般，整天埋头打游戏。外面的天气这么好，他怎么不出去跟朋友踢球呢？看来是这个家待起来太舒服了。

圭辅实在玩腻了游戏，很想去找朋友玩，可是他想起母亲提起的"丢钱、丢东西"之事，觉得不能让达也一个人待着，便决定忍耐。等到母亲傍晚回家时，圭辅已经筋疲力尽了。

自从达也住下以来，晚饭都是母亲和他们俩一块儿吃。可能因为年底繁忙，父亲每天都很晚回家。

吃饭时，达也总是找母亲说话。一会儿问她高中时有没有男朋友，一会儿问她喜欢哪个偶像歌手，好多问题连圭辅都没听母亲提起过。母亲虽然回答得有点应付，但也没有露出厌烦的表情。不知为何，圭辅感到很不愉快。

吃完饭，洗完澡，圭辅正在看电视上的猜谜节目，突然听见洗手间传来了声音。

他还没来得及反应，就听见有人快步穿过走廊，似乎上了二楼。不过话说回来，达也好像消失了好一会儿。

刚才那个脚步声是达也的吗？圭辅小心翼翼地穿过走廊，洗手间里没有人。他轻轻拉开磨砂玻璃门，发现里面那扇门隔开的浴室里有个人影。应该是母亲，好像泡在浴缸里。

"是谁？"

浴室里传出了他平时很少听见的——母亲严厉的声音。

"是我。"圭辅尽量若无其事地回答，"我好像听见有声音。"

"哦，是圭辅啊。"母亲的声音很快放松下来，"没什么，就是洗发水的盖子掉了。"

圭辅觉得母亲在撒谎。

在认识达也之前，不论是看见母亲的裸体，还是被母亲看见自己的裸体，圭辅都只是觉得有点害羞，并没有什么特别的感觉。就算对方不是母亲，只是一个阿姨，恐怕也一样。

然而，达也不一样。

达也肯定是想在这里干什么，被母亲发现了，才慌忙逃了出去。他到底想干什么？还是已经干了？圭辅越想越恶心，一点都不愿深想。

他转过头，看见洗衣篮里放着母亲刚刚脱下来的内衣。他觉得自己看了不该看的东西，马上回到了起居室。

他感到口干舌燥，心脏怦怦直跳。

5

电视上每天都在播放"本世纪剩余××天""走向千禧年"的节目,圭辅一直都坐立不安。

十二月二十八日,这个决定命运的日子,迎来了晴空万里的早晨。

圭辅走进起居室,想呼吸一点新鲜的空气,就打开了窗户。但是外面的空气异常冷冽,他慌忙又关上了。

"爸爸今天最后一天上班,可以准时回来。他最近一直加班,好像累坏了。"

吃早饭时,把头发扎在脑后的母亲高兴地说完,还有点调皮地笑了。接着,母亲动作利落地收拾好餐桌,把碗洗了,九点半就出门到朋友的店里去上班了。

母亲刚走,达也就顶着一头乱发起床了。他们在圭辅的房间放了一块床垫,两个人轮流睡床和打地铺。

"早啊!你怎么放假也起这么早?"达也打了个大大的哈欠。

"我们家就算放假也要八点起床。"

"哦。"达也拿起一块削好的苹果塞进嘴里,"好认真啊。"

天气这么好,圭辅完全可以去外面玩,可是达也却决定看他带来的DVD。

那是一部很早以前的恐怖电影,名叫《猛鬼街》。圭辅只听过这个名字。他看了一眼光盘盒，似乎不像是从店里租来的。

达也说他家没有播放器，那他为何会有光盘呢？不过话说回来，圭辅还发现达也手上戴着之前没见过的手表。

达也从厨房的大篮子里拿了一袋薯片回来，用力撕开。

由于圭辅的过敏体质，家里几乎从来不买外面的零食和点心。可是，达也却一脸理所当然地说："阿姨，你们家有薯片吗？我想吃××食品的××味。"他这要求提得实在太光明正大，母亲反倒觉得家里没有真的很对不起他，只能露出苦笑。

达也又从冰箱里拿出了也是他要求母亲买的碳酸饮料。

这部电影讲了一个噩梦的故事：要是在梦里被怪物杀了，现实中也会死掉。

"是不是很惊悚？"达也得意地说。

这部电影让圭辅感到胃里像坠着一块铅块。

看完电影，他们把母亲事先做好的海鲜饭热了吃。见圭辅只吃了一半，达也就把他剩下的也扒拉到自己的盘子里，仿佛再来多少都能吃下。

接着，达也突然说："不如我们用用你爸的电脑吧？"

"为什么？"

"你想不想看点照片？"

圭辅险些把正在喝的裙带菜汤喷出来。

"网上能看到。"

当时，圭辅也有几个朋友开始接触电脑，但他们应该都没有熟练到操作自如的地步。其实，学校里也有人传闻上网就能看到一点都没有遮掩的女人的照片,所以圭辅当然知道,也并非毫无兴趣。可是,电脑放在父亲的书房里,再说圭辅从未有过找那种东西来看的念头。

圭辅更在意的不是裸照,而是达也怎么知道父亲的书房里有电脑,而且能上网。一想到他肯定偷偷溜进去过,圭辅就气不打一处来。

"小圭,我们就看一眼嘛。"

"不行。"

"不会被发现的。"

"就是不行。"

唯有这一点他不能让步。不仅是偷偷动父亲的电脑,要是被发现他们还看了裸照,圭辅还怎么在家里待下去。

可能因为圭辅拒绝的语气格外强硬,达也就没再坚持。

吃完饭,达也动作娴熟地从口袋里掏出了香烟。

"小达,你抽烟呀?"

达也不理睬圭辅的惊讶,从餐边柜上拿了小小的不锈钢烟灰缸。那是父亲吃完饭吸烟用的烟灰缸,他平时都会一手拿着这个,走到院子里去抽烟。

达也咧嘴笑着坐到餐桌前,像个老手一样点燃了香烟。他眯眼看着圭辅,缓缓吸了一口烟,朝天花板喷了出去。

"小达,别这样。你在屋里吸烟会留下味道,妈妈要生气的。"

达也依旧眯着眼,晃着肩膀笑了。

"小圭,你真听妈妈的话。"

说完，达也就叼着香烟走向餐边柜旁边的窗台。窗台底下放着还没收起来的圣诞树似乎挡到了他，只见他用脚挪开小树，把窗户拉开了五厘米左右的缝隙。风吹了进来。有时，父亲懒得到院子里去，也会瞒着母亲在那里吸烟。

"小圭也试试吧。"

圭辅不理他。达也便哼笑了一声，勾着嘴角看向窗外。

圭辅感觉自己被小看了。他站起来，从达也的手里夺过香烟盒，抽出一根，拿起了烟灰缸旁边的打火机。他用力一按，打火机"啪嗒"一声燃起了火焰。他什么也没想，用力吸了一口烟，烟雾在嗓子里留下苦涩的疼痛，一路进入肺中。他突然感到眩晕，仿佛被一只大手使劲揉了脑袋。

"呕——"他突然开始反胃。

强烈的呕吐感逼得圭辅捂住了嘴，他心想自己赶不到厕所就会吐，便转头跑向了厨房的水槽。

"哈哈哈哈……"

背后传来达也的大笑声。

"呕……呕……"

圭辅对着水槽，吐出了刚刚吃下去的一点中午饭。

"何必这么勉强自己呢。"

达也似乎高兴得不能自已。

后来，圭辅在起居室的沙发上躺了一个小时，几乎无力支撑身体。因为达也在旁边，他也想死撑着站起来，但每次一起身就感觉天旋地转,很快就跌坐回去了。这种眩晕比乘坐公交车晕车的感觉还要强烈。

见圭辅站不起来,达也便高兴地在屋子里转悠起来。

"小达,你别到处乱翻。"他费尽了力气才喊出声音。

"知道啦。"二楼传来回应。

达也回来后,递了一杯水给他。

"小圭啊,今天叔叔也会早下班对吧?既然如此,不如我们来做晚饭吧。"

"我没有做过饭。"

"没关系。对了,就做咖喱怎么样?上次露营不是做过吗?"

没等圭辅答应,达也就跑去查看放蔬菜的柜子和冰箱了。

"家里有胡萝卜、土豆和洋葱。啊,还有大蒜。你知道吗,把它打成蒜蓉放进去,咖喱会特别好吃。"

"可是……"

"冰箱里还有肉,我们光用这些就能做了。"

既然他都说到了这份儿上,圭辅也无从反对了。

"好吧。"

"那小圭,你去削皮吧。我把肉拿出来解冻。"

下午五点多,母亲下班回来时,他们已经把咖喱块放进去开始搅拌了。

"呀,好香的味道,你们在干什么?"

母亲看到圭辅他们站在厨房里,似乎吃了一惊。

"小达说要做咖喱。"他忍不住用上了推卸责任的口吻。

"莫非你们在做晚饭?"

"嗯,我想感谢叔叔和阿姨的照顾,虽然只是咖喱而已。"

"谢谢你。"母亲神采飞扬地说。

就在此时,电饭煲发出煮好饭的声音。母亲看见有热乎乎的米饭,更加感动了。

达也挺起胸膛说:"晚饭都由我和小圭来做。"

圭辅按照达也的指示,做了配咖喱的蔬菜沙拉。晚上七点左右,饭已经快做好了。

"小圭,我来盛咖喱,你去弄沙拉吧。"

达也把母亲的那份也盛好,端上了餐桌。

本来应该很诱人的咖喱香味,现在闻起来却有点反胃。当然,这是因为刚才吸的香烟。圭辅总算明白小孩子为何不能吸烟了。

"我零食吃多了,等会儿再吃。"

"真拿你没办法。"母亲瞪了他一眼。

达也嘿嘿地笑着,并没有说出吸烟的事情。

"那我先吃啦!"

"开饭啦!"

达也把勺子插进堆成山的咖喱饭里,大口吃了起来。

"这种隐隐约约的香味是什么呀?"

"阿姨尝出来了呀。"达也得意地回答,"我放了一点大蒜进去提味,明天应该不会有味道的。"

"我看你很熟练啊。"

圭辅心想，削皮和洗米几乎都是他做的，不过还是过后再告诉母亲吧。

吃完饭，母亲就在餐桌前写起了工作笔记。过了一会儿，她打着哈欠，十分困顿地说："今天好像累了。"

"我们把碗也洗了，阿姨先去睡吧。"达也马上接话道。

不知为何，他看起来有点高兴。

"哎呀，这不太好吧。"

"阿姨别在意，毕竟我受了您不少照顾。"

母亲犹豫了片刻，站起来说："那我先睡一会儿，等起来了再收拾厨房吧。"

"我们会收拾好的，您就放心睡吧。"圭辅劝说道。

"谢谢，那我就恭敬不如从命了。"

说完，母亲便向浴室走去。

"小圭，我的手破皮了，你来洗碗好吗？"

"可以是可以……"

洗碗倒是无所谓，但他觉得不能让达也溜进浴室去，得想个什么借口让他留在起居室里。

他正头疼该怎么办，"救世主"现身了。只见玄关的门打开了，父亲喊了一声："我回来啦！"对了，母亲确实说过父亲今天会准时下班。

"你回来啦！"

圭辅从未迎接过父亲，此时却跑向了玄关。

"哦，圭辅，你怎么跑出来接我了。"父亲笑着说，"妈妈呢？"

"她说累了要睡觉，刚刚去洗澡了。"

"哦，那也好稀奇啊。"

父亲带着冬天户外的气息穿过走廊，放下公文包，把头伸进了浴室。

"你还好吧？"

母亲应了一声，但是听不清楚。父亲的表情变得有些严肃，吩咐圭辅把他的大衣和公文包拿到起居室去，自己则走进浴室里查看情况。

达也正坐在起居室看年终的搞笑节目。

圭辅坐到沙发上，竖起耳朵倾听屋子里的情况。不一会儿，就听见父母穿过走廊的声音。

"抓稳我。是不是剂量太大了？"

母亲回答："我还没吃呢。"接着，父亲就把她搀扶到了二楼。几分钟后，父亲又走下楼来。

"这种情况真罕见。你妈妈最近都睡不着觉，可能疲劳过度了吧。"

"叔叔，你要吃咖喱吗？"达也精神饱满地问。

"哦，今晚吃咖喱吗？也对啊，难怪有一股香味。"父亲抽了抽鼻子说。

"全都是我们自己做的。"达也自豪地说。

"哦，那可真的好香啊。"

父亲从沙拉碗里捏起一块青菜放进嘴里。

"那我去盛吧。"

"嗯,谢谢啦。这下我可得多包一点红包了。"

父亲从冰箱里拿出了大罐的啤酒。

他平时都要等喝完啤酒再吃饭,今天可能考虑到达也这么积极地给他盛饭的态度,改成了一边喝酒一边吃饭。

吃完饭,父亲打开电视机,坐着休息了一会儿,突然打了个大哈欠。

"呼啊——"

那个声音实在太好笑了,三个人都笑了起来。

"爸爸好像也有点困了,就先洗澡睡觉啦。剩下的就交给你们俩了,千万不能用灯油暖炉哦。"

说完,他打开空调制暖,挠着肚子洗澡去了。

洗完澡,他又提醒了一遍不要开暖炉,然后就打着哈欠上了二楼。

"今晚好像大家都很困啊。"

达也对圭辅露出了调皮的笑容。

"是啊。"

"我也洗澡睡觉去了。"

就这样,起居室里只剩下圭辅一个人。

今晚的确有点奇怪。

虽然说不清楚是什么感觉,但家里好像有种压抑的感觉。

圭辅站在餐边柜旁的窗前,把窗户拉开了三分之一。夜风撩动了圣诞树的彩条,刚才的恶心已经差不多消失了。不如把剩下的咖喱吃完吧。他不经意间看向餐边柜,然后吃了一惊。

烟灰缸里有烟头。

父亲回家后一根烟都没有吸,里面是他跟达也偷偷吸烟留下的烟头。要是被看见了,肯定瞒不过去。

圭辅松了口气,看着只吸了一口的香烟。

"小圭,不能抽烟哦。"

"啊哈哈哈哈。"

达也嘲讽的笑声在脑海中复苏。

浴室里传来达也愉快的歌声。

他还是觉得莫名地压抑。

圭辅死死地盯着烟灰缸。

6

圭辅把烟头扔到了后门外面的专用烟灰罐里。

屋里的烟味似乎都散掉了,于是他又关上了窗户。

没等达也从浴室里出来,圭辅也上了二楼,他留下了一张字条,上面写着:我先睡了,你记得把空调和电视机关掉。

圭辅走进房间的同时,听见达也从浴室出来的声音。圭辅有点担心,觉得不该让达也一个人待着,不过父母应该早就把贵重的物品收起来了。

今晚轮到圭辅睡床。他躺在床上翻看了一会儿足球杂志，闭上眼时，觉得自己连人带床翻转过来了，不知不觉已经进入了梦乡。

他被一只从未见过的怪物追赶着。

他已经跑得舌头都要吐出来了，怪物还是紧追不舍。最后，他被抓住肩膀，身体被剧烈地摇晃着。

圭辅醒了。被追赶的梦可能跟白天看的恐怖电影有关系，但被摇晃肩膀是真实的。

他最先感觉到了光。

"好刺眼。"

他眯起眼睛。已经早上了吗？不对，是天花板的照明。

"小圭，快跑！"

摇晃圭辅的人是达也。

"跑？为什么？"他呆呆地问了一句，突然闻到了一股烟味，"小达，你在干什么？"

"喂，别睡了，醒醒！失火了！"

达也用力拍了三下圭辅的脸蛋，然后拽起他的手。

"啊，好痛。"

"快跑！"

"好痛啊！"

他被达也拽下了床。光脚踩在木地板上，感觉冰凉刺骨。可是，刺鼻的气味逐渐侵蚀鼻腔和喉咙，楼下又传来噼啪作响的声音，让他顾不上感知双脚的冰冷。

失火了？怎么会？

大事不好！睡意瞬间消失了，圭辅的心脏开始狂跳。

达也拉开了通往阳台的落地窗。可是，挡雨窗被放了下来。

"这个要怎么开？"

"抬起来。"

"这样是吧？"

达也猛地抬起卷闸，寒风瞬间裹挟着浓烟涌了进来。

"不快点就跑不掉了。"

达也先出了阳台，圭辅正要跟上去，却停下来看着房间的入口。不知道父母怎么样了。

"爸爸妈妈呢？"他对达也喊道。

"没关系，他们先跑了。我们也赶紧跑吧。"

圭辅被拽着胳膊出了阳台，他看见楼下起居室喷涌着浓烈的烟雾。父母的卧室就在正上方，他们睡得再怎么熟，应该也会察觉。可是，那扇挡雨窗却紧紧地关闭着。圭辅跑过去，从外侧用力地敲击着窗户。

"哐、哐、哐……"一阵巨大的响动。

"爸爸妈妈，你们醒了吗？"

达也拽着圭辅的衣服说："你在干什么？赶紧跑啊！"

"砰！"玻璃爆裂的声音，一楼的窗口喷出了猛烈的黑烟和橙色的火焰。圭辅与达也一起逃向反方向，很快就被扶手拦住了。

"跳到院子里去！"

达也大喊一声，爬上扶手，轻轻松松就越了过去，落在了一楼突出的屋檐上。圭辅紧随其后，脚底似乎因为疼痛和冰冷，已经变得麻木了。

"喂，你们两个！"

院子里传来了大人的喊声，一个睡衣外面套着羽绒服的男人正抬头看着他们。

"没事吧？"

"我们要跳下去！"达也喊道。

"不要，顺着那棵树爬下来更安全。"

对他们做出指示的人是邻居家的先生。除此之外，院子里还有一些人。消防车的警笛声突然变大了。

"小圭，你先去。树很滑，小心点。"

达也用严肃的口吻命令圭辅先走，这让圭辅有点意外。

圭辅冻得牙齿直打架，再加上从未体验过这样的恐惧，身体不怎么听使唤。尽管如此，他还是要想办法逃出去。

他抱住树干，几乎是不受控制地滑了下去，一屁股坐在底下的灌木丛里。全身都痛，手脚满是泥污。很快就有人把他扶了起来。达也跟在后面下了树，口袋里滑出一个反光的东西落在院子的地上。圭辅伸手去捡，却被达也抢先拾了起来，塞进口袋里。圭辅好像看到了一闪而过的蓝色金属。

"这边。"

周围有好几个大人。天空黑沉沉的，不知道现在几点了。

圭辅被搂着肩膀领到了门前的小径上，那里已经围了很多人。大家好像都是被惊醒的，个个头发蓬乱，在睡衣或运动衫外面套着大衣或风衣。不一会儿,消防队分开人群赶了过来。

领头的那个人拽着水管,训练有素地指挥同伴灭火。

起居室在房子的另一侧,圭辅看不见里面的情况如何,只能看见院子那边又涌出了很多黑烟。他连做梦都没见过如此可怕的场景。

他到处寻找双亲的身影,但是找不到。

"爸爸,妈妈!"

他大声呼喊,心跳越来越快。

急救人员朝他跑了过来。

"就是这孩子,请帮他看看!"

一个眼熟的阿姨搂着圭辅的肩膀大喊一声。圭辅的脑子里充斥着警笛声和人们的喊声。

"你们两个受伤了吗?"

急救人员大声问道。

因为过度紧张,圭辅的舌头不听使唤,只能拼命摇头,四处寻找双亲的身影。

7

圭辅跟达也都被救护车拉走了。

他们经过急诊,确认没有大碍,就被安排到了病房里。他们躺在病床上又被护士问了一遍,还被检查了双眼和口腔的情况。

"我爸爸妈妈在哪里?"

圭辅一直在重复这个问题,但是没有人回答他。反倒是被安置在旁边病床的达也对他说:

"没关系的,一定跑出来了。"

一定?

圭辅很感谢达也,因为多亏了他才能跑出来,但圭辅心里也涌出了怒火。

"你刚才不是说'他们先逃了'吗?"

"当时,我是这样想的。"

当时是这样想的?

两个身穿制服的警官走进病房,他们停止了对话。

"你是奥山圭辅君吗?"

身材瘦削、感觉更年轻的警官看过床头的名牌,这样问道。

"是。"

"我们想问几个问题,可以吗?"

"我父亲母亲怎么样了?"

圭辅抢先提出问题,警官只是点点头。那是什么意思啊?

站在一旁,稍微年长的警官回答道:

"你爸爸妈妈都被送去就医了。这里没有病床,他们被送到了别的医院。现在,我们想问问今晚发生的事情……"

圭辅感觉警官像是在背台词。

他们被安置在这一带最大的医院之一,也是救护车首选的目的地。这连圭辅都知道。而且,光看这间病房,就有三张空床。

为什么父母会被安排到别的医院呢？

圭辅觉得自己有很不好的预感，慌忙晃晃脑袋甩开那个想法。

"首先是你们发现家里起火的时候……"

圭辅很想大喊：问这个有什么用？！他想看到父母。呼吸渐渐加快，视野开始发黑，明明喘着气，却感到胸闷。这是怎么回事？圭辅捂着胸口，弓起身子。

警官叫了人。

两个穿白衣服的人跑了进来。圭辅的手臂被注射了药物，但他几乎感觉不到疼痛。

恍惚间，天已经亮了，从窗外透进一些光线。今天似乎也是晴朗的好天气。

周围弥漫着味噌汤和炖菜的气味。由于晚饭几乎没吃，他肚子开始打鼓。

有一件很重要的事，他必须思考，但是不想思考。

"小圭，听说你昨天过呼吸[1]了。"

达也躺在旁边的床上，语气似乎很兴奋。圭辅无视了他。

吃完饭，两个穿深色西装的男人走了进来。

"我能问几个问题吗？"

1　指过度呼吸症候群/过度换气症候群——急性焦虑引起的生理、心理反应，发作的时候，患者会感到心悸、出汗，因为感觉不到呼吸而加快呼吸，导致二氧化碳不断被排出而浓度过低，引起次发性的呼吸性碱中毒等症状。

这次来的人是刑警。

他们比昨晚那两名警官更详细地询问了圭辅和达也昨天晚上看见的情景，还有昨晚做了什么。至于圭辅的父母，他们并没有提及。

"你家平时都是谁吸烟？"

年长的刑警问道。

"只有叔叔一个人，对吧？"达也马上回答。

提问的刑警先看了达也一眼，然后重新转向圭辅。

"他说的叔叔，是指正晴先生吗？"

"是的。我家只有父亲吸烟。"

"我知道了。那么，你还记得昨天晚上大家都是几点上床睡觉的吗？"

这些问题圭辅都无法马上回答。无论多么简单的问题，他都绞尽脑汁也想不到答案。虽然刚刚醒来，他却已经想躺回去了。于是，圭辅倒在枕头上，看着天花板。

这一定是假的，一定能够重来。要是能回到吃咖喱的时候该多好啊。

达也替圭辅回答了问题。

"阿姨晚上八点多就睡了，叔叔应该是九点多睡下的。"

刑警又看向圭辅寻求答案，他只好点了点头。

"可能是。"

"然后，你们一直待到很晚吗？"

"我在爸……我在父亲进屋后，很快也去睡觉了。"

"你呢?"刑警问达也。

"我当时在洗澡,洗完就去睡觉了。"

"后来,你爸爸妈妈有没有起过床,或是家里有没有来过人?"

听到这个问题,圭辅只能摇头。他不想听警察提问,只想快点见到父母。

刑警又问了几个无关紧要的问题,然后询问了圭辅和达也的血型。

"我是A型。"圭辅先回答。

"我也是A型。"达也马上说。

刑警似乎问完了,留下一句"过后可能还会来提问",就起身要离开病房。

"请问,"圭辅叫住他们,"我父亲和母亲在哪里?"

他还没做好心理准备,可他不能不问。

两名刑警没有马上回答,而是对视了一眼。圭辅仿佛能听见两个人的对话。"你来说。""我不要,你来说。"最后,是年长的刑警开口了。

"当时很快就把他们救了出来,送到这里进行抢救,只不过……"

"我不能见他们吗?"

"因为还有一些情况需要查明。"

果然如此。

看大人的态度,圭辅就知道他再也见不到父母,再也没法跟他们说话，再也听不到他们喊圭辅了。

"你认识什么亲戚……"

周围的声音突然消失了。

"小笨蛋，哭也没用啊。"

脑海中响起了母亲的声音。

"你马上就是初中生了，必须坚强点。"

这次是父亲的声音。

"没关系的，圭辅一定能行。"

"我还想亲眼看到他穿上松松垮垮的制服，笑话他两句呢。"

一名刑警双手搭在圭辅的肩膀上，似乎在说什么。但圭辅听不见他的声音，只能看见他的嘴巴在动。

他之所以听不见刑警的声音，是因为他在嘶吼。

护士不知何时走了进来，又给他打了一针。

"这样，你就能舒服一些。"护士打完针，轻轻揉着针孔说。

这种东西怎么能让他舒服一些？圭辅虽然这样想，但是静静地躺了一会儿，心情真的放松下来了。

刑警问他，有没有马上能赶过来的亲戚。

"不知道。"圭辅呆呆地回答。

"如果联系我母亲，她应该能赶过来。"达也在旁边肯定地说。

8

整天躺在床上应该很无聊，可圭辅对时间没什么感觉。达也总是溜出去，然后回来告诉他女病房有很漂亮的人。

第二天早晨，一个年纪比较大的护士走进来，对他们做了些说明。一开始，圭辅还以为又有警察要来，但她说的是圭辅君没有受伤，也没有吸入浓烟，今天下午就能转到福利机构去了。

"明白了吗？"护士这样问圭辅，他只能点头。

这次护士没有给他打针，而是给他吃了药。过了一会儿，他开始精神恍惚，觉得身体变轻了，连眼前的事物都变得好像来自别的世界。

他往旁边一看，达也正在翻漫画周刊。

"小圭要看吗？"

达也递了一本过来。

圭辅摇摇头，他没心情看。他开始思考父母的事情。他们真的死了吗？是不是搞错了？他们会不会下一刻就开门走进来？

"达也！"

跑进来的人是道子。

"啊，老妈。"

"受伤了吗？没烧伤吧？"

道子的脸上没有了平日的轻浮，似乎非常担心。达也虽说自己跟道子"没有血缘关系"，但在这种时候，道子还是会发自内心地关心他。

道子把达也的脸按到了如同气球般膨胀的胸上。

"我都担心死了。"她哭着说。

"别这样。"达也用力挣脱了她。

"都说了没事,而且——"达也说到一半停了下来,看向圭辅,"小圭的爸爸妈妈……"

"嗯,我听说了。"

道子走到圭辅身边,隔着棉被轻轻拍了拍他。她身上散发着烟味,眼睛周围脱了妆,看起来很诡异。明明她在关心自己,但圭辅还是莫名气愤。

"有亲戚来看你吗?"道子问。

圭辅一言不发地摇头。

"听说要暂时把圭辅安排到福利机构去。"达也替他回答。

"真的吗?"

"要不干脆到我们家来住吧。"

"是啊。"道子抱着胳膊,想了一会儿,"小圭,你愿意到阿姨家来吗?"她凝视着圭辅,这样问道。

他不知道"机构"在哪里、是干什么的,但可以肯定的是会有一些陌生人来照顾他的生活。而且,他还要跟许多境遇相似的孩子一起生活。

他虽然不喜欢道子,但至少认识她。更何况,她还是母亲的亲戚。他觉得,这总比跟陌生人一起生活要好。自从住进医院,达也对他也稍微好了一点。于是,圭辅小声回答:"好。"

"对，就该这样。"道子兀自点着头，仿佛在说服自己，"毕竟我也受过小圭妈妈的照顾，你就先住在我家，直到有亲戚来收养你吧。"

那天下午，圭辅出院了。

火灾发生在二十九日凌晨，那么现在应该是十二月三十日。

圭辅很想马上去看看家里变成了什么样。他忍不住想，说不定大家都弄错了，其实父母都在家里等着他回去。

"今天就得烧掉了。"道子满不在乎地说，圭辅一时没听懂，于是她补充道，"火葬场。你爸爸妈妈今天就得烧掉了，否则要等到年后。所以，我们现在就去火葬场。我们家太小了，放不下两具棺材。而且跟尸体一起过年，肯定也不好受啊。"

圭辅怀疑自己听错了，但好像不是这样，要烧掉的似乎是他的父母。原来事情已经发展到这一步了。要是送去火葬，那不就无法复生了吗？他感到脚下发软。

在医院门口等计程车的时候，道子自言自语道：

"怎么非要赶在年尾起火啊？我好不容易去一趟大阪，都顾不上帮老公就得跑回来，电车钱都花了不少。唉，谁让我是亲戚呢。"

火葬场离市区有点远，周围绿意环绕，还有供孩子玩耍的小公园。

走进楼里，圭辅看见两具发白的木棺材，还有大约十个穿着丧服的大人。其中有四个是亲戚，其余都是街坊邻居。

父亲说过，他们两家的亲戚都很少，而且住得都很远。

道子拍了拍圭辅的背部。

"对了，我给你爸爸的公司打电话联系葬礼的事情，他们说'现在已经放假，谁也去不了'。一出事就是这个样子，还不是要靠我们这些亲戚。"

佐和子姨妈也来了，自从夏天参加完外公的葬礼，他们就再也没见过。她依旧一副坐立不安的模样，但是看到圭辅，立刻对他说："小圭，真是苦了你了。"

圭辅提出想看看父母，于是穿着西装制服的工作人员为他抬起了棺盖。

"爸爸……"

他还担心看见一具焦黑的尸体，但事实比他想象的……不，正如他想象中那样，父亲的面容干净、安详，只是感觉不到一丝生气。他感到不可思议，便一直看着，渐渐想明白了，因为躺在棺木里的父亲一动也不动。

"妈妈……"

母亲的脸也没有被烧到，只是头发有些干燥，还有人给她涂了一点口红。她可能希望最后能自己化妆吧。圭辅毫无逻辑地想着，再也压抑不住感情。

他趴在棺材上哭泣，直到被道子拉开。

几天前还活生生的父母，两个小时后就变成了一捧白灰。

他抱着包裹在白布里的母亲的骨灰，达也替他捧着父亲的骨灰，三个人坐车前往达也家所在的小区。

"我先帮你把车钱付了。"

说完,道子就想吸烟,但是被司机制止了。

一下发生了太多事情,圭辅感到自己渐渐麻木了,他只能机械地听从别人的指示。

计程车开过那个竹林,就停了下来。

就这样,圭辅开始在几天前还避之不及的可怕小区里生活。同时,他还告诉自己,可能将来很长一段时间都要在这里入睡和醒来。

第二天是除夕,四个亲戚来到了浅沼家。

佐和子姨妈和陪她来的白发男人,还有号称是父亲亲戚的两个中年男人。这四个人他昨天已经在火葬场见过。听说他们在商务酒店住了一夜,准备商量今后的事情。

那是个冻得人鼻尖生疼的寒冷日子。

在达也家起居室的小被炉周围,坐了整整七个人。只有秀秋不在这里。

亲戚们异口同声地表示:"骨灰不能放在我家。"既然连这么小的盒子都不行,他们更不可能把圭辅带走了。

唯一值得期待的恐怕只有佐和子姨妈了,她在火葬场那里一直陪着圭辅。虽然佐和子姨妈的行为举止有点奇怪,但多少能看到一些母亲的影子。而且,她这人似乎很温和。若是跟她一起住,圭辅应该能忍受。圭辅呆呆地想着,姨妈却握住了他的手,泣不成声地说:"姨妈还要照顾你患病的外婆,还有个没出息的儿子,实在没办法领养小圭。对不起,真的对不起。"

看着哭个不停的姨妈，圭辅再也不抱任何希望了。

大人们商定，暂时由浅沼家收养圭辅。至于被烧毁的奥山家，可以放到以后再决定。

"唉，能暂时处理好这些事情，真是太好了。"

"明天就是元旦了，我今天就得回去。"

他们这样说着，纷纷点起了头。

9

浅沼家有个十平方米大小的厨房兼餐厅，还有一间同样大小的起居室，再就是两间同样大小的西式房间。除此之外，就是带马桶和盥洗池的卫浴间。

圭辅之前听说道子做的是上门推销宝石的工作。他虽然不是很懂，但是看到她家里摆着展示柜和气派的保险柜，便想那应该是存放宝石的地方。

然而，这里别说是宝石，连玻璃做的首饰都看不到，反倒随处散落着罐装烧酒的空瓶和装着垃圾的购物塑料袋。圭辅一开始只觉得有点奇怪，加上满脑子都是自己的遭遇，顾不上往深处想。

两间西式房间中的一间是达也的卧室，圭辅就被安排睡在这里。全家唯独这间房间收拾得格外整齐，虽然东西本来也不多，但好像都被刚刚整理过一样，规规矩矩地摆放着，甚至看不到任何散乱的笔记本或自动铅笔。这跟总被母亲训斥"偶尔也要收拾一下自己的房间"的圭辅大不一样。

虽然感到有些意外，但是结合达也任何行动都有盘算的性格，倒也不会显得太突兀。

房间里有一张折叠床，圭辅在旁边铺的一床散发着各种气味、略显潮湿的被褥上睡下了。

在达也家度过了难眠的一晚，第二天便是元旦——二十一世纪的第一天[1]。

二〇〇〇年一月一日虽然什么都没发生，但在短短一年后，圭辅就失去了一切。六年级第一学期的国语课上，老师要他们写一篇命题作文，题目是《二十一世纪希望实现的事》。当时，他万万没想到，自己竟会变成孤身一人。

他没什么食欲，呆滞地走进起居室，听见道子说要三个人一起去看他家被烧毁的房子。

途中，他跟一家人擦肩而过。他们似乎刚从神社回来，正要去买福袋。

圭辅愣愣地看着眼前的景象，难以想象这是现实的场景。

半边房子被烧得漆黑，墙塌了，只剩下光秃秃的柱子。院子里扔着桌子和烧焦的沙发，还有其他各种家具。

"小圭，你知道保险柜在什么地方吗？"

听见道子的声音，他回过神来。

---

1 也有人认为二〇〇〇年属于二十世纪。

他记得二楼双亲的卧室里有一个邮箱大小的手提保险柜。

"应该在二楼……"

此时,一个头发全白,看起来年纪很大的男人走过来问了一声:"你是圭辅君吧?"圭辅认识他,他是住在附近的平田爷爷。

见道子一脸狐疑,平田马上做了自我介绍,说他是这个地区的自治会长。

"真是难为你了。"平田安慰过圭辅,又对道子颔首示意,"您是这孩子的亲戚吗?"

"是啊,我暂时收留了小圭。"道子挺起胸膛说完,自治会长马上说:"那太好了!是这样的,废墟里找到的贵金属和保险柜都寄存在我那里。这都是警方拜托的。虽说是金库,倒也不是什么大不了的东西。"

"啊,那太好了!我还担心会不会被人拿走呢。"

道子露出欣慰的表情。

"您放心,当时在自治会干部的监督下上了封条。"

"那我现在能去拿吗?"

"当然可以,不过您要拿着走回去可能有点困难。"

"那可伤脑筋了,你能帮我叫辆计程车吗?"

平田好像是个好人,无论道子说什么,他都不生气。不仅如此,他还说:"如果您不嫌弃,不如我开车送过去吧。"

"哎呀,那太好了!"道子合掌道,"不过在此之前,我想先看看屋子。"

自治会长把自己家的地址告诉她,然后说:"等您看完了,请通知我一声。我先把保险柜搬上车,待会儿麻烦您在收据上签个字。"看来他很想尽快把东西送走。

因为正门与起居室分别在房子的两端,所以都没有被火烧到。

道子走在前面,打开了玄关的大门,没脱鞋就走了进去。达也跟在后面,圭辅换上了一点都没弄脏的拖鞋。

穿过走廊,烧焦的气味越来越浓。

"哇,好惨!"

达也惊呼一声。起居室几乎完全被烧毁,什么东西都没剩下。玻璃碎了,墙上开了个大洞,能直接看到外面。烧焦的残骸堆积在院子里,母亲平时精心照料,还没长多大的蓝莓和蔷薇都被踩踏得乱七八糟。

圭辅走上二楼,探头看了一眼双亲的卧室。这里没有一楼烧得那么严重,只有四分之一的地板被烧到了。父母为何会死在这种程度的火灾中?哪怕是很轻微的地震,他们都会被惊醒,为何没有在这场骚动中起身?疑惑和不甘在脑海中盘旋。

他拿了个大运动包,把自己的学习用品和幸免于难的相册等纪念物塞了进去。

他还找到了父亲的文具和母亲一些不太昂贵的首饰。

不过,他没找到父亲刚买的数码相机。父亲当时特别得意地说:"这东西有300万像素呢。"甚至比炫耀工具刀的时候还要得意。如果可以的话,他想把相机找出来带走,可就是找不到。

圭辅正忙着塞东西,突然听见背后传来道子的声音。她说:"现在可别光顾着捡没用的东西。"

圭辅心想过后可以偷偷过来拿，就没有抗议。

达也用圭辅的背包装了游戏卡带，还拿了一楼和式房没被烧到的小液晶电视。道子四处打开边柜和衣箱，找到中意的东西就往塑料袋里扔。两个人都是一副寻宝的模样。

他们乘坐自治会长的车回到小区，道子马上就抱着保险柜往卧室走。

"啊，那个……"

"你放心吧，我会帮你好好保管的，保证不乱用。"

说完，她就用力关上了房门。

达也开始在自己的房间里安装电视机。

圭辅提不起兴致做任何事情，便坐在那里发呆。过了一会儿，道子买了一大堆熟食回来。

一到新年，超市就开始降价促销年节料理，道子应该是专门趁着促销囤积这些东西。

看着炉桌上那些被装在塑料盒里的昆布卷和炖菜，圭辅只感到胃里像坠着石头，一点都不想吃。

"达也，我买了你爱吃的烤牛肉，快吃吧。"

"什么啊，这都是便宜的进口肉。"

"少贪心了。"

"哼，你倒是给自己买了惠比寿啤酒。"

圭辅觉得自己在这里格格不入。起居室这么小，还到处散落着杂物，散发着浓浓的香烟味。吃完饭，道子就地一躺，开始看电视。达也把房间的窗帘拉得严严实实的，沉迷在电视游戏中。

圭辅说要出去一下,就再次走向自己家的房子。

一个看着眼熟、大约五岁的小女孩穿着粉红色的节日盛装,被父母牵着手,一脸骄傲地走在路上。

第二天早晨,圭辅醒来时已经八点多了,达也还在发出轻微的鼾声,道子似乎也没起床。昨天,他们吃剩下的盒装熟食还扔在起居室的被炉桌上。

圭辅什么都不想做,只想呼吸点新鲜空气,就走出了小区。在冷风的吹拂下,他不自觉地朝烧焦的废墟走去。不管看多少次,房子都是一片焦黑,父母也不在里面。他一个人慢悠悠地在家里晃悠起来。

临近正午时,他回到小区。道子和达也已经起来了,正在起居室的被炉桌旁准备吃牛肉火锅。

"哇!小圭你好会找时间,我们正要开始呢!这可是国产黑毛和牛!"

达也一边往锅里放肉,一边大声说。

道子仰头喝下啤酒,然后喷出一大口烟,满脸得意。

"虽然过年时的东西贵,但偶尔也要奢侈一下,好让大家都精神起来呀。"她意味深长地笑了笑,然后转向圭辅,"对了,下次小圭要负责采购哦。既然你住在这里,就要干点家务,对吧?"

圭辅不关心这些,只想知道保险柜里的东西怎么样了。

昨天,道子向周围几户人家借了些工具,后来便把自己关在房间里,制造了很多敲击和摩擦金属的声音。不知保险柜打开没有。圭辅知道就算问了道子，她也不会正经回答，但圭辅至少希望她告诉自己里面装了什么、有多少钱，因为那是他父母的东西。

"小圭，你也快过来吃吧。"达也塞了满口的肉，对他说道。

圭辅走过去坐了下来。他不太想吃肉，便夹了一块魔芋丝。还挺好吃。

"妈妈呀。"达也带着满嘴肥油，发出了撒娇的声音。

"干吗啊，真肉麻。"

"再多给我点儿压岁钱呗？"

"笨蛋，我哪儿来的钱。"

正好谈到钱的话题，圭辅壮着胆子开口道：

"那个，保险柜……"

道子马上露出了你别担心的表情。

"昨天不是说了嘛，我替你保管。不过，你可别误会了，保管不是说不用。你想啊，这还挺花钱的，还得吃肉啥的……反正等你找到人收养了，我就扣掉生活费，把剩下的还给你，别担心。"

"好。"

圭辅垂下目光。道子又开了腔：

"对了，有人告诉你起火的原因吗？"

"没有。"圭辅抬起头，看着道子，"我没听说。"

"是吗？不过，这些告诉小孩子也没用了。我跟你说，是香烟没有熄灭。"

"香烟？"

"嗯，起火点应该是起居室的靠枕。"

起居室的靠枕？是靠近圣诞树的那个吗？为什么香烟会点燃那东西？不过话说回来，上次那两位刑警的确问过他家里有谁抽烟。

"人们总说香烟没有熄灭，不过那东西掉在地上也不会马上烧起来。我也是头一次听说，慢的时候要整整闷烧五个小时左右才起火呢。"

难道说……不，那不可能。

他感到脑子一片混乱，呼吸急促起来，额头冒出了汗，又是过呼吸症状。

"警察说，有可能是点燃的烟头落到了靠枕上。两三个小时后开始起火，然后烧到了旁边的圣诞树。"

靠枕，圣诞树。怎么会，这怎么可能？

"达也，你也要小心哦。"

"别担心，我都在有烟灰缸的地方吸。"

圭辅放慢呼吸，让心情平静下来。

圣诞树和靠枕都在窗边，靠着餐边柜。

那天夜里，父亲比圭辅先睡下。可以肯定，父亲没在起居室吸烟。后来，在那个地方吸烟的人……

那引起火灾的就是……

"牛肉还是国产的好啊。"

圭辅与兴高采烈的达也对上了目光。不知何时，达也已经夹着一根点燃的香烟，笑眯眯地吞云吐雾了。

快停下，别抽烟。

"小圭要是早点把圣诞树收起来就好了。不过还好,我们家本来就没圣诞树。"

"就是。"

达也跟道子放声大笑起来。

"你也别太难过了,这肯定就是命。"

牛肉火锅的蒸气在起居室里盘旋,混合着愉快的声音。

火锅快吃完时,道子严肃地看向一脸呆滞的圭辅,对他说:"我有话要谈。"

"关于你今后的事情。小圭还在上小学,不能一直待在这里,这你懂吧?"

"我懂。"圭辅点点头。

"现在,有两个选择。第一个,住进福利机构,跟相同境遇的孩子一起生活。我不知道福利院在哪里,总之就是要生活在一群陌生人中间。第二个,就是找人收养你。具体来说,就是找个亲戚当你的监护人,代替父母抚养你成人。"

虽然道子边说边抽烟有点呛人,但因为内容很重要,圭辅忍了下来,他猜测监护人就是照顾他生活起居的人。

"有人愿意当吗?"

"问题就在这里。小圭家的亲戚很少,上次来参加葬礼的人好像都不愿意收养你,还说什么'明天是元旦,我得回去'。你还记得吧?唉,反正就是一帮出了事就对别人撒手不管的人。"

圭辅大失所望。本来还有点期待哪个亲戚会收养他,没想到

却是这个样子。他正忙着沮丧,道子又喷了一口烟,把烟头摁灭在烟灰缸里,这样说道:

"如果啊,如果小圭坚持要这样,倒也可以住在我家。"

"住在这里?"

圭辅忍不住环视四周。老实说,他不想住在这里,他还是想在原来的家里,跟父母住在一起。但是,那已经成了永远无法实现的愿望。

"为了照顾小圭,我就要成为你的监护人,也就是代替父母的人。听说有很多麻烦的手续要办,不过为了小圭,我可以去办。你怎么想?"

圭辅知道这是个重要的选择,因为有可能让今后的生活变得截然不同。他无法马上回答。道子似乎误以为圭辅的沉默是在表达不满,换上了有点不高兴的语气。

"我可没强迫你,可是去福利院就得转学。你现在这样至少能继续跟学校的朋友在一起,不是很好吗?我可以申请让你在现在的小学待到毕业。而且,你也能跟达也像两兄弟一样生活啊。还是说,你讨厌达也?"

他当然讨厌,一点都不想跟达也一起生活。可是,他说不出口。

"没有。"他回答。

如果住在达也家,圭辅就能分到他原本要上的初中。那样一来,他也能跟小学时的朋友待在一起。他觉得这一点很重要。

"请让我留在这里。"

"那就这么定了,你跟我们一起生活吧。这样最好,因为我们是亲戚啊。"

"拜托您了。"

"太好了,小圭!"达也重重地拍了一下他的背部。

10

后来,圭辅感觉自己再也没有看见过晴天。

究竟是现实世界一直覆盖着乌云,还是单纯的只是心里有这种感觉,圭辅自己也不清楚。

圭辅在达也家生活了四五天后,罕见地在半夜醒了过来。

外面很冷,他不想离开被窝,但是特别想尿尿。可能因为道子做的姜烧猪肉太咸,导致他喝了很多水。他并没有注意达也是否睡在床上。

他瑟瑟发抖地走出房间,突然听见有人在说话。于是,他条件反射地停了下来,竖起了耳朵。

声音来自道子的房间。"啊,啊,啊……"那是一串有规律的,还略带苦闷的成年女性的声音。莫非道子生病了?感冒发烧了?圭辅有点担心,但是不敢去问。

他回到房间想找达也商量,可是达也的声音也从同一个房间里传了出来。

"别太……会听到……"

那是刻意压低的声音。

道子停止了痛苦的呻吟,用比达也还低的声音说了句什么。圭辅几乎听不清。

"啊,啊,啊……"

很快,那个短促而有节奏的声音又响了起来。圭辅忍着光脚踩在冰冷地板上的刺痛,屏住呼吸倾听。道子的声音越来越大了。

达也不是在照顾她。圭辅虽然不太懂,但他感觉那个房间里正在发生着极为可怕的事情。

心脏怦怦直跳,圭辅甚至感觉到了疼痛。

他不敢呼吸,轻手轻脚地回了房间。因为紧张和寒冷,他的胃都绷紧了。

他发现自己还没有上厕所。因为实在忍不住,只能把窗户拉开五厘米的缝隙,对着外面解决了问题。冰冷的空气无情地刺进了鼻腔。

他现在特别后悔今天提出要住在这里。

过了好几天,道子都没有表露出要好好办一场葬礼的意思。然而,圭辅自己决定不了这件事。他趁道子心情好的时候问过一次,却被一句"不是已经办过了"打发掉了。她好像在说父母火葬那天。

第三学期,他不用转学。

既然圭辅寄宿在浅沼家,本来应该跟达也上同一所学校。道子得意地对他说,因为情况特殊,她专门申请让圭辅留在了原来的学校。

开学典礼的前一天，班主任田端老师到达也家来查看情况。圭辅当时一个人在家。

"因为浅沼夫人一直抱怨转学手续太麻烦，上面就批准你在学校读到毕业了。"

老师苦笑着告诉他。

田端老师说，如果还没整理好心情，可以先在家休息一段时间，但圭辅告诉他没有问题。圭辅不太想待在这里，但也没别的地方可去。如果只需要坐在座位上，上学反倒成了最轻松的选择。

开学典礼那天早晨，圭辅走向学校，一路上看到越来越多熟悉的面孔。

"早上好！"

他们吐着白色的气息，对圭辅打招呼。

"小圭，你受苦了。"

关系还算不错的年级同学都跑过来安慰他。仅是如此，他就差点哭出来。

"我很想去看你，但是爸妈说会给你添麻烦，就没去。"

"我给你寄了贺年卡，真对不起。"

"我收到的圣诞礼物里有重复的游戏卡带，借你一个吧。"

圭辅泪流满面，一时无法回答。

上课后，田端老师明显在照顾他。因为老师上课时尽量不点他的名字，布置家庭作业时也说"奥山不用勉强自己做完"。

放学后和休息日，圭辅都会到自己家的残骸那里，一直待到天黑。

就算穿再多的衣服，身体还是冷到骨髓里，鼻涕流个不停。

家里还有一些纪念品，比如父亲的文具书本，母亲用过的厨房用具。可是，道子提醒他："这些家里放不下，除了值钱的东西，其他都别带回来。"并且，只准他带一个小纸箱的东西回去。

但是，没关系。

只要到这里来就能触碰到，现在这片烧焦的废墟就是他的藏身之处。今后，这里也依旧是他的家。

道子似乎重新开始了上门推销宝石的业务，不再一整天待在家里。

"我也有工作，所以小圭今后要帮忙做家务。"

道子吩咐道。具体内容是每天放学的路上采购食材，回来后打扫浴室、放洗澡水。

早上圭辅跟达也去上学时，道子还在睡觉。被炉桌上会放着刚刚够买菜的钱和购物清单。现在，圭辅每天的任务就是拿着这些到特卖超市去。

道子在家几乎不做饭，顶多只会用速食汤包烫一锅食材，用超市卖的酱汁煎煎肉。

每天傍晚六点过后，道子都会疲惫地回到家中。她总是穿着一身巨大的西装，让圭辅不禁怀疑它们会不会用了足足两套西装的面料，她的手上还提着一个圭辅也认识的品牌的袋子。但是，唯独不见她带着珠宝。圭辅有一次问达也为什么，达也告诉他：

"行李箱和宝石样本都很贵重,所以放在'事务所'。"道子应该是先到事务所拿了东西,才出门推销的。

第三学期开始大约两周后,达也的父亲秀秋回来了。

当时,圭辅正在厨房帮道子打下手,秀秋突然打开大门走了进来,他身后还跟着一个个子不高,但体格壮硕的男人。

秀秋只是瞥了一眼圭辅,连招呼都没打,便向道子介绍了他带来的男人。

"这位是富坚先生,以后的手续都交给他了。"

那个被称为富坚的人穿着有点窄小的西装,看上去跟秀秋的年龄相仿。他皱起皮肤紧绷的脸笑了笑,那双滴溜溜转的眼睛让人害怕。

"你就是圭辅君吧?"富坚身上散发着刺鼻的男性化妆品的气味。

"是。"

"你还有些比较麻烦的手续,不过交给叔叔就好了。不用担心。"

"好。"

圭辅被三个大人盯着,只能这样应道。

后来,这个富坚就不时地到浅沼家来。

他有时跟秀秋一起,有时也会一个人过来。每次都会把眼睛滴溜溜地转向圭辅,对他解释今后的手续。为了让道子当他的监护人，必须向法院提交很多文件，完成特别复杂的手续。

"可能你也要到法院去个一两趟。要是法院的人问你，你就回答：'我希望继续留在浅沼先生家。'"

事到如今，圭辅也不能拒绝，只好点了点头。

不过，大人里最让人害怕的，当属秀秋。他有一双可怕的眼睛，只要被他盯着，圭辅就会感到身体冻结。

圭辅偷偷给秀秋起了个绰号叫"死神"。

圭辅不知道经营顾问具体是什么工作，可秀秋看起来并不像电车里常见的一般公司的白领。因为秀秋特别瘦，而且双颊凹陷，像被锉子锉过一样。他只要在家里，就会撩起长得有点长的刘海，喝着啥也不兑的纯烧酒。不管喝多少酒，他都面不改色，也不会高兴地哼歌。他经常向道子和达也下命令，连达也都不敢违抗"死神"的命令。

自从父亲回来，达也就不怎么待在家里了。要是晚饭时间他还没回来，那他压根儿就不会回来了。冬天的太阳很早就落下，圭辅也曾跟"死神"单独待在夕阳斜照的昏暗房间里。

这段时间，秀秋一直心情不好，总念叨"现在才冒出来的智齿[1]痛得烦人"。在圭辅看来，他的念叨就像死神贪婪地舔舐嘴唇。

回来几天后，秀秋总算去拔了智齿。拔智齿应该很痛，因为他整张脸都皱了起来，嘀嘀咕咕地坐在起居室，像平时一样喝起

---

[1] 因为智齿一般在成年之后生长，而非天生就有，日语称之为"親知らず"，即没有父母。——译者注

了纯烧酒。

"你没事吧?"圭辅忍不住问。

秀秋看着圭辅,杯子里的酒被嘴里的血染红了。

"什么?"

他低声反问,然后仰脖喝了一口。真的好像死神。

"……没什么。"

圭辅慌忙摇头。但是,秀秋先换了话题:

"现在可撤销不了。"

"……撤销,什么?"

秀秋转过柳叶一样细的眼睛,盯着圭辅。

"监护人。这么多大人费了这么多功夫,你现在反悔可没用。给我记住了。"

秀秋动了动嘴角,圭辅以为他牙痛,但又好像在笑。

"是。"圭辅只能点点头,觉得已经无所谓了。圭辅每天都要听到"你只能求我们收留你"这样的话,连他自己也开始赞同这一观点了。再说,能帮他的父母都已经去世了。

就这样,他跟达也、道子,还有"死神"秀秋的苦闷生活拉开了序幕。

圭辅发现,道子有一个不希望被秀秋知道的秘密——除了她跟达也的关系。

秀秋回来之前的某一天,因为学校有活动,他们只上半天课,吃完午饭就放学了。圭辅比平时早了两个小时回家,一头撞上了从浅沼家走出来的男人。

那个人身上散发着烟味,体格很健壮,披着貌似工作服的上衣。而且,他还挎着一个很旧的皮包。

男人看也不看圭辅,脚步匆匆地离开了。圭辅只看到他一眼,感觉那个人有一双狡猾的眼睛。

走进房间,正在收拾东西的道子竟表现出了少有的慌乱,用责备的语气问道:"你怎么回来得这么早?"她汗湿的额头上有几根头发,满屋子都是刺鼻的体臭味。

大约过了两天,圭辅难得没有跑腿的活儿,便在外面闲逛打发时间,却看见身穿西装的道子从停在药妆店门口的车上走了下来。圭辅慌忙躲在了行道树背后。接着,他发现一个男人从深蓝色汽车的驾驶座上走出来。那不是上次穿着工作服的人,而是一个身穿邋遢外套、面长如马的人。

圭辅还看见过道子跟另一个年轻男人走进拉面店。

那个穿工作服、挎皮包的男人后来也出现过几次。

圭辅感觉自己抓住了道子的软肋,但不知该如何利用。

没过多久,圭辅就被带到了法院。当着好几个大人的面,他被问了很多问题。简而言之,就是问他是否同意道子成为他的监护人。

"是,我希望浅沼道子阿姨成为我的监护人。"

也不知是谁准备的,秋田的佐和子姨妈已经填好了"代表亲属同意道子成为监护人"的文件。大人们已经把事情安排妥当,他一个人无法反抗。

终于，道子成了他的监护人。

从法院回来的那天晚上，圭辅听见道子跟"死神"争吵的声音。

"你怎么说这种话呢？那还不是我们家的钱。"

"少啰唆，小鬼不是已经住下来了？既然成了养父母，那钱也应该是我们的。"

"这不还没成吗？再说，那不是给你每天在外面喝酒的钱，法院会知道的。"

"不是还有保险金吗？"

道子压低声音骂了一句："傻子，你太大声了。我以圭辅代理人的身份催过保险公司了，他们说财产继承什么玩意儿的，一直不愿意给钱。连银行账户也要冻结到办完手续。再说了，你觉得那保险柜里有几个钱？我可是一边应付麻烦的手续，一边用那点钱维持生活啊。"

"太烦了！少啰唆了，赶紧给我钱！"

"我可先说明了，钱本来就是那孩子的，而我才是他的监护人。财产管理由我来负责，你记清楚了。"

秀秋骂了一句圭辅听不懂的话，就摔门出去了。

风还有点冷，不过白天的阳光已经有了点春意。事情就发生在这样一个日子里。

田端老师叫他午休时间到办公室去一趟，接着把他领到了写着"会客室"的房间。

一个穿西装的男人坐在里面,看到圭辅就站起来说了声:"你好!"这个人显得很精干。

"这位是你父亲生前公司的同事。"田端老师介绍道。

"我姓田边,在你父亲手下工作。"

这个人虽然个子和声音都很大,但是感觉很温和。

"你好!"圭辅也打了声招呼。

田边用隔壁办公室都能听见的嗓门告诉他:

"你的监护人说:'葬礼已经结束,如果希望悼念,请邮寄过来。'所以很抱歉,我照她说的做了。"

这还是头一次听说,但是圭辅不敢说"不知道",便说了声"谢谢你"。他总算明白为什么公司的人一直都没来了。

"另外,你的监护人还说:'私人物品请全部处理掉。'所以,基本上都是我处理的。只不过唯有这件东西我实在无法丢弃,觉得应该直接交给你。另外,我也想见见圭辅君,就到学校来找你了。这样会给你添麻烦吗?是这个东西。"

他不等圭辅回答,田边就掏出了约有半个笔记本大小的塑料袋。

"谢谢你。"

塑料袋里装着相册。

那是去年春假,他们一家三口到附近公园赏花时拍的照片。

圭辅记得当时是把相机放在一个树桩上,用自动快门拍的照,所以整体都倾斜了。

三个人站在雪一样飘落的花瓣中，指着相机哈哈大笑。父亲会选这张照片，真像他的风格。想到这里，圭辅又道了一次谢。

抬头看向窗外，梅花正含苞待放。

那天放学后，圭辅又去了被烧毁的家，发现门前停着一辆铲车，正在发出刺耳的噪声。

他们在拆房子，而且很粗暴。墙壁被碾碎，屋顶已经所剩无几。

周围站着好几个头戴安全帽、身穿宽松作业裤的男人，或是看着房子被拆毁，或是往卡车的货台上铲碎片。圭辅鼓起勇气喊了一声：

"你们在干什么？"

离他最近的男人回过头来，他有一张晒得黝黑、充满力量的脸。

"这里很危险，别过来！"他越过铲车的轰鸣声大喊道。

"这里是我家！"圭辅用力吼了回去。

那个人原本像在看一条挡路的野狗，听到这句话，表情很快柔和了下来。

"是吗？自己家被烧了，你肯定很伤心吧？叔叔很快就帮你清理干净，到时候再盖一个新家。"

让谁盖？

圭辅很想质问，但错不在这个人。他应该疑问：究竟是谁请了这些人来？

是政府和警察请的,还是道子请的?该怎么阻止他们?

巨大的铁臂每一次落下,都能轻易砸穿墙壁,挖出房子的"内脏"。那里面应该有很多东西被压碎了。早知如此,就算被道子骂,他也要再拿点东西出来。

大约一个小时后,他的家成了一片碎渣。几个工人动作利索地把木材等残渣堆到了卡车上。

又干又冷的风吹起了圣诞树上的银色彩条。

圭辅回到住处,找到正在看电视的道子。她面前的桌上摆着好几个空啤酒罐,她最近好像没怎么出去工作。

"是你叫人来拆房子的吗?"

"啥?什么房子?"道子目光混浊。

"我们住的房子,刚才全被铲车拆掉了。"

道子反应过来,点了点头,然后点燃香烟。

"手续太麻烦了。日本的法律真烦人。"

说完,她揉了揉自己的肩膀和脖子,一副累坏的样子。

"为什么要拆掉?"

"什么为什么,总不能留着吧。政府也会催的。"

"可是,爸爸和妈妈的……"

"小圭啊,"道子的鼻孔里喷出了大量烟雾,"你总是一有啥事就喊爸爸妈妈。我跟你说,他们俩已经死了,不在这个世上了。总是计较过去的事情有什么用呢?我也不是喜欢才这么干的呀。难道说,已经变成骨灰的人能照顾你不成?"

道子拿着烟往烟灰缸的边缘用力一弹,燃烧的烟头掉了进去。

看到那个场景，圭辅觉得自己又要呼吸过速，便缓缓做了一次深呼吸。

"秋田的佐和子姨妈知道这件事吗？"

"当然知道。"道子本来已经回过头去看电视了，闻言又瞪了他一眼，"这也是她请我做的。"

她又动作粗鲁地仰脖喝起了啤酒，酒液从她的嘴角漏了出来。她的目光越来越凶恶，还兀自骂了一声，捏扁了罐子。

"我明明是好心，你却是这种态度，太伤人了。你要是看不惯，随时可以走。你走啊，你一个人去卖地，管理自己的银行账户啊。哦对了，如果要走，别忘了拿上骨灰。那东西摆着也是占地方，干脆我趁收不可燃垃圾的日子帮你扔了吧？真是的。你怎么不走啊？"

道子过于气势汹汹，圭辅只能咬着嘴唇低下头。

就在此时，达也回来了。他哼着流行歌曲从门口走进来，似乎马上察觉到了屋里不同寻常的气氛。

"怎么了？"

道子哼了一声。

"这小子看不惯我的做法，我就叫他走。"

"不要啊。"达也露出了夸张而震惊的表情，"我不要小圭走。小圭走了，我会孤单的。"

"到底要怎么样？"道子语气严厉地问，"你刚才态度那个样子，我可不会就这么算了。你以为我不是被迫接受了只有麻烦事的监护人的工作吗？"

圭辅当然想转身就走，干脆住进以前提到过的"福利机构"更轻松。可是现在走，就等于自己的一切都被他们夺走了。

"请让我留下。"圭辅低着头，小声说道。

"啊？我听不见。"

"请让我留在这里。"

"在此之前，你该说什么？"

"对不起。"

"你真的在反省吗？"

"真的。"

"那你希望我代为管理吗？"

圭辅隔了一会儿才回答：

"是的。"

"听不见。"

"麻烦你了。"

"别忘了，我做这个完全是好心。"

"是。"

道子一下换上了高兴的语气，让达也从冰箱里再拿一罐啤酒给她。

后来，道子并没有把现金交给他。

"法院烦死了，一直嘱咐我要好好管理。"

这句话成了道子的口头禅。

只有学校收费的时候，她才很不情愿地拿出连尾数都分毫不差的钱来。至于零花钱,则是一枚硬币都没给过。所以,圭辅在火灾后从房间里拿出来的,以他自己的名义建立的存折和钱包便成了他的全部财产。钱包里装着一千三百多日元,存折里存着自己攒的压岁钱,有三万两千日元。这就是他能够自由支配的一切。

为了防止这笔钱被浅沼家的人抢走,圭辅时刻把存折和钱包带在身上,连洗澡时都要装在塑料袋里带进去。

圭辅每天去采购食材那家超市的鲜花专区里,渐渐多了些春天的花卉。

他只认得出三色堇、郁金香和针叶天蓝绣球,另外还有许多颜色各异的花。

就在第三学期快要结束的某一天,他坐在房间里抱着双腿发呆,突然听见达也在起居室发出欢呼声。

莫非今天有牛肉火锅吃,还是牛排?

圭辅刚搬到这里来,家里还只有道子和达也时,道子曾经按照达也的要求,做过以肉食为主,还算豪华的料理。虽然一想到那些钱的出处,圭辅就没什么食欲,但好吃的就是好吃的。然而"死神"回家之后,情况就变了。因为他会气得大吼:"你们这帮人偷偷吃这么好的东西!"他明明整夜都在外面喝酒寻欢,回来却要翻垃圾桶,检查他们仨吃了什么。一旦他认为很奢侈,就会大发雷霆。

于是,廉价促销的肉饼和临期半价的猪肉就成了晚饭的主角。不过,圭辅知道道子和达也经常瞒着他出去吃饭。道子每次都塞给他一盒贴着半价标签的熟食,然后带着达也出门。回来后,两个人的身上总会散发着香烟和烤肉或是中餐的味道。

不过,今天达也高兴的不是吃饭。他冲进房间里,抓着圭辅的肩膀摇晃起来。

"小圭,要搬家了!"

"谁?搬去哪儿?"

"当然是我们一家啊。说是要搬到公寓去。"

听他仔细一说,原来他们要搬到离车站更近的出租公寓去。

"我喜欢亮晶晶的木地板,而不是这种破木板。"

搬家倒是可以,但是房租从哪儿来?他们以前(虽然只是猜测)总要到圭辅家去借钱,最近却突然经常跑出去吃饭,还有钱搬家了?

当然,他知道那些钱从哪里来。可是,他在这个家里没有同伴,无论怎么抵抗也没有胜算。

11

社会课组织校外学习,他们参观了养猪场。

猪舍被打扫得干干净净,猪都过得很舒服。

圭辅觉得自己现在的生活还不如那些猪。

屋子又小又臭,到处都是垃圾,整天只能吃味道刺鼻的熟食,身上的衣服三天才能洗一次。当然,道子也不可能给他买新衣服。

学校已经越来越没人愿意跟他说话了。

新学期刚开始时，还有很多人主动过来安慰他，可是现在他们都不愿意靠近头发油腻、浑身散发着异味的圭辅了。那也不怪他们。

以前，班上有个女孩子喜欢圭辅。圭辅也曾幻想过，等上了初中，希望能跟那个女孩子加入同一个社团。如果有机会的话，最好能当上朋友。不过现在，他觉得那只是痴人说梦。

搬家前一天晚上下着大雨，圭辅半夜醒了过来。他走出房门想去上厕所，又听见了那个熟悉的声音。

"啊，啊，啊……"

又是道子。对了，今天秀秋不在家。

圭辅感到心跳加快，但不像上次那样紧张了。他屏住呼吸，一动不动地倾听。

达也在嘀嘀咕咕地说话。

道子只发出了"啊啊"或者"呜呜"的声音。

两个人的声音越来越大、越来越快，最后几乎同时闷哼一声，然后骤然安静了下来。

圭辅憋着气、竖起耳朵，只听见"咻"的一声，不一会儿就闻到了烟味。

道子声音沙哑地说了句什么，她的呼吸很急促。

"随便啊。"达也回答道。

道子呵呵笑着，又说了句什么。

"不过,那家伙真的很碍事。"达也的口气变了,"既然法院的手续已经办完了,那就不需要那家伙了吧?"

心脏几乎要冲破肋骨跳出来了,圭辅更仔细地倾听,生怕漏掉了什么。

"碍事又能咋办?"他还听见了道子的声音。

"那家伙要是跑到什么地方消失就好了。"

圭辅感到胃里一沉,顿时有点恶心。

"怎么可能?他知道这个家里有钱。"

"那家伙该不会把钱用完吧?又拿去赌自行车赛什么的。"

赌钱?

看来是圭辅理解错了。知道他们在说"死神",圭辅的紧张稍微平复了一些。

"你放心吧,我给他的钱只够他去住廉价酒馆。那毕竟是我的钱,怎么会让他随便乱来。"

"不过,要是他真的不在了,我们也能落个清净。"

短暂的沉默,接着道子嘀咕起来。

"确实。那家伙一喝酒就发疯,我也不想像上次那样被揍进医院了。要不,咱们好好想想?"

"找男朋友帮忙啊,你不是有好几个吗?那个运货的大叔如何?"

"笨蛋,那才不是男朋友。"

"哼,我都知道。不过算了吧。你说,水坝怎么样?"

"水坝?你来真的吗?那可是你亲爹啊。"

"他算什么亲爹？！我还是个婴儿时就开始挨揍了。"

"我倒也是烦得不得了。"

"我又想了想，你说火灾怎么样？因为香烟引火，被烧死了？"

两个人哈哈大笑起来，还发出了"啪啪啪"的拍打声。

圭辅的脑子里一片空白，他静悄悄地离开了。

毕业典礼上，大家都精心打扮了一番。

圭辅依旧穿着自己洗的衣服，跟平时一模一样。典礼结束后，同学们三三两两地聚集在校园和门口拍照留念。有人邀请了圭辅，但他拒绝了。花坛里飘出甜甜的花香。

他正准备一个人回去，却看见田端老师走过来对着他说话：

"要加油。"

他一言不发地点了点头。

他们搬到了三室一厅的出租公寓。

起居室兼作餐厅，跟厨房连为一体，有一个和式房间，两个西式房间。那个十一平方米的西式房间成了达也和圭辅的卧室。道子给他们买了双层床，达也睡上面，圭辅睡下面。书桌只有一张，理所当然地被达也占领了。

让圭辅比较头疼的是衣服。

快要换下冬装了。圭辅长高了一大截，去年的衣服已经穿不上了。他战战兢兢地对道子说出这件事，道子马上露出了极度不愉快的表情。

"我以为达也不穿,就把他的旧衣服都卖掉或扔掉了。"

看来她很后悔,本来不用花这笔钱,现在却不得不花了。

尽管如此,道子还是给他买了最低限度的衣服。当然,由不得他喜不喜欢。那些衣服好像是在跳蚤市场和廉价衣服店里淘来的,还有一件衬衫被划掉了"二百日元"的价格,贴上了手写的"五十日元"的标签。

至于达也的衣服,道子在休息日带他到新宿,买了最流行的款式。

还有一个重大的变化,就是圭辅偶尔也能得到一点零花钱了。

当然,那不是白拿的。

道子除了心血来潮去弹子店玩,其余时间几乎都在家里无所事事。虽说如此,或者说正因如此,她总会念叨"身体酸痛,好累好累"。有一次,道子命令他:"给我按摩。"

其实,圭辅根本不想碰道子,可实在没办法,只好给她按了肩膀。

"你做这个挺拿手啊。"道子高兴地说,"达也每次都很用力把我捏痛,你的力道正好。"

按完肩膀,道子又趴下来让他按腰。

"别碰奇怪的地方哦。"她呵呵笑着说。

按了大约三十分钟,圭辅感到双手酸痛,便说自己没力气了,道子才算放过了他,然后给了他三枚一百日元的硬币。他拼命用肥皂洗手,洗得双手通红。

12

因为搬家后还在同一个学区，圭辅如愿地上了本来准备去的初中。当然，其他同学和达也都去了。

火灾发生后，圭辅之所以决定住在达也家，其中一个原因是他不想离开朋友所在的学校。对此，他早已后悔不迭。

还没等到小学毕业，他身边就已经没有亲密的朋友了。

曾经在课间休息时玩摔角，在校园里踢足球，或者放学后一起骑车到隔壁町的粗点心店买扯线糖果，互借新游戏卡带或忘记录像的电视节目的朋友，渐渐不再与他来往了。

他不怪那些朋友。

因为没钱上理发店，他只能自己对着镜子剪刘海。每天穿着尺寸不合适的衬衫上学。当天晚上洗的袜子若是没干，第二天就得光脚穿鞋。鞋子当然也不是大家穿的牌子。他每次在学校洗手间的镜中看见自己时就会想，他也不愿意跟这样的人做朋友。

有的学生有了自己的手机，而他从一开始就没指望过自己会有。

达也把道子买给他庆祝入学的电子词典拿出来炫耀。

"这里面装了好几本词典。"达也骄傲地说。

"哇，让我看看，让我看看！"周围的人纷纷说道。

"我跟我妈说了不需要学习工具，可她说，'有的孩子想要也得不到'。"

圭辅早已不再感慨自己得不到想要的东西了，可是听见这句话，他还是险些流下泪来。

因为达也手上的电子词典，跟圭辅上次圣诞节得到的，火灾后却再也没找到的电子词典一模一样。

圭辅跟"死神"的关系有了一点变化。

搬家后，那个叫富坚的男人就不怎么出现了，经常是秀秋一个人回来。

也不知道子和达也是怎么知道的，秀秋在家的时候，他们就经常晚归。于是，圭辅跟秀秋独处的时间自然就增加了。有时候，圭辅忙着做道子吩咐的家务，"死神"也会叫他做事。

比如，叫他把自己买回来当下酒菜的熟食热一热，或者拿碟子和酱油。虽然都是些小事，不过每次圭辅照做，秀秋都会"嗯"一声。圭辅意识到他是在道谢，感到特别惊讶。道子虽然话很多，但无论她做什么，都得不到"死神"的半句感谢。

后来，他们还会说上几句话。

"没有亲戚领养你吗？"

"嗯。"

"那就要怪你运气不好了，还有很多小孩儿比你更惨。"

"哼。""死神"笑了笑，一口喝下烧酒。

校园里的樱花早已散尽，树上长出了新叶。就在这样的日子里，秀秋突然说了句让圭辅几乎心脏停搏的话。

"你知道道子跟达也在干什么吗?"

圭辅慌忙用力摇了摇头。

"是吗?"秀秋照旧哼笑了一声,"你知道啊。"

"我……"

"道子趁我不在家的时候,带男人回来了吗?"

圭辅又摇起了头。

"原来如此。"又是一声哼笑,"死神"拿起桌上的购物小票,在背面写了一串电话号码,"下次你看见什么,就打这个电话。"

说完,他从口袋里掏出一张皱巴巴的五千日元的钞票,放在了桌上。圭辅正犹豫不知该怎么办,就听见"死神"小声说:"拿去吧,这本来就是你的钱。"

圭辅连忙抓起钞票,塞进了口袋里。

后来,他很是烦恼了一番。道子和"死神",他该站在谁那边?那两个人冲突起来,谁会赢呢?或者,他压根儿不应该掺和进去?

可是从第二天起,秀秋就不再回来了。圭辅再也没见过他,倒是道子和达也开始回来得很早了。

他并没有告状的意思,但还是用公用电话拨了一次小票背面的号码。

"您拨打的电话未接通电源。"

他放下听筒,突然想:"死神"可能回到了自己的世界。

圭辅那个初中的学区里有两个小学,所以他升学后见到了不少新面孔。

小学的同学跟他越来越疏远，但他交了几个新朋友。

这段时间，不论是在家还是在学校，他只要有空闲时间，基本上都是在看书。

主要原因是他无事可做。

他每次都在图书室借一摞书，一本接一本地看。这样一来，他就不用思考别的事情了。封面厚重的单行本不好带回去，所以他尽量都借文库本。一开始，他还会挑选自己知道名字的作家的作品或是感兴趣的书名，后来他渐渐爱上了推理作品。

虽然也有"是谁破坏了花坛"这种无聊的主题，但几乎所有的作品都讲到了杀人或者差点被杀。有时，圭辅会猛地回过神来，思索自己的父母才去世不到半年，现在读杀人的小说真的好吗？不过除了这个，他再也找不到不花一分钱就能享受的爱好了。

图书室的书多为旧书，可以说完全看不到书店里大肆宣传的流行畅销书。看发行年份，基本上都是十几、二十年前的。

没过多久，他就发现在隔开几个座位的地方，还有一个跟他一样埋头看书的同学。

那个人名叫诸田寿人，跟圭辅不是一个小学的，也没有说过话。

开学三个星期后，圭辅感到眼睛有点累，便呆呆地看着身体微弓、沉迷于书本的寿人。就在这时，寿人好像也停下来休息，一抬头就对上了圭辅的目光。

圭辅担心被找麻烦，慌忙移开了目光。所以，什么也没发生。

可是第二天，同样的事情再次发生。又过了一天，两个人开始交谈。

"奥山君总是在看书呢。"

午休时间，寿人极其自然地对他说话了。经过几天的观察，圭辅也已经知道寿人不是那种因为一个眼神就来找麻烦的学生。

正在看书的圭辅抬起头来，发现寿人其实是个眼睛细长、目光温和、五官端正的男生。

"嗯。"他含糊地应了一声。

"你在看什么书？"

这种时候，如果换成达也，肯定会不顾他的心情，一把夺走他手上的书。但寿人却一直站在那里，等待圭辅回答。圭辅把书翻过来，让他看了封面。

那是圭辅从图书室借来的《克里斯蒂短篇集》。

"啊，这个我也看过。《控方证人》很有意思。"

寿人好像事先背过一样，流利地说出了书中收录的短篇的标题，让圭辅大吃一惊。而且，班上的男生好像只有他跟自己还自称"boku"[1]了。

圭辅也很喜欢《控方证人》。故事到最后彻底反转，他第一次读还不太明白，读了第二遍才总算回过味儿来。

"那里面的律师主人公很帅吧？"寿人笑着说。

---

[1] "boku"是"我"的意思，一般是小男生使用，或是男性下级对上级使用，属于较为斯文的用法。——译者注

"嗯。"圭辅诚实地点了点头。

这里所说的"帅"并不是指长相帅气的律师在美女面前装模作样，或是喝酒的时候教训坏蛋。正因为那是一个很普通的律师，故事才显得更有意思。

寿人继续说道：

"那个短篇还被拍成了电影，你知道吗？叫《情妇》[1]。"

"不知道。"

圭辅还默默地想，寿人说的是哪两个字。寿人见他不出声，就拿起铅笔在圭辅笔记本的角落里写下了"情妇"两个字。

这两个汉字的意思他勉强猜到了，于是慌忙用橡皮擦把它擦掉。寿人见状，嘿嘿地笑了起来。

"别担心，那不是色情电影。还挺忠实于原作呢。"

"真的吗？"

圭辅一边扫起橡皮屑，一边反问。

"胖胖的律师演得很到位。"

寿人煞有介事地说完，又笑了起来。

原来如此，那个律师很胖啊。证人是不是美女呢？电影如何再现那个诡计呢？圭辅想着，越发想看那部电影了。

"好想看啊。"

"租碟店就有啊。"

---

[1] 一九五七年，比利·怀尔德导演的电影《控方证人》(Witness for the Prosecution)，日本将电影名翻译为《情妇》。——译者注

"真的？"

但圭辅很快就放弃了，因为很可能没机会看。就算他付得起租碟的钱，也得不到允许使用达也家的播放器。哪怕他只是看看电视，都要被道子说三道四，要么叫他去按摩。正因如此，看书才是他唯一能逃避现实的事情。

尽管只聊了几句，圭辅还是感觉到寿人的读书量很惊人。而寿人的书似乎都是从"叔叔"那里借来的。圭辅没有仔细询问，只知道那个叔叔很爱书，家里还有专门用来藏书的房间，还告诉寿人想看哪本书都行。对圭辅来说，那真是梦一样的环境，因此他羡慕不已。

圭辅没抱什么希望，只是随口说了句"下次也借给我看看吧"，没想到寿人竟一口答应了。

13

现在，每天在学校跟寿人讨论推理小说和电影已经成了圭辅最大的乐趣。

寿人从不炫耀自己的读书量，一直都配合圭辅的兴趣提出话题。有一次，他还借给圭辅江户川乱步和爱伦·坡的小说，让他两本书连着读读看。

跟寿人聊天的时间增加了，并不仅仅是因为两个人兴趣相投。不知是有意照顾圭辅的心情，还是完全不感兴趣，寿人从不主动提及圭辅经历的悲剧和现在的惨状。

放学后，他们晴天会坐在校园的花坛边，雨天会坐在图书室的一角，谈论书和电影，还有过去实际发生过的著名案件——从暗杀肯尼迪到阿部定事件[1]。而这些基本上都是寿人一个人在说。

但是，圭辅不能待太长时间，因为他还要为浅沼家做事——得去超市采购。

每天早晨，道子都会把当天的采购清单给他。有时候是生鲜食品和蔬菜，有时候是做特价的调味料和洗涤剂。若是看到清单上有好几样重东西，圭辅就会变得心情沉重。

跟寿人熟悉之后，发生过这样一件事。

那天，圭辅拿到的清单上有十千克的大米、一瓶大瓶可乐，以及土豆、胡萝卜、洋葱这些做咖喱的食材。另外，道子还附上了用笔打过圈的促销传单，指定他买那上面的大米。

等圭辅在超市卖场收集到所有东西时，已经明白自己绝无可能一次性把它们弄回家。

分两次买倒不算辛苦，但若不一次性带回去，道子可能会发脾气。该怎么办呢？无论减少哪种食材，咖喱都会做不成，所以他只好把大米换成了五千克的。反正这些米一个晚上也吃不完，等没了可以再买。

---

1 阿部定事件：女佣阿部定于昭和十一年（一九三六年）五月十八日在日本东京都荒川区尾久的茶室，将其情人绞杀，并切除其生殖器的事件。——译者注

尽管如此，坠在手上的购物袋提手还是被扯得像丝一样细，深深卡进了圭辅的手指关节内侧。

好不容易回到家，他先对道子道歉，说没能买到十千克的大米。

"如果需要，我这就把剩下的五千克大米也买回来。"

那天，道子好像少见地在弹子店赢了。可是一听到圭辅的话，原本高高兴兴的她瞬间吊起了双眼，顺手抄起袋子里的土豆朝圭辅扔了过去。因为距离很近，圭辅无处躲避，土豆"砰"地打到了他的额头上，继而滚落在地。

"好痛。"

"你小学毕业了吗？"

"是的。"无论答案多么明显，若是不回答，他都要挨骂。

"十千克是三千四百八十日元，五千克是一千七百八十日元，哪个更实惠？"

他已经在超市算过了。

"十千克的便宜八十日元。"

"对吧。那你为什么不买十千克的？钱可不会从地上长出来。"

"是。"

"知道了就马上去换回来。"

他不敢违抗，只好抱着五千克的大米，把小票塞进校服口袋里，朝一公里外的廉价超市走去。

不仅是大米，若是回家的时间稍晚一些，或特价物品售罄没买到，道子都会朝他扔垃圾，甚至是还没打开的罐头。

因为校长制定的方针，圭辅的初中会公布每个学年测试综合成绩排名前五十的学生名单。虽然这件事在教育委员会闹出过问题，但校长依旧坚持这个方针。

初中第一次期中考试，圭辅在二百八十名初中一年级学生中排名第五，寿人排名十七。达也没有上榜，不过按照他小学的成绩推测，可能紧紧跟在五十几名的位置。

寿人好像会因为科目和出题的内容，成绩起伏得很厉害。尤其是国语和数学这两科，每次小测试，他都能拿到接近满分的成绩。而且，他平时好像不会突击复习。有一次，国语相对比较不拿手的圭辅向他讨教过学习秘诀。寿人却毫不夸耀地说："那不可能错啊。国语和数学一样，只需要遵照方程式来解答，压根儿不需要背诵。"

圭辅不禁感慨，寿人这种可能就叫天才的潜质吧。而且，寿人不会给人性格阴暗的感觉。

他无论搞什么体育运动都信手拈来，但凡上体育课打篮球或排球，隔壁运动场上的女生都会跑过来声援。她们说，寿人是年级前五名的"人气男生"。不过，他并没有偶像明星那样甜腻的气质，眼神和嘴形都给人严肃的感觉。由于他的性格比较孤僻，一开始在班上多少让人感觉有点格格不入，但是大家渐渐熟悉起来后，就有越来越多的女孩子喜欢围着他了。

"诸田君，你在看什么？"

女孩子无论做什么事情都要两三个人，甚至四五个人聚成一团。有时候，几个女生围在旁边，谈天说地妨碍寿人看书，他也不会明显流露出厌恶的神情。虽说如此，他也不会故意迎合。

一次课间休息，三个女生走到寿人面前。她们还是跟平时一样，伸过头去看寿人正在读的文库本，兀自评头论足。

圭辅不时地朝那边瞥上一眼，却发现其中一个女生朝他走了过来。

"奥山君也总在看书呢。"

圭辅知道这个女生叫什么。木崎美果。

她的脸不算漂亮，而是偏可爱型，最有魅力的是她那双闪着调皮光芒的眼睛。她总是精神饱满，经常哈哈大笑，考试成绩属于中上，在班里还算受欢迎。而且，圭辅也挺喜欢她。

她用雪白、纤细的手指拿起了圭辅正在看的文库本。

"嗯……布朗神父的 do.go.ko.ro（どごころ）[1]。"

他的心跳开始加速，很担心自己是不是脸红了。

"呃，那个念 do.shin（どしん）。"

糟糕，他是不是说错话了？

"原来是 do.shin（どしん）啊。这是外国的书吗？讲神父的？"

圭辅向上看去，发现美果那双特别的眼睛正直勾勾地看着自己。她既没有蔑视，也没有生气。这是他上初中后，头一次被女孩子这样搭话。

他觉得自己肯定脸红了，便不敢抬起头来。

---

1 指《布朗神父的童心》。——译者注

"这本书讲的是一个叫布朗神父的人解开谜团。是推理小说。"

"像名侦探柯南那样的?"

"嗯,差不多。"

"奥山君,你为啥对着桌子说话呀?"

美果的朋友肯定都在看着他笑。"美果还真是没事找事。"他觉得自己能听见这样的话。

美果似乎毫不在意她们,而是大声说:"我爸也很喜欢推理小说。我在他的书架上见到过,下次借给你吧。不过是日本的,还拍过电影。"

说完,她就挥挥手,回到寿人周围的女生堆里了。

过了一会儿,他听见寿人说:"如果你说的是《犬神家族》,奥山君应该看过了。"

圭辅自己也不知道美果究竟哪里吸引了他。

第一次看见美果,他就觉得那是个好女孩。但是,经过这次对话,他的心就已经完全被占领了。

清醒的时候自然不用说,连梦中都出现了美果的笑容。仅仅因为跟美果身在同一个教室,他就感到特别高兴,同时又特别紧张。

紫阳花开的时节,圭辅、寿人和美果一起回家的次数变多了。

放学时,美果会蹦蹦跳跳地走过来说:"一起回家吧。"每逢此刻,圭辅都会感到身体变得轻飘飘的。

他们回家的路线基本不变,每次都会经过一座很旧的人行过街天桥。

因为不远处新设了带交通灯的人行横道，所以现在已经没人走这座桥了。它之所以还一直在这里，搞不好是因为政府没钱拆桥。

他们会站在桥上，呆呆地看着车水马龙，一直谈论电影和书，直到圭辅必须去超市采购。

美果总把"等我长大了"挂在嘴边。等她长大了，就要一日三餐吃薯片，养一屋子猫，每年去国外旅行一次，在各种纪念日亲手制作蛋糕……光是在一旁听着，圭辅都感到快乐。原来女孩子都在想这些啊。

从措辞和眼神来推测，美果很明显喜欢寿人。她之所以跟圭辅保持来往，是因为圭辅是寿人的朋友，并且不会妨碍她。圭辅是这样理解的。

至于寿人，对美果则不怎么热情，至少不像是喜欢她的样子。美果偶尔会说些傻话，寿人每次都会冷冷地说不对。如果这两个人互相喜欢，圭辅倒也能死了这条心。只不过，因为这种微妙的三角关系，圭辅心里一直放不下对美果的喜欢。

父母惨死才过去几个月，他就开始产生这种感情，会不会遭天谴呢？圭辅认真地想。

尽管如此，他还是瞒着道子，至少每天要把头发洗干净。

14

"你总是很快就放弃，而且很快就道歉。"

直到寿人指出来，圭辅才发现好像是这样的。

比如，他们聊到想看的书，寿人说"我家里有，下次带过来"，圭辅就会期待一下。可是，如果寿人说"找了一下没找到，等我再仔细找找"，圭辅就会立刻道歉："不用了，这么麻烦你，真不好意思。"

"用比较老的话来说，你就好像弃世之人。"

圭辅知道这个词，也明白寿人的意思。

不知从何时起，他就不被允许得到高声欢笑的快乐，也养成了最好不要期待快乐的习惯。

他只能想到一个原因：自己活了下来，父母却死去的内疚感。

如果告诉寿人，他可能会嘲笑"不知所云"吧。

尽管如此，圭辅还是无法压抑自己对美果的感情。

六月中旬，圭辅晚饭前坐在房间里看书，达也突然对他说话了。

"小圭，你最近跟班上的木崎美果关系很好，对不对？"

"算不上好。"

他很惊讶达也怎么知道的，但是装出了漫不经心的样子。达也闻言，把手搭在了圭辅的脖子上。

"别骗人了。你们不总是一块儿回家吗?"

手臂的力道加重,圭辅感到脑袋开始充血。

"还有诸田君啊。别这样,我透不过气了。"

虽然圭辅不情愿说出寿人的名字,但必须强调自己并非跟美果两个人独处。

"我知道。那家伙很快就变得不起眼了,用不着在意。总之,你介绍美果给我认识吧,拜托了。"

"你要我介绍,我也不知道说什么啊。"

"你怎么总这样?"达也"啧"了一声,"这是我亲戚浅沼达也君,我目前寄宿在达也君家里。达也君很擅长运动,喜欢吃烤肉和咖喱。他明明长得很帅,妈妈却很难看。像这样随便说说就好了。要是你说得搞笑一些,那就更好了。"

"你自己说不就好了?"

"行行行,我自己说,总之你介绍一下。"

他没有拒绝达也这个要求。如果惹恼了达也,他会告到道子那里去,圭辅的家务就会变多。

达也逼迫他介绍美果的第二天,第一节课的课间休息时间,圭辅鼓起勇气叫了美果。

"木崎同学,你有时间吗?"

"什么事?"

美果转过头来,脸上带着一无所知的天真。

"我有个朋友,想介绍给你认识。"

"啊,什么?谁啊?"

她可能认为既然是圭辅主动介绍的，对方一定跟寿人差不多。于是，美果哼着歌跟他走到了达也所在的一班门口。

圭辅打开教室的门探头进去，很快就看到了等在里面的达也。达也抬手应了一声，双手理着头发走了过来。

达也站在门口，满脸笑容。如果单看外表，他的气质的确很不错。圭辅感觉美果的脸色沉了下去，可圭辅不能半途而废。

"这是浅沼达也君。我目前就寄宿在达也君家里。"

"你好。"达也开朗地打了声招呼，"我是圭辅君的好朋友达也，座右铭是做人要开朗、温柔、有活力。"

"啊，嗯。"

美果含糊地应了一声，转头看向圭辅，仿佛在责问他安的什么心。

"再见。"

圭辅逃也似的离开了。背后传来达也的大笑声。

圭辅低着头坐在座位上，不一会儿就察觉到美果回来了，可他就是不敢往她那边看。

第二节是数学课，圭辅连坐着不动都感到很痛苦，就像直接坐在冰块上似的。

他想起达也曾经夸耀过——

"我们还把一个目中无人的女生骗到'基地'里，五个人一起扒了她的衣服。"

他感到胃里一沉，胸闷气短。

"对不起,我今天有事,要早点回去。"

这周不用值周,第六节课一结束,圭辅不等寿人回话,就跑出了教室。

他飞快地穿上鞋,全力奔跑,途中好几次差点跌倒。一直跑出校门口,他才放慢了脚步。

他喘不过气来。

他双手撑在腿上调整呼吸,有点消化不良的中午饭几乎要从胃里倒流出来。

等呼吸稍微缓过来一点,他便回头看向校园。学生们不断地从教学楼的门口涌出,他看不清里面是否有寿人、美果,或是达也。

圭辅快步走向平时不走的、人烟稀少的道路。

就算刻意不去想,达也还是会在脑海中浮现出来。

达也和他那些朋友欺负过的女生可能不止一个,那些女生都没对人说吗?她们没告诉家长吗?达也说她们"不会告诉家长"。莫非就算告诉了,大人们也为了面子,没把事情揭穿吗?

对了!

圭辅想起来他上五年级时,小区里有个女生坠楼死了。

他听大人说,那孩子平时很调皮,可能是自己骑在墙上玩耍,不小心摔死的。但那只是推测,并没有目击证人。

那真的是意外事故吗?

等他回过神来,已经靠在电线杆上,呼吸越来越急促。他明明睁着眼,眼前却像晚上一样黑。这是久违的过呼吸症状。"慢慢来，慢慢来。"他对自己说。

"没事吧？"

他听见熟悉的声音，便抬起头来，发现同班的杉原美绪正低头看着他。

她脸上的表情好像在生气，但实际可能在担心他。圭辅听说她的家庭情况很复杂，家里只有母亲，而母亲又嗜酒成性，好几次喝进了医院。他还听说杉原美绪有个弟弟，因为事故夭折了。她平时很成熟，跟圭辅一样，在班上总是显得与别人格格不入。

"没什么，就是有点头晕。"

见圭辅站直身子，杉原便说了声"再见"，就转身离开了。

圭辅开始原路折返。

他得提醒美果小心达也。

他等在校门边上。

学生们三五成群地走了出来。现在好像是没有参加社团的学生的放学高峰期，如果不集中精神，很容易错过身影。圭辅看见寿人朝门口走来，但不想跟他碰面，于是走进旁边的文具店，躲在货架旁边等寿人过去。

很快，校服的人潮突然稀疏，只剩下寥寥无几的学生，他还是没见到美果的身影。

运动社团的人在校园里发出各种吆喝声。

三个同班的女生慢慢吞吞地拖着脚步走了出来，她们身后已经空无一人。圭辅犹豫再三，还是叫住了她们。

"那个……"

女生们转过头来,像听见野狗吠叫一样看着圭辅。

"干什么?"

"你们看见木崎同学了吗?"他尽量装出随意的口吻。

这三个人虽然不算极端分子,但也能分到坏学生那一类,个个都喜欢逃学,总被老师提醒发型和私人物品不符合校规。

"奥山,你在等美果啊?"

一个人露出了夸张而震惊的表情,另外两个人纷纷起哄。

"骗人的吧,你们原来是那种关系?我怎么一点都不知道。"

"我知道哦。"

"不会吧,真的?"

圭辅觉得自己可能横生枝节了,不由得有些郁闷。

"刚才有个一班的男生过来叫美果,他俩一块儿走了。"一个人告诉他。

"就是就是,那个浅沼,有点装模作样的家伙。"

"啊?"

糟糕,来晚了。圭辅似乎露出了这样的表情。

"你们看他,都绝望了。"

"呃,不会是真的吧?"

"Shock!"

"Shock 是啥意思?"

"没啥,就是想说说,心血来潮。"

"Nice!"

她们正哈哈大笑着,圭辅又问了一句:

"他们啥时候走的?"

"嗯……"一个人的眼睛滴溜溜地转了转,"刚打扫完就走了,比我们早十分钟吧。对吧?"她转头问了一句,其余两个人纷纷点头。

"谢谢。"他道了谢,匆匆走开了。

"再见啦,奥山!"

"加油啊!"

"别输给浅沼!"

在她们打趣的声援中,圭辅走进了校园。

他一直站在学校门口,绝对不会看漏。那就是说,他们从别的门离开了。

他朝后门跑过去。

"奥山,你怎么了,忘拿东西了?"兼任网球部教练的班主任原岛喊了他一声。

"啊,是的,对不起。"

他随便应付了一句,便继续往前跑,可就是找不到那两个人。

他从后门跑到外面,每次看到初中生的身影就跑过去,但每次都不是他要找的人。他一直到处寻找,直到夜幕降临,再也看不清人脸,也没有找到达也和美果。

尽管已经比预定的时间晚了很多,但圭辅还是按照道子的吩咐买了东西回到家中。道子站在厨房里,他走过去向她道歉。

道子转过身,顺手就把杯子里的液体泼在了圭辅身上。随着"哗啦"一声,他脸上和身上顿时洒满了散发着浓烈气味的威士忌。原来道子把自己正在喝的酒泼他身上了。她生气的原因,当然是圭辅没有按时回家。

最后,道子还是就着圭辅买回来的熟食,像平时一样边喝啤酒边看电视。圭辅趁她看得入迷,带着印有班级联系方式的资料和零钱袋,悄悄地离开了家。

他往公园门口的公用电话里塞了几枚十日元的硬币,按照资料上的联系方式输入号码,然后带着祈祷的心情等待接听。

"你好,木崎家。"

他瞬间以为那是美果,但很快发现那个声音虽然像,听起来却小很多。

"请问,美果同学在家吗?我是她班上的奥山。"

"啊,你找我姐姐?"果然是妹妹,"姐姐还没回家。"

他顿时汗毛直竖。

"知道了,打扰了。"

妹妹问他要不要传话,他留下一句"请不要回拨这个电话",顾不上自己说的话有多奇怪,就挂了电话。

他想不到自己还能做什么。

于是,他又悄悄回到房间,翻开了书。

无论他怎么用目光去追逐书上的文字,都汲取不了任何信息。他越来越烦躁,反复看向时钟。时间过得太慢了。

晚上八点,达也还没回来。怎么办?要再打一次电话吗?可是,连打好几次电话,对方会怀疑吧?

将近十点,达也总算回来了。他一进门就说:"我吃过饭了,不需要……"道子听了越发不高兴起来。

"真是的，一个两个都不理解别人的辛苦。"

圭辅成了道子的出气筒，被命令赶紧把垃圾收拾了。他一边收拾道子吃剩下的残渣，一边偷偷看喝可乐的达也。达也的表情跟平时没什么两样，从侧脸上看不出任何异常。

圭辅很想问美果本人，可是现在打电话太晚了。虽说如此，他又不能问达也"你把美果怎么了"。于是，他决定早早睡觉，明天早点去学校。可是，他翻来覆去都睡不着。等到临近午夜，达也带着浑身烟味走了进来。

"你放学后去哪儿了？"

圭辅终于忍不住问道。达也的脸上闪过惊讶的表情，很快就嘿嘿笑了起来。

"你想知道？"

"你对木崎同学做了什么？"

达也凝视着圭辅的脸，点燃了香烟。

"你真想知道？美果她有魅力哦，小圭你知道吗？"

这句话就像一个冰冷的拳头突然戳进了圭辅的肚子里，他惊得坐起了身子。达也乘胜追击："她的内裤有花纹呢，那是违反校规的吧？"

"小达，你不会吧？"

"我阻止过了呀。我对他说：'前辈，你这样太过分了，快住手！'"

"前辈是谁？美果在哪里？"

"哎呀，你还认真起来了。你果然喜欢美果呢。"

达也一副再也忍不住的样子，哈哈大笑起来。

15

第二天早晨，圭辅早早就离开了家，但没有往学校走。

他往公园旁的公用电话里投了一枚十日元的硬币，拨出号码。

"你好，××中学。"

那是国语老师水谷的声音。圭辅的脑海中浮现出一张黝黑、严肃的脸。

"那、那个，我是二班的奥山。请问，原岛老师在吗？"

对面沉默了片刻。圭辅以为自己要挨骂了，结果水谷老师回答让他等一等。等待铃声过后，听筒里传来了原岛老师的声音。

"你好，我是原岛。"

"我是奥山。对不起，我感冒发烧了，想请一天假。"

他嘴巴很痛，说起话来有点含糊。

"你知道校规吧？这种事必须由监护人联系我。"

老师的回答正如圭辅所料。

"那个，我请家里的人打电话了。她说太麻烦，不愿意打。"

圭辅当然没请过，不过就算他真的请了，道子肯定也会这样说。

"你说什么呢。要是你家长在，就把电话给她。"

"刚才她出去了,说要在弹子店排队。"

"一大早就去?"

"嗯,她说有家店新装重开了。"

圭辅把以前听过的说辞重复了一遍。

电话那头传来了咋舌的声音。原岛老师家访时见过道子一次,此时肯定想起了道子的为人。

"知道了。你要请家长在联系手册上写明情况,明天……不上学,星期一拿过来。听见没有?"

"知道了。"

圭辅长出一口气,放下了话筒。星期一会如何,他根本不在乎。

不仅如此,就算无法说服班主任,他也不在乎。不过是因为规矩摆在那里,他才联系了学校。

他凝视着自己倒映在电话亭树脂墙板上的脸。

左边的颧骨变成了紫色,左眼充血、肿胀,嘴唇左侧撕裂,现在还往外渗血。他用舌尖轻轻一舔,痛得几乎跳起来。鼻血已经止住了,鼻子还是肿的。侧腹也很痛,大腿和手臂上全是瘀青。

这些都是达也昨晚给他留下的伤痕。

得知达也可能欺辱了美果,圭辅一直压抑的感情瞬间决堤了。

他发出从未有过的怒吼,向达也扑了过去。

可是,他压根儿没碰到达也,他反倒被达也一脚绊倒在地上。接着,就是一顿单方面的痛揍。

这是他第一次被达也使用暴力。他很不甘心,同时感到很失败，因为达也一点都没有动真格的。

房间里充斥着达也的冷笑声、圭辅的呻吟声，还有猛踹肉体的声音。就这样，圭辅被揍得满身伤痕。

"小圭啊。"揍到后面多少有点气喘的达也叫了他一声，就像半年前他在圭辅家寄宿，凑过来叫他一起打游戏时那样，"坦白说，你最好别惹我。你能胜过我的，也就只有考试了吧？你就满足吧，我一认真起来连自己都害怕，我控制不住自己。所以啊，我从来没对别人使用过暴力，这是真的。"

圭辅爬都爬不起来，只能躺在地上任凭他说。圭辅感到很奇怪，自己并没有恐惧，也没有愤怒。

"是你不好，是你先动手的。"圭辅听见打火机的声音，接着闻到了烟味，"你要是不应声，我怎么知道你听没听见呢？"

他憋着气发不出声音，就点了点头。

"明白就好。"达也向他伸出手，"把手给我，你不痛吗？"

实在没办法，他只好抓住了那只手。

"我们毕竟是亲戚，要好好相处。用这个擦擦鼻血吧。"

他递给圭辅一盒纸巾，随即拿起刚买的漫画杂志翻看起来。

圭辅正要出屋去洗鼻血和弄脏的衬衫时，却听见达也在他背后说：

"我想起火灾那天晚上的事了。"

圭辅停下脚步，最终回过头去，凝视着达也。

"那天发生了好多事。"达也看着天花板，安静地说，"我记得可清楚了。那天晚上，叔叔和阿姨早早就睡了。发生火灾时，我救了小圭。还有啊，现在我可以说了。阿姨的——喂，小圭，干吗啊，我正说到重点呢。"

圭辅跑出房间，进了洗手间。

他拧开水龙头，不断清洗自己的脸。空荡荡的胃里涌出了苦涩的液体。

人一旦受到过于残忍的打击，心中的仇恨就会瞬间减轻许多。寿人说过，犯罪心理学的世界存在这种说法。

圭辅当时还不能理解，现在好像理解了。

"我不能违抗这家伙。只要我活在世上，就不能违抗这家伙。"

圭辅心里产生了这样的想法。

他甚至觉得，说不定世上真的存在命运，自己注定要沦为达也的奴隶，所以才克死了父母。如果想摆脱达也，那他只有死。只要他还活着，就无法违抗达也。

他异常冷静地得出了这个结论。

打完请假电话，圭辅从电话亭走出来，尽量避开行人向前走。

他要去的是前不久刚从那里搬出来的小区。

听说那里终于要拆掉重建了，随着合同期结束，那里的居民渐渐搬到了别的地方。因此，小区的人越来越少，现在将近三分之一都是空房子。

圭辅决定随便找个空房子溜进去，等待最后时刻的到来。

他想在无人打扰的地方看完从图书室借来的书。就算没看完也无所谓，要是传闻中小区里的可怕居民突然跑过来杀了他，倒是正如他所愿。

如果没有死后的世界，那就到此为止。如果有，那他一定能再见到父母。到时候，他有好多话要对他们说。

他在小区里走了走，找到一间看起来还算干净的空屋。面朝院子的窗户打破了，只要打开门就能进去。

房间的状态还不至于被称为废墟。虽然多少有点灰尘，但好像里面的人刚搬走没多久。再看天花板，灯具拆除后剩下的挂钩裸露在外面。那个说不定能派上用场，要不等会儿试试吧。

他在狭小的餐厅找到一张废弃的廉价白木椅子，坐下来看起了书。

他决定不去想美果，因为想了也不能改变什么，只能让自己更痛苦。他只能用自己的方法做出补偿。

除了偶尔能听见摩托车和汽车驶过的声音，周围几乎没有一点响动。他完全按照自己的节奏翻动着书。

看到吃饭的场景，圭辅回过神来。他不知道现在几点了，只知道太阳已经升得很高。他肚子饿了，因为从昨晚到现在什么东西都没吃。

离开家时，他匆忙做了个饭团。在冷饭里塞了一颗梅干，撒了一点盐，裹了张海苔，然后用保鲜膜包了起来。

他从包里拿出饭团，吃到梅干时，口腔里涌出了大量唾液。

他酸得皱起眉头，随即想起了美果的笑容。美果说她喜欢吃饭团。大约两周前，他们参加校外学习的时候，美果带了一盒小菜，还有一个特别大的饭团。她的朋友调侃她：都分不清哪个是脸，哪个是饭团了。

要是美果被糟蹋了……

他摇摇头，甩掉了糟糕的想法。这样做可能很懦弱，可他一想到这个，就会控制不住痛哭的冲动。

该行动了。就在他决定试试那个钩子是否稳固时，突然听见一个人的声音。

他转头看向正对院子的窗户。明明已经做好了被人杀掉也无所谓的心理准备，关键时刻他还是感到心跳加速。圭辅屏住呼吸静静地坐着，又听见了声音。

"奥山君，你在这里吗？"

他吃了一惊。那是寿人的声音，他怎么在这里？

"诸田君。"他站起来应了一声。

穿着校服的寿人从杂草丛生的院子里走了过来。他不是一个人，后面还跟着杉原美绪。

"是杉原同学告诉我的。"

寿人回过头，杉原一脸闷闷的表情，稍微点了点头。

"她今天因为家里有事，晚了一点上学，正好看见奥山君走进这间屋子，就告诉我了。她还说你的脸色很差。"

对了，杉原也住在这里。她竟然没有告诉老师，而是告诉了寿人，真是奇怪。

"我也想加入你的探险，就早退了。她也陪我一起过来了。"

也不知寿人究竟察觉到多少，他的语气倒是很轻快。

"再见！"杉原只说了一句话，便转身离开了。

寿人目送她的背影消失，兀自嘀咕道：

"她虽然有点奇怪，不过是个好女孩呢。"

"嗯。"

她完全离开后，寿人换上了严肃的表情。

"你的脸怎么了？"

"没什么。"

"怎么可能没什么？"

"真的没什么。"

说着，圭辅不受控制地流下了眼泪。

最后，圭辅把昨晚的事都告诉了寿人。

寿人等不及圭辅说完，就愤慨地说："那太过分了！"

让圭辅吃惊的是，寿人说美果今天去上学了，跟平时的状态差不多。

"真的没弄错吗？"

"嗯，因为我亲眼看见她了。感觉她跟平时没什么两样，不仅跟朋友有说有笑，还问了一句：'欸，奥山君没来上学啊？'要是有人对她做了很过分的事，她应该不会表现得如此正常。"

圭辅松了一口气，几乎没力气支撑自己。要是美果因为昨晚的事情自杀了，或是留下了一辈子的心伤，那他绝对不会原谅达也，也不会原谅自己。

如果美果真的没事，那就太好了。

达也一定是没有得逞，才说了那种话发泄郁闷。由于没能对美果下手，他干脆把圭辅揍了一顿取乐。

"总之，我先回去跟叔叔商量商量，看到底该怎么做。"

"你叔叔是警察？"

圭辅很严肃地问了一句，寿人却笑了笑。

"他不是警察，但是读了很多书，懂得很多东西。"

尽管圭辅不太期待，还是点点头说了句"拜托"。

"先不说这个，你脸上的伤好重。对了，我们现在就去叔叔家如何？他那里应该有药贴，离这里也不远。"

寿人已经打定了主意，圭辅也对他经常提起的叔叔家感到好奇。

圭辅准备收拾好包饭团的保鲜膜，可是一拉开书包的拉链，他从阳台偷拿出来的晾衣绳就跑了出来。圭辅慌忙把它按了回去，不知寿人有没有发现。

"我们走吧。"寿人在前面带路。

"可是，你为什么要早退啊？"

听到圭辅的话，寿人转过头来。

"因为杉原对我说了呀。她家的情况特殊，总被周围的人当成怪物，其实她是个心地善良的人。她很担心小圭，而且……"这是寿人头一次叫他"小圭"，"你以前不是说过嘛。'那个小区里就算有具尸体，也不会马上被发现。'"

圭辅险些叫出声来。

寿人猜到了。

圭辅之所以到这里来，是认为自己可以不被打扰地上吊自杀。要对美果赎罪，要逃脱达也的摆布，他只能这样。

16

寿人的"叔叔"家，是一栋离车站步行十五分钟左右的陈旧二层木造小楼。

这一带有很多旧屋，有的房子隐没在宽敞的院子和茂密的树林中，几乎看不见模样，还有一些甚至是国家认定的文化遗产。

论陈旧程度，那个叔叔家丝毫不输别的房子。枝繁叶茂的吊钟花充当了围墙，木制的大门有点歪斜，并没有起到大门的作用。

"牛岛"。

门牌上写着这两个字。圭辅觉得自己好像见过这个姓氏，而且就在最近。不过，他怎么想都想不起来。

走进大门，是一条通到大屋玄关的小石板路。

"不用客气。"

在寿人的催促下，圭辅跟了过去。寿人拉了一下门，好像上锁了。

"应该是出去了。"

寿人从口袋里拿出钥匙开了门，原来他有这里的钥匙。

穿过宽敞的玄关，就是铺着旧木板的走廊。已经六月中旬了，屋里还是阴阴凉凉的。

"在里面。"

走廊左侧有一段通往二楼的台阶，右侧有个房间，不过关着门。昏暗的走廊尽头是一扇雾玻璃门，阳光从门外洒了进来。

圭辅跟在寿人后面走进去，原来那里是连通厨房的起居室。

里面的地板实在太旧了，很难说是现代的木地板装潢。

"很旧，对吧？其实，这是大正末期的建筑。原本厨房和起居室是分开的，后来拆掉隔板合成了一间，加起来应该有三十多平方米。"

厨房那边有一张干净的餐桌，起居室则摆着一张厚重的矮桌。这里没什么多余的家具，看起来特别清爽。

"随便找个地方坐吧。"

听了寿人的话，圭辅走到同样陈旧的沙发上坐了下来。弹簧没有到处乱跑，而是稳稳地撑住了圭辅的身体。

寿人拿出一个木盒子。

"这是医药箱。"

他从里面拿出药贴，让圭辅翻开衬衫。圭辅有点犹豫，最后还是掀起下摆，露出了身上的瘀青。果然，寿人一看就说"这也太过分了"。

"真的不用去看医生吗？"

"没事，它没有看起来那么疼，应该没伤到骨头。"

圭辅没有说谎，只是他不看医生的理由不止这一个。然而，就算对方是寿人，他也说不出自己没钱，看不了医生这种话。

"那个叫浅沼达也的人也太坏了,你最好跟老师或公共机构说说。"

"公共机构?"

"我记得区政府那边有专门管这种事的窗口,而且还有儿童救助中心。我对这些也不太清楚,但是新闻上不是能看到救助被虐待儿童的消息吗?你可以到那些地方去求助。"

是的,那的确是一种办法。

因为双亲去世的打击以及道子和达也母子俩的强势,圭辅一不小心就在浅沼家住了下来。不仅如此,道子好像还拥有监护人的资格。也就是说,她拥有等同于圭辅父母的权利。之所以说"好像",是因为一连串眼花缭乱的手续办完以后,并没有值得信赖的大人对他做最后的说明。

"我可以陪你去。"寿人关切地说。

"嗯,我考虑考虑。"他含糊地应付道。

刚开始共同生活没多久,圭辅就学会了尽量回避与道子和达也发生矛盾。一想到翻脸之后可能出现的麻烦,他就很难痛下决心,这次的浑身伤痛就是个很好的例子。他忍不住想:一旦反抗,绝不会有好下场,还是老老实实地顺从最好。

如果不是每天跟道子和达也生活的人,恐怕不会理解这种心情。

寿人似乎想到了什么,再次开口道:

"不如找浅沼的父亲商量吧?他能沟通吗?"

那也不行。

"没办法沟通,而且最近都见不到他。"

"他不在家?"

"可能又去什么地方出差了,何况我也不认为达也会听他的。"

他想起了那天深夜达也和道子的对话。他保留了两个人的关系,只把那段对话告诉了寿人。

"喂,水坝?他们的对话好吓人啊。"

寿人叹了口气。看来,他应该能理解那对母子的可怕了。

贴完膏药,寿人拿出工具和材料,用虹吸壶做起了咖啡。屋子里顿时充满了香味。

"你还能再待一会儿吧?"

寿人看了一眼墙上的时钟,已经是第六节课的时间。圭辅说还能再待一会儿。

"这里的人还不回来吗?"

"还早着呢。对了,要不要去我的房间?"

"你还有自己的房间?"

"嗯,在二楼。"

寿人快步走上楼梯,圭辅只好跟了过去。

上完楼梯就是走廊,一侧有三个房间,另一侧有一个房间,都是推拉门。寿人拉开了另一侧的房间门,发出"咔嗒,咔嗒"的沉重响声。

房间里也铺着陈旧的木地板,只有一张旧桌子和一个简陋的折叠床。放下这些东西,地面上就没什么空间了。

有一面墙装了整面的书柜，像图书馆一样塞满了书。不仅如此，还有许多书本、杂志像抽积木一样高高地堆了起来，散发着潮湿的气味。

"我经常给这里换气，但还是有股霉味，对不对？"

屋子里很暗，不是因为书多，而是窗户比一般房间的要小。

"这里是朝北的房间，原本是个仓库，但也有将近十平方米。"

圭辅实在无法理解，只好放弃思考。

"为什么诸田君在叔叔家有个房间？"

寿人笑了起来。

"对不起，对不起，我本来不想撒谎，可是小圭看到什么都很惊讶，我觉得太有意思了。坦白说吧，目前我寄宿在这里。"

圭辅总算理解了情况，原来寿人跟圭辅的处境差不多。

"我老家在北海道，我本来跟父母住在那里。我家附近有一片很大的草原，上面长着很多野草。其中有一种野草，它算是芒草的亲戚吧。我从小就有点哮喘症状，后来发现是对那种草过敏导致的支气管炎。因为父亲的工作，我们无法搬家，但也不能把野草全烧掉，于是从小学五年级开始，我就来到叔叔家寄宿了。牛岛叔是我奶奶的弟弟的儿子。"

圭辅轻呼了一声。并非因为他理解了寿人说的复杂关系，而是他突然想起自己在哪儿见过牛岛这个姓了。刚入学没多久发给他的班级联系手册上，有个学生的地址后面标注了"牛岛方"。

他自己的地址后面写着"浅沼方"，所以他猜测那个学生也是寄宿，寄宿在牛岛家。但他当时只是想了想，并没有在意。

原来那就是寿人啊。

但他又忍不住想，虽然寿人的处境跟他相似，实际情况却天壤之别。

"这间房原本是叔叔的书库，因为房间朝北，书不会被晒伤。整天埋在书本里生活是不是很棒？当然，他也给了我一个朝南的房间，但我经常在这里看着看着书就睡过去了，虽然这对支气管不是很好。"

"那你叔叔会到这里来拿书吗？"

"他才不会来。一楼的书房和书库还有好多书，比这里多好几倍呢。"

17

结果，那天圭辅还没见到那个"叔叔"，就不得不回去了。

既然没有自杀成功，他就得去买菜。

他走进超市，推着车收集清单上的物品。今晚好像要吃御好烧，他拿了一盒五花肉放进推车里，走向小麦粉的货架。这时，突然有人戳了一下他的背。

圭辅转过头，发现是穿着校服的美果，那双调皮的眼睛满是笑意。

"奥山君，你在干啥呢？今天不是请假了吗？"她调侃了一句,伸头看向推车,"帮家里买菜?"

其实他羞得想转身逃跑,可他有句话不得不说。

"欸,你的脸怎么了?"

"没什么。不说这个了。昨天真对不起,那家伙一直缠着我。"

"什么?"

"就是……介绍浅沼那件事。"

"哦,你说那个啊。"美果点点头,"反正你是被逼的吧,别在意。话说,你真的没事吗?"

"没有表面看起来那么严重。"

美果漫不经心的说话方式让他整个人都放松了下来。再看美果手上提的篮子,里面放着杏仁巧克力和布丁。

"浅沼没对你怎么样吧?"

"有啊,有啊。"美果看着货架上的薯片,皱起了眉头,"他一直缠着我要去卡拉OK,我跟他走到了半路。"

"你跟他去了?他没对你做什么吧?"

美果轻笑了一声。

"我不可能跟他进店啦,因为我看出来他是骗我的,他说那里有女孩子。而且,他好像还想叫其他男生过来了。我就随便应付了两句,自己回家了。"

达也竟会放她走?太让人震惊了。美果眯起眼睛,呵呵笑了起来。

"我告诉他,我爸是警察。"

"啊,真的吗?"

"浅沼也吓坏了。"

"你爸爸是警察啊，好厉害！"

"骗人的啦。"

"骗人……的吗？"

"当然是骗人的啊。我爸的确是公务员，但做的是道路管理之类的工作，只是个普通公务员而已。"

美果以后应该也能巧妙地躲开达也。想到这里，他放心了一些。

"太好了。"

"奥山君，莫非你在担心我吗？"

"啊，嗯，有点。"

"谢啦！对了，你的脸最好冷敷一下。"

"好的。"

美果拿起一袋薯片放进篮子里说："我妈也叫我买菜，再见啦！"

说完，她就走了。

圭辅回到家，当然不能质问达也"你昨天说谎了"。仅仅是确认美果平安无事，以及她并不怨恨自己，他就已经十分满足了。

接过购物袋时，道子好像注意到了圭辅脸上的伤，但她只是流露出一闪而过的惊讶，很快就别过脸去了。她可能猜到是达也干的，决定刻意无视。圭辅本来也不指望她有什么反应，也就没感到失望。

第二天、第三天，达也再也没有对圭辅提起过美果。

看来，达也经历过一次失败，已经丧失了兴趣。

周末，圭辅总算能见到被寿人称为"叔叔"的牛岛肇了。

美果也要来，因为她听见圭辅和寿人谈论这件事，就坚持要跟过来，最后寿人只能答应了。

肇今年三十五岁，留着清爽的短发，圆脸、粗眉毛，笑起来眼睛就没了，给人的印象是很开朗。

肇的妻子名叫美佐绪，比肇小三岁，今年三十二，给人的印象是更开朗，说起话来干脆有力。

五个人坐在起居室的矮桌边，面前都摆着美佐绪亲手制作的蛋糕卷和红茶。

"叔叔和婶婶可相爱了。"

小小的茶话会刚开始，寿人就突然说道。

"喂！"肇瞪了寿人一眼，但好像不怎么害羞。

"是真的啊？"

"嗯。"

肇旁边的美佐绪也不怎么害羞，而是微笑着说。

"哇，真好！"美果的表情一下亮了起来，"好棒啊！"

然后，寿人巧妙地换了个话题，让肇展示了自己的博学多闻，尤其是在历史和自然科学方面，他随口说出了好多圭辅从未听过的单词。圭辅不禁感叹，肇的脑子里好像装了本百科词典一样。

"请问，您做什么工作呀？"美果问。

"他在大学当国文学助教授。"

寿人说了个圭辅也知道的著名私立大学的名字。

"好厉害！"美果毫不掩饰地惊叹道，"我也能考上那个大学吗？"

"只要稍微认真准备考试就没问题。"

"太棒了！只要稍微认真就可以了。"

除了美果，所有人都笑了起来。

当谈话告一段落，美果起身去洗手间时，肇换上了严肃的表情。

"我听寿人说了你的遭遇，这也太过分了。如果你不介意，我可以帮帮你。"

自从父母去世后，圭辅就渐渐无法理解自己的感情波动了。有时，他对任何事物都没有感觉，有时却因为一些小事而突然流泪。肇刚说完那句话，圭辅的眼泪就"啪嗒啪嗒"地落在桌子上了。

"你才这么小，就要一个人背负这些，实在太可怜了。你别看这个人的脸圆圆的，其实挺可靠的。你就多依靠他吧。"

听了美佐绪的话，圭辅哭得更厉害了。

"你这话怎么说的？没有科学研究证明圆脸跟性格有关系。"肇不服气地说。

"我在夸你啊，就别挑三拣四了。"

"好啦好啦，谢谢款待。"

寿人装模作样地说完，又激起一阵笑声。随后，肇恢复了严肃的表情。

"听说浅沼道子女士是你的监护人,但是法律对监护人有大量限制,他们必须遵守很多规定。毕竟,对方虽然是未成年人,他们也只是暂时代为管理他人的财产。圭辅君,你收到过财产目录或是收支报告吗?"

"没有。"

这些具体细节他一点都不知道,只听道子说过好几次"会好好保管"。

肇抱着胳膊,沉吟了一会儿。

"我有个老同学是律师。这些事我也懂得不太深入,下次找他问问吧。"

"好。"

圭辅嘴上应着,心里一半是高兴,一半是不想惹麻烦。

"总之,只要寿人再告诉我你脸上又出现了伤痕,哪怕你反对,我也会采取措施。其实,我现在就想行动,不过看你不太愿意,那就先看看情况再说吧。"

圭辅为了遮掩泪水,用手臂挡着眼睛,连着点了好几下头。

"怎么了?"美果从洗手间走出来,问了一句。

18

后来,达也好像听到了那场对话似的,再也没有对圭辅使用暴力。达也偶尔会对圭辅使出职业摔角一样的招式，虽然也不舒服，但至少不是留下伤痕的暴行，说不定那句"我从来没对别人使用过暴力"是真的。

圭辅故作不经意地问过美果，后来达也似乎没再去烦过她，或许父亲是警察这句话特别有效。

此后，圭辅大约每个月都会到牛岛家去两次，听肇分享他那无边无际的知识。这成了他最快乐的时光。

进入暑假，圭辅几乎每天都往牛岛家跑。

只要他完成每天傍晚的采购任务和分配给他的家务，道子就不会理睬他。达也也忙着跟初中新交的朋友出去玩，没空搭理他。

而肇所任职的大学也放假了，他每天都待在家里。

"三个人和四个人都一样。"美佐绪这样说着，中午把圭辅留下来吃了她最拿手的意面。美果当然不可能每天都来，但也会两三天来一次。有一天，她还带了自己烤的饼干，得到众人交口称赞。

八月过了大约一个星期。

圭辅整整两天没有自由的时间，无法到牛岛家去。

第一天，他被吩咐留在家里收包裹。第二天，那个穿工作服的男人一早就待在家里，不停地叫他出去买啤酒和下酒菜。自从"死神"不在了，那个男人就光明正大地进出这个家，脸上依旧是一副作弊时的狡猾神情。

圭辅没再见过其他男人，可能道子把对象减少到了一个人。

那天，圭辅一早就迅速洗好衣服、收拾好屋子，趁道子还没想到下一个命令，赶紧离开了公寓。

按下久违三天的门铃，美佐绪来开了门。很快，他就发现美佐绪的表情跟平时有点不一样。

美佐绪抱歉地告诉他："寿人有事出去了。"看她的反应，应该是不太方便告知他寿人去了哪里。

"那我明天再来。"

"那个，他去亲戚家了，可能有段时间回不来。我会叫他给你打电话的。"

这种仿佛嘴里塞了东西的说话方式很不像美佐绪的风格。圭辅鞠了个躬，转身走出了大门。

那天晚上，寿人打来了电话。接电话的道子先狠狠地瞪了圭辅一眼，才把话筒交给他。

"对不起，你接电话不太方便吧？"寿人察觉到气氛不对，向他道了歉。

"别在意这个。你怎么了？"

"嗯……"

寿人少见地犹豫了一会儿。牛岛家到底发生了什么？

"其实，我回老家了。"

"老家？你说北海道吗？"

"是的。我有个亲戚出事了，可能暂时回不去。"

"你不会直接转学了吧？"

说到这里，他总算听见了寿人的笑声。

"那不会，我最晚也会赶在第二学期开始前回去。"

圭辅心里很高兴，同时又很失落，因为他们有可能要直到第二学期开学才能见面了。与此同时，他也失去了庇护所，因为他不好意思一个人到牛岛家玩。

"你小心点。"他留下一句略显奇怪的叮嘱后，就挂掉了电话。

第二天，他在图书馆打发了时间。然而这样撑不了多久，左思右想之后，他鼓起勇气，给美果家打了电话。

一个声音听起来有点烦躁的男人接了电话，应该是美果的父亲。圭辅报上姓名，询问木崎美果同学是否在家。

"美果到亲戚家去了，暂时不回来。"

那个平时总是开朗大方的美果，竟有这样的父亲吗？他忍不住说了句"对不起"，放下了话筒。

虽然一个回了老家，一个去了亲戚家，但他们都有一段时间回不来。这只是巧合。尽管圭辅不断安慰自己，心中还是涌出了难以抑制的不安。

给美果家打电话的第二天，一对陌生的成年男女上门来找达也。当时，达也正好在家。这应该不是巧合，而是预先约好的，因为道子一脸不高兴地坐在旁边。

圭辅则待在房间里倾听外面的情况。

那两个人询问了达也的交友关系，哪一天在什么地方干了什么。他们的语气虽然温和，但在得到正确答案之前，他们会不厌其烦地反复询问。最后，他们还提到了秀秋的名字。

圭辅猜想，那两个人会不会是警察。

如果有警察来找达也，甚至把他带走，圭辅也不会感到惊讶。问题在于，他干了什么？

圭辅的心里越来越不安，尽管不太可能，但他很害怕这跟美果和寿人的奇怪举动有关。难道已经严重到警察找上门的地步？

直接问他们俩就知道了，好想早点跟他们见面。

可是，圭辅整个暑假都没见到他们。

直到开学典礼那天早晨，他都没看见美果。

寿人虽然来了，却一脸冷漠的表情，对他有点疏远。就在圭辅准备主动询问情况时，班会开始了。

班主任原岛老师对着一群刚放完假的嘈杂学生，提高了音量。

"木崎美果出于家庭原因转学了。"

"啊？"同学们纷纷发出了惊叹。

"骗人的吧？""我怎么没听说啊。"

圭辅的呼吸开始加快。

"她一点都不愿意透露详细情况。"

跟美果关系很好的女生悄声说道。

冷静，慢慢呼吸。一定不是什么大事。

"安静，安静！"原岛老师拿起点名册敲着讲台说，"给我安静！"

教室里的骚动总算平静了下来。

"她父母来打过招呼了，说事出突然，没法让她跟大家好好道别，真是对不起。另外，木崎同学还把告别礼物寄放在我这里，我马上开始分发。每组最前面的同学上来拿东西往后传。"

不行，糟糕，呼吸好痛苦。

"喂，奥山，你快点啊！"

背后被人戳了一下，圭辅才意识到东西已经传到了他的座位。

他拿了一个，把剩下的传给后面的同学。美果的告别礼物是包在知名百货公司包装纸里的手帕。

"啊，是巴宝莉！"

"哇，好可爱！"

周围传来了高兴的声音。

圭辅看了一眼坐在斜后方的寿人，寿人一脸他从未见过的怒容。

圭辅感到眼前一黑，无法抬起头来，只能一头栽在课桌上。

"老师，奥山君有点奇怪！"

旁边的女生高声道。

第一节课的课间时间，寿人到保健室来看圭辅。

"身体怎么样？"

"没什么，只是过呼吸而已，我第三节课会回去。对了，木崎同学的事情该不会跟达也有关吧？"

寿人没有回答他，而是侧着头，咬紧了嘴唇。

"如果你知道，就告诉我。"

"表面上跟那家伙没关系。"

"表面上是什么意思？还有，你为什么回老家了？"

"上次跟你说了。"

他从未见过寿人这么吞吞吐吐。

"知道了，那我直接去问达也。"

寿人一言不发地看着圭辅，最后离开了保健室。

达也没来上学。

他暑假期间一直抱怨"第二学期不想去了"，所以可能第一天就翘课了。

那天，圭辅一直跟寿人相处得很尴尬，几乎没怎么说话。

圭辅帮道子买了东西后，回到家耐心地等待。八点多，达也回来了。他果然是逃学到外面闲晃了，身上还散发着烟味。

"达也。"

"嗯？"

达也半张着嘴，一脸不可思议。

"小圭，你有点严肃啊。"

"你对木崎同学做了什么？"

"啥？"

看到他装傻的样子，圭辅心中的疑惑变成了确信。

没想到他的担忧成了真。

"你对木崎同学做了什么过分的事情？"

"喂，你哭什么啊。"

圭辅扑向达也，却被达也灵巧地躲开了，碰都没碰到。

"你在说什么时候的事情呢?"达也满脸笑容。

"你怎么能这样,浑蛋!"

"我都跟你说了,出手的人是松田前辈。我可啥都没做,真的。木崎那家伙哭得可厉害了,好可怜。"

圭辅气血上涌,太阳穴隐隐作痛,泪水"啪嗒啪嗒"地落在了地板上。

"你就在旁边看吗?"

"别太兴奋了,小圭。"

圭辅撑起身子,发出意义不明的吼叫,扑向达也的双腿。

达也被打了个措手不及,失去平衡跌倒在地。圭辅骑在他身上,朝着他护住脸部的双手疯狂殴打。

"知道了,知道了,我道歉还不行吗?"

几乎完全是守势的达也闷哼道。

圭辅回过神来,离开了达也。

达也喊着痛站起来,抚平了凌乱的头发,还满脸笑容,似乎没受多少伤害。

"真的,我啥都没干。上回也是松田前辈叫我把她喊出来的,我对木崎压根儿不感兴趣。"

他叼起香烟,打着了火。

"那家伙上回撒谎,说她老爸是警察。松田前辈他们知道真相后特别生气。"

"松田是那个二年级的松田吗?"

"我劝你冷静。要是敢忤逆松田前辈,后果可不堪设想。不过，他现在也不能上学就是了。"

"他家在哪里？"

"都跟你说了别去。你不知道吗？你那好朋友诸田寿人告了状，我们全被家庭法院[1]找了。事情还被捅到了学校，除了松田前辈，还有三个人也'吃'了停学处分。要是你大摇大摆地找过去，我真不敢保证会出什么事。美果本人和她家人都没说什么，你就少插嘴了。诸田也是，你们都太蠢了。"

怒火再度燃烧，指尖不受控制地颤抖。

这下，他终于知道今年夏天究竟发生了什么。

虽然不清楚达也主导的程度，但可以肯定，松田及其同伙对美果施暴了。美果深受打击，被父母带到别处，连学籍也转走了。

圭辅试着想象美果及其家人的痛苦。为了避免事情闹大，她的家人可能不得不含恨封口。美果只对自己喜欢的寿人说了那件事，寿人震怒之下报了警。

松田他们得到的处分非常轻，仅仅是停学在家反省。由于担心报复，牛岛夫妇把寿人送回了老家。

圭辅很气恼寿人对他这么疏远，可寿人之所以不对他说，恐怕是担心他无处可去，或者可能遇到危险。

话说回来，寿人回到学校真的没问题吗？很难说他今后一定

---

[1] 家庭法院：专门审理及调停涉及家庭与少年保护等案件的日本法院。——译者注

会平安无事。他到底打算如何保护自己？

那天到家里来的两个大人果然是警察或政府人员，他们来找达也，无非是怀疑他参与了案件，或是要他做证。但是圭辅认为，达也那句"我啥都没干"应该是真的。如果他真的干了，必然会到处炫耀。

"你也别这么沮丧。"达也拍了拍圭辅的肩膀，"小圭喜欢美果，对吧？你的心情我理解。要是你早点说，我还能帮你排上队呢。但是，只能排第五。"

圭辅已经没有气力再揍他一次了。

"我才不喜欢木崎那种小姐，反倒觉得诸田寄宿的那家人不错啊。她好像叫美佐绪阿姨，对吧？"

圭辅心想，他必须解决这家伙。

就算同归于尽，他也要解决浅沼达也这个人。

"这种事干一次就会上瘾，或者说我本来就喜欢年龄大的。小圭，你觉得呢？小圭的妈妈也很不错呢。啊，你可别告诉别人，我担心被人家说我恋母。"

圭辅跑出了公寓。他感到双脚特别痛，低头一看才发现自己没穿鞋子。他已经不想回去了，便径直走向自己家那块地。这两个星期，他一直没去看过。可是现在，他无比想念自己跟父母生活过的地方。

"这是怎么回事？"

一开始，他还以为自己走错了地方。可是慌忙看过周围，他确定自己没有走错。

那块地上已经盖起了房子。

地面已经竖起几根柱子，空出来的地方堆积着木材，还盖着塑料布。地皮的角落里甚至有个简易厕所。

地界上竖起了白色招牌，他走过去看了一遍。

施工方写着这一带经常能看见的工务店的名称。道子把地卖掉了吗？就算她是监护人，也不能随意干这种事吧？

这段时间发生了太多事情，他很难捋清楚自己的想法。

于是，他漫无目的地到处走动，深夜一点呆坐在公园的长椅上时，他被穿制服的巡警带回了家。

他坐在警车的后座，脑中不断萦绕着他的父母、美果，还有寿人和牛岛夫妇的笑声，仿佛都在声讨他。

第二部

1

"主文。"审判长的声音响彻法庭,"判处被告人有期徒刑一年零三个月,缓期两年零八个月执行。判决理由如下。被告人,你能站立听宣吗?"

被审判长问到,被告人平野昌志惊恐地眨了眨眼,小声回答:"是。"

坐在辩护席上的奥山圭辅与旁边的白石真琴律师对视了一眼。

也就这样了。

真琴露出了不置可否的表情。

旁听者开始发出嘈杂的声音。并非因为判决出人意料,而是因为正如所料。

这只是一起再寻常不过的案子,却引来了几乎占据半数席位的旁听者。但是,在审判长宣读完判决的那个瞬间,那些人纷纷起身离开了。他们几乎都是与这场审判毫无关系的人,前来旁听纯属好奇。而且,还是那种在电影院不看完演职员表就提前离场的观众。

圭辅转头看了看三名法官。有的微微涨红了脸,有的表情僵硬。有不少法官表面上漠不关心,实际上很在乎旁听席的反应。

今天的判决不精彩,但也不是法官的错,要怪就得怪那些心里总在期待"意外"的旁听爱好者。毕竟,日本的审判鲜少有奇迹发生。

圭辅险些跟着他们收拾起东西来,最后勉强阻止了自己。

在判决理由宣读完毕之前,要是连辩护律师都开始收拾东西,那真的不太好。尽管如此,圭辅的心思还是已经转移到了下一个案子上。

在定罪率高达百分之九十九点八的日本刑事法庭,"有罪……缓期执行"的判决可谓非常安全的结论。圭辅身为辩护律师,也很少碰到"有罪还是无罪"这样让人紧张的瞬间。

这次平野制造的案件,按俗话说,就是"抢劫"。

刑法没有对"抢劫"定罪。若是粗略分类:拿了就跑的属于"盗窃";如果过程中存在恐吓行为,那就是"强盗";若是让事主受了伤,就是"强盗致伤"。罪行依次加重。

大约三个月前的一天傍晚,平野飞速地跑向一位正在住宅区路上行走的六十三岁女性,试图夺走其手提包。由于当时老妇人没有松手,平野就凶狠地呵斥道:"老太婆,松手!"被害人受到惊吓,忍不住松开了手。平野立刻夺包逃走,但是还没逃出几十米,就被目击到抢劫的路人控制住了。因此可以说,他造成的身体和金钱上的损害都为零。

可是，由于被害女性不断强调"我快被吓死了"，或者负责该案的检察官心情不好，平野以"强盗罪"的罪名被起诉了。

换言之，此次审判的焦点在于，那句"老太婆，松手！"是否形成了恐吓。

审判长最后做出了"盗窃"的判断。

圭辅认为这个判决十分恰当，他倒是想问问那些大失所望的旁听者，他们到底想从这场审判中得到什么？

身为国选律师，他的工作往往是按照法律要求，完成陪同被告人接受审判的工作。虽然司法史上也曾有过可以重点记载在审判史上的判决，但那真的屈指可数。

三个月前，就发生了如此稀有的事情。

那是一起无论是谁都认为被告人便是凶手的案件，可是被白石慎次郎这位国选律师翻案了。

被告是一名犯有五次前科的抢劫惯犯，因为一名遭到抢劫的七十三岁女性的证词，警方将被告逮捕了。不久之后，根据被告的交代，警方又在被害者宅邸附近的草丛中发现了被害者的手帕。换言之，这是伴随"秘密曝光"的典型有罪案件。

但是，进入公审之后，被告突然提出这是冤案。慎次郎相信被告的主张，揭露了警方通过刑讯逼供和诱导式问讯捏造证据的事实。最后，被告获得无罪判决。而且，几乎在同一时期，因另一起案件被逮捕的嫌疑人坦白称：那个案子是我所为。这使案件进一步受到关注。电视节目、周刊杂志，甚至主流新闻都为其制作了特辑，引起一时热议。另外，还衍生出了"新闻里坐在白石慎次郎旁边的美女是谁"这种轰动性话题。

这个白石慎次郎就是圭辅目前隶属的法律事务所所长，圭辅旁边的年轻女律师是他的女儿——白石真琴。

那次翻案后，白石事务所又参与了三起案件的审判。每次都有不知从何处得到的消息，也总是有不知在期待什么的狂热分子和记者过来围观。圭辅和真琴都希望这波热潮尽快退去，人们赶紧厌倦这种行为。同时，也对那些突然面对众多旁听者，肯定感到压力倍增的法官怀有些许同情。

圭辅又一次看向旁听席。

除了学生和研修生，依旧留在旁听席上的男人都不是为了旁听审判。连圭辅都记住了他们的脸，因为那些人都是真琴的粉丝。

进入法律界，首先让圭辅感到惊讶的是，这个行业有很多貌美的女性。走在法院的走廊上，他一度怀疑这里是不是在拍摄电视剧，还是哪个模特来参加某个名人的审判。后来，他得知与他擦肩而过的大美人竟是检察官。除此以外，还有许多同样魅力十足的女性律师和法官。因此，那些审判狂热分子都有自己的"本命"。

真琴也是拥有固定粉丝的其中之一，某著名周刊杂志还想给她做一期"过于美丽的战士"特辑。真琴对圭辅说："我两秒就拒绝了。"

他们最后一次会见平野，确定他没有上诉的意愿后，便离开了法庭。

正值梅雨时节，天空重云压境。圭辅下午还要外出，希望不要下雨。

他与真琴决定先返回事务所。鉴于他们都没有富到能坐计程车，两个人便从樱田门车站坐了地铁，前往池袋西口的事务所。这不到二十分钟的路程，可以说是通勤之路。

他们找到相对较空的车厢落座，话题早已转到了下周第一次公审的妇女遭受暴力案。届时将由真琴负责主辩护，圭辅从旁辅佐。

圭辅总是会想，法务省太会在奇怪的地方算计了。

像刚才的平野一案，法官不会提出召集，但只要是社会关注度高，或者杀人、强奸等旁听席会坐满的案件，就要动用陪审团制度。圭辅他们下周要负责的，就是一起陪审员参与的审判。在圭辅正式开始学习法律时，这个制度已经实施，因此他丝毫感觉不到任何异常。可是，白石所长和海老泽公一那些前辈律师直到现在还对这种制度心怀不满，经常骂骂咧咧。因为这种审判与传统审判不同，需要准备的对策完全不一样，所以非常棘手。白石对此有这样的评价：这玩意儿无论好坏都会变得像电视剧一样。

"被告依旧主张那是双方同意的行为。"

真琴皱起形状精致的眉毛。这句话就算在地铁车厢里说，声音也显得有些大了。虽说如此，她至少用了"行为"这个中性词，圭辅为此松了一大口气。因为真琴只要劲头上来了，会毫不犹豫地甩出"男性性器官勃起的形状"这种话，曾经还吓得一个穿西装的白领猛地转过头来看他们。

"辩论点只有这个吗？"圭辅刻意压低声音说。

"没错，反正到最后都是各执一词，对被害者肯定更有利。所以，我打算陈述过去的事情，给法官留下两个人有关系的印象。我觉得吧，被害女性其实是脚踏两条船，被新恋人质问了，才硬掰出'被迫发生关系'这种话。要是有床照就好了。"

圭辅慌忙做起了寻找资料的假动作。

2

白石法律事务所就在距离池袋站西出口步行几分钟的地方。

这里位于东京艺术剧场和立教大学中间，地段不算坏，但是建筑物相当破旧。事务所就坐落在一栋电梯的噪声大得让人有点担忧的大厦的五楼。

圭辅大学毕业那年，正值新旧考试制度并行的最后一年。他没有继续考取既花钱又花时间的法律硕士研究生，而是接受了预备考试，最后参加正式考试。简而言之，他参加了传统的司法考试。而且，一次就通过了。司法研修结束后，他得到大学前辈的介绍，来到了这个法律事务所。

他本来也可以选择成为法官或检察官，但圭辅尚未尝试，就放弃了那两条路。当然，部分原因是这些职位的上升空间有限，更重要的是，他无法将热情倾注在尽量加重被告刑罚这种事上。若是成为法官，就要亲口宣读量刑。恐怕还会遇到死刑案例。他没有自信能够承受那样的重压。

不知从何时起，他开始想帮助那些无人愿意伸出援手的人。尽管没怎么对别人说过，但他看过寿人为他播放的电影《情妇》之后，就希望像电影里的律师那样，即使外表不光鲜亮丽，内心也充满正义感。

"少说点儿漂亮话吧。"

他听见自己的呢喃。

曾经，圭辅从心底里憎恨过一个人。虽然没有考虑过具体的杀人手段，但他无数次希望这个人赶紧从世界上消失。

但是，每次他发出这样的诅咒，心中就会涌出疑问："你真的有资格断罪吗？"

这就是他没有成为检察官或法官的真正理由。

"我们回来了。"

"辛苦了。"

圭辅和真琴走进事务所，正在收拾会客区茶几的涩谷美和子问候了他们。她是这里的文员，四十出头。

接着，又传来了所长白石慎次郎的声音：

"辛苦了。"

他的办公桌上堆满了文件盒里放不下的文件，隔着那座摇摇欲坠的"高塔"，白石只能露出半张脸。他们离开法院前，已经向白石汇报了审判结果。

"基本符合预料，你们俩也没什么意见吧？"

白石在法庭上锻炼出来的声音十分洪亮。

"没意见。"真琴先回答道,"被告本人也表示不上诉。"

"没意见。"圭辅短促地答道。

于是,这场审判的评判就结束了。如果是被告指定的律师,可能还要跟委托人商讨今后的事宜,但是国选律师的工作到这里就算完成了。他们还有很多案子,没时间纠结于其中一个。

圭辅走向白石的办公桌,开始汇报工作。

"我接下来要去梅田那里询问情况。就是上回说的被正在散步的狗咬伤,缝了五针的案子。伤者那边说预后不太好。"

白石慎次郎本来更擅长刑事案件。他给人的感觉像是和蔼的中学老师,内心却燃烧着强烈的正义感。话虽如此,他却时常把"刑事不赚钱"挂在嘴边。

毫不客气地说,人们本来就是没钱才会犯强盗或盗窃的罪行,更不可能拿出钱来聘用律师。虽然也不是没有被告很有钱的案子,但那种人平时就有固定的律师。因此,为了糊口,他们还必须接民事诉讼案件。

可能白石只是心里清楚,实际还是不情愿,所以他接的民事案件几乎都推给了三名下属。

最近,圭辅有时也能接到一个人办的案子了。这次这个案子,是原告对熟人正在牵着散步的狗伸出手,结果被狗咬伤,缝了五针,并以此为理由提出要求赔偿五百万日元。尽管这个案件一看就不符合常理,但圭辅还是要听听对方的理由。如果每个人都谦恭有礼,这个世界上就不会有官司了。

如果说刑事案件最终走向有罪判决是前定和谐,那么民事诉讼的理想结果就是庭外和解。如果哪个律师把案子弄成了正式庭审,就会遭到法官毫不掩饰的目光谴责,责怪他"你这家伙就知道找麻烦"。圭辅已经有过那样的经验了。

"啊,你说的这个案子,"白石挠了挠明显不怎么打理的一头乱发,"如果奥山律师你没意见,我想把它交给海老泽。"

白石为了证明自己将圭辅视作独当一面的律师,会用"奥山律师"来称呼他。一开始,圭辅还有点害羞,最近总算习惯了。

海老泽是另一名隶属于这个事务所的律师,年届四十,与今年五十二岁的白石正好差一轮。真琴今年二十七岁,圭辅二十五岁,两个人都很年轻,所以海老泽律师在这里相当于他们的作战队长。被狗咬这种案子,交给海老泽未免有些大材小用了。

"这个案子我应该能处理得了。"

圭辅提出了反对,白石却笑着说不是那个意思。

"我这里有个案子点名要奥山律师来接,而且还挺有意思。"

"指定我来接?"

圭辅一脸震惊,白石拿起资料朝他晃了晃。

"这是律师协会发来的照会。"白石戴上细框老花眼镜,看着资料解释道,"委托人是强盗致死案的被告。嗯……无前科。别说有罪判决,连送检都没有过。逮捕记录不太清楚。这次给他分配了国选律师,公审前的整理会议已经开了三次。可是,被告突然要求换成私选律师。"

当被告出于经济条件或是找不到合适律师的理由,本人无法委托律师辩护时,国家就会代为任命。这是国选律师制度。若没有十分客观而正当的理由,被告不能要求更换律师。

但是,有一个方法。

那就是聘用私选律师。被告可以随时聘用私选律师,哪怕是审判中途也可以。从那一刻起,国选律师就不再适用。

强盗致死与强盗杀人同罪,按照刑法规定,量刑范围是"无期"到"死刑"。如果被告是初犯,且被害人只有一人,从现实的角度出发,应该不会判死刑,但无期肯定难以避免。为此,被告可能就豁出去了。如果那个人倾尽财产聘用有能力的律师,那倒可以理解,可是……

"他指定要我接?"圭辅还是反应不过来。

"就是这样。"白石点点头,然后看着圭辅微笑着说道,"被告提出了无罪主张,也就是不认罪案件。"

正在自己座位上查看资料的真琴猛地抬起了头。显然,她听到了圭辅跟所长的对话。

不认罪案件可谓法庭的一大看点,也是辩护律师施展本领的绝佳机会,因为他们面前矗立着定罪率百分之九十九点九的高墙。

白石的目光再次落到了资料上。

"被告遭到逮捕时只提供了含混不清的供述,但不久之后认罪,并被起诉。结果到了最近,他突然不认罪了。对此,负责他的国选律师劝说道:'要是影响了法官的印象,可能会被判死刑。事到如今,就不要做无谓的挣扎了,请求法庭酌情减刑吧。'"念到这里,白石抬起了头,"于是,被告就想换个律师。"

这在刑事案件中十分常见。何止十分常见，几乎个个都如此。然而，这依旧解答不了"为何选择他"的疑问。

白石继续说道："被告人提到了奥山律师的名字，并要求律师协会对你发出委托。辩护费用无法马上支付，但过后会想办法解决。对方还说，你一定不会拒绝。哈哈，这也太天真了吧。"他隔着老花镜看向圭辅的目光比平时柔和了一些，"我本来还以为他是从哪里听说了我们的名声，心里产生了翻案的幻想，但对方指定的是奥山律师。于是我又想，他会不会本来就认识你这个人。"

"被告叫什么名字？"

只要知道名字，一切就真相大白了。

"嗯……居住在东京都板桥区的安藤达也。"

"安藤达也……"

他仿佛突然被扔到一阵冷冽的寒风中，感到全身冰凉。

难道——

"哦，这个人还改过姓，他十五岁以前姓浅沼。你认识吗？"

不会有错，就是那个达也。圭辅的呼吸几乎要变得急促起来，于是刻意缓缓吐了一口气。

"我们毕竟是亲戚，要好好相处。"

他突然感到有人说了这句话，忍不住环视四周。

雨水打在窗户上，他仿佛看到了达也的笑容。

3

圭辅回到自己的座位上，查看了白石给他的资料，以及涩谷美和子紧急帮他收集来的信息。

案子发生在二月二十八日，大约四个月前。

在板桥区丸冈运输公司工作的本间保光（三十五岁，西东京市××）在公司办公室工作时，遭到强盗破门袭击。从现场的情况可以判断，当时其他员工已经下班，本间正在关闭门窗准备离开。另外，根据目击证词和本间的伤口情况，可以推断案件发生在晚上九点五分到三十分。

本间的头部被凶手用坚硬的棒状凶器从他身后用力击打，然后本间俯身倒在了桌子上。

正对大路的正门已经上锁，因此推测凶手是从加班员工使用的后门闯入的。凶手从办公室的保险柜中拿走了当天收到的营业款及员工奖金，合计九十三万四千日元，并且在得手后逃走。

本间保光的妻子寿寿香发现平时积极保持联系的丈夫晚上十点过后依旧没有音信，便心生疑惑，拨打了丈夫的手机和办公室电话。由于无人应答，她越来越不放心，便叫了一辆计程车，前往距离家二十分钟车程的丈夫的工作地点查看情况。当时，建筑物内部的电灯几乎完全熄灭，空调室外机却仍在运作。寿寿香察觉情况有异，便尝试推开一楼办公室的大门，发现没有上锁。

她走进办公室，按下大门旁边的电灯开关，发现貌似丈夫的人伏在办公桌上，头部流血。她走过去，确认的确是丈夫无疑，随后马上联系了警察和消防队。本间被发现时一息尚存，并立即被送到医院抢救，但是于翌日（三月一日）抢救无效死亡。死因为头部被击打导致大脑挫伤，并发急性硬膜下血肿及蛛网膜下腔出血。

现场没有发现疑似凶手的遗留物品。另外，凶手还有刻意避开两个监控摄像头的行为。由此可以推断，案件极有可能是熟知公司内部情况的人所为。

三日后，警方对安藤达也（二十四岁，东京都板桥区××）展开了调查，并以有入侵民宅的嫌疑拘捕。案发前大约一个月，安藤被丸冈运输公司解雇（确切来说，是中途解除劳动合同），理由是其工作态度恶劣，因此被列为嫌疑人之一。调查结果证实其强盗致死的嫌疑，于是警方以该嫌疑对其实施二次逮捕。

逮捕的主要理由如下。

一、本间保光（以下称被害者）是该营业点的主任经理（相当于组长），负责非正式员工的工作分配。安藤达也（以下称被告）在被解除劳动合同前，声称自己被炒鱿鱼都是因为被害者一直给他安排无法完成的工作，导致他的评价不佳，并与被害者发生激烈的争吵。当时，被告虽然没有对被害者出手，但连续做出了有胁迫性质的发言后，在场的几名员工便将两个人拉开了。

二、周边证人的证词表明，案发当时被告处在缺钱的状态。但是，警方在被告居住的出租屋的衣箱里发现了十张散放的一万日元钞票，其中三张检测出有被害者的指纹。

三、在被告居住的出租屋的地界内发现了最近被挖掘过的痕迹，警方在该处找到了金属材质的特殊警棍。警棍有清洗的痕迹，但检测出了属于被害者的微量血迹。

四、被告以前曾听同事提道："丸冈运输公司很多客户都喜欢支付现金。每到月底，保险柜里能有将近一百万日元现金。"并且，他对此表现出了极大的兴趣。

五、案发当晚，居住在该公司马路对面的女性（六十三岁）听到可疑的响动（慌忙关门的声音），遂从自家二楼的窗户向外张望，目击到一名酷似被告的男子从该公司的后门逃离。该女性表示：被告一个月前到该公司上班，曾将咖啡罐扔到她家的庭院里，两个人为此发生过争吵，因此记得被告的外貌、体形。虽然她只目击到背影，但体形与被告相符，并且那名男子还穿着被告平时常穿的羽绒服，头戴极具特征的针织帽，因此她记得很清楚。事后进行过实验，该女性的确从几顶帽子中指认出了正确的针织帽。

六、除上述女性目击者外，警方还接到貌似中年女性打来的匿名电话，报称："安藤达也案发翌日在居酒屋的电视上看到相关新闻，曾经笑着说：'小看我就是这个下场。'并且，他还一次性还清了以前的赊账。"由于信号来自公用电话，警方无法明确报案人是谁。经查证，该居酒屋名为"松本"（板桥区××），是被告经常光顾的店铺。并且，正如报案人透露，被告在案发翌日结清了约两万日元的赊账。

七、案发当夜，无人能够证明被告所在的地点。

其他信息：

推断行凶时间的依据是，在被害者遇害之前，有三名员工一起下班，时间为九点五分。另外，居住在对面的女性听见异常的响动，从窗口目击到嫌疑人逃离的时间是九点三十分，此时照明已经熄灭。然后，目击证人继续在窗边看书，并给出证词：后来，照明再次亮起的时间是十点三十分左右。该证词与被害者妻子赶到公司的时间一致。

经过司法解剖，被害者的伤口状态与该时间并无矛盾。

被告遭到逮捕后，一度只给出了含糊的供述。经过警方反复调查，他才承认了自己的罪行。

该案没有直接证据，也没有决定性的嫌疑人供述。

圭辅看完了那份资料。

他知道这个案子。

只不过，那就像北海道的连续追尾事故，或是九州的脱轨事故一样，他只把它当成了与自己无关的新闻之一。

平时，他几乎不看电视，也没有频繁查看网上新闻速报的习惯。因为他每天都很忙，没时间关心普通的强盗致死案件。关键在于，他万万没想到嫌疑人竟是达也。

"怎么办？"

听到白石所长洪亮的声音，圭辅回过神来，朝他看了过去。

"我可以……拒绝吗？"

"哦，你要拒绝啊。"

白石露出了略显遗憾的表情，但没有问他理由。应该是察觉到他并非怕输，而是另有隐情。圭辅认为，所长既然这么照顾他，他也应该多少做些解释才对。

"从姓名看，委托人可能是我过去认识的人。但我跟他关系不算很好，应该说，他属于我不太想再见到的人。"

"原来如此，那我就推掉吧。"

白石斩钉截铁地说完，接过圭辅递来的资料，写了几个字，就扔进了"已解决"的托盘里。此人虽然言语犀利，却具备体察他人心情的能力。他一定是察觉到了圭辅的不情愿。

"那还是按照原来的计划，由奥山律师处理狗咬人那个案子吧。"

圭辅尽量摆出轻松的表情，道了一声"是"。

下午，圭辅按照计划前往委托人家中询问情况。

如果他们是在委托人个个都捧着鼓鼓囊囊的钱包排队委托的大事务所，就能叫对方到所里来谈。像他们所在的这种小事务所，必须把顾客当成上帝。

决定起诉邻居狗主的人名叫梅田安雄，五十四岁，住在三鹰市。他在一家食品加工公司工作，家中有妻子和两个正在上学的孩子，属于很普通的家庭。

圭辅按照约定的时间来到梅田家，马上被带到客厅开始谈话。梅田先生的妻子不在家，说是外出采购去了。

这对夫妇似乎很爱旅行，家里随处装饰着印有观光区名称的草编斗笠和乡土人偶。圭辅刚喝了一口咖啡，梅田就说了起来。

"我这回真是太惨了。"

他晃了晃裹着崭新绷带的右手。圭辅事先读过资料,已经大致了解这个案子的内容了。

二十天前,梅田先生被狗咬伤。可是,伤口拆完线已经过去两个星期了。梅田唾沫横飞地倾诉着自己的痛苦,圭辅趁机打断了他的话:

"我听说,您的伤恢复得不是很好?"

"恢复?"

"就是治疗后的情况。"

"伤没什么,问题是这里的治疗。"不知为何,梅田用缠着绷带的手拍了拍自己的心脏部位,"因为这件事,我现在特别怕狗。要是老了无法请看护犬照顾自己,那该多惨啊!这应该就叫心理阴影吧。"

圭辅强忍住了苦笑。凡是要求精神损失费的案子,原告总是动不动就说出心理阴影、PTSD 这种专业术语。

"我觉得至少能要这个数。"

梅田在沙发上稍微仰着身体,摊开缠着绷带的手。看来,他真的想提出五百万日元的赔偿要求。

圭辅尽量不直视梅田的双眼,垂下目光开始解释:

"您应该知道,虽然有的国家总是动不动就判下数额惊人的赔偿金额,但是日本目前还处在压制民事赔偿金额的环境中。我接下来的话仅供您参考。根据过去的判例和和解金额,这个案子最后能谈下来的金额大概是您那个数额的十分之一。"

梅田已经收到了狗的主人支付的治疗费用。圭辅认为这笔钱很合理，伤口痊愈耗时一星期，没有后遗症的风险。

梅田原本得意扬扬的表情瞬间阴沉下来。

"你是说，就五十万日元？"

其实，圭辅觉得这个数都有点多了。

"啊，这只是参考普遍案例推测出的数字，最后可能还会高一些。只不过，提出的赔偿金额越高，庭审费用也会越高。本事务所的佣金为百分之八，那就是四十万日元，再加上成功报酬……"

"律师。"梅田双手放在膝上，探出了身子，"只要打赢了就可以，对不对？哪有人主动给自己砍价的呢？你这位大律师可能没有为钱发愁过，可做生意就是这样的。就是要不断施加压力，直到对方哭着求我放过他。"

接着，梅田开始大谈特谈自己三十年社会人生涯中学到的谈判诀窍。圭辅有点后悔了，早知道就顺着白石所长的意思，把案子交给海老泽律师处理，海老泽一定能治得了这个人。

梅田的话变成了毫无意义的杂音，在圭辅的脑子里转来转去。此时，达也的面孔反倒从记忆的仓库里挤出来，慢慢占领了他的心。

尽管已经拒绝了委托，但圭辅的心情仍然没有平复下来。

圭辅知道达也上初中时就改姓了安藤，上高中后也经常听到他的传闻，但是高中毕业后，圭辅就几乎没听到过他的消息了。

安藤是道子的旧姓。圭辅他们上初三那年秋天，道子与秀秋离婚了。

但那并非协议离婚,因为圭辅刚升上初中时,"死神"就突然不见了。就在他问了圭辅,道子和达也是什么关系,以及道子出轨的事情之后。两者说不定有什么关系,也有可能毫无关系。

一般来说,如果配偶失踪超过三年,就可以起诉离婚。可是,道子没有等那么久,而是按照民法规定的"恶意遗弃"提出了离婚申请,最后得到了批准。当时,秀秋已经失踪了两年零几个月。达也直接被道子收养,改姓了道子的旧姓安藤。其后,圭辅既没有见到过秀秋,也没有听到过关于他的任何消息。

资料显示,达也不仅没有被起诉过,连送检的记录都没有。

圭辅觉得不可思议的同时,又知道达也说不定真的有这种本事。

圭辅从小学五年级认识达也,到初中毕业为止,已经像家人一样对他有了很深的了解——从饮食喜好到计划干坏事时的表情。

除了美果那件事,达也上初中时还被警察找过两次,每次都是涉嫌恐吓。然而,因为没有证据,达也没有受到任何处分。

虽然圭辅住在达也家,但并非时刻跟他在一起,所以不清楚他的所有行动。尽管如此,圭辅还是坚信达也参与了所有那些事情。

不仅如此,达也至少是几十起暴力和恐吓(基本两者皆有)事件的主谋。

达也之所以没有被定罪,当然是因为他的做法极其狡诈。可以说,他从来不会亲自动手,也不会亲口威胁。这一切,他都会让别人替他做。他还很少出现在现场，如果在，反倒会说"别做这种事啊"。结果，调查记录就成了"达也少年碰巧在场，提醒加害人'别做这种事'。"

达也是个初中生，圭辅本以为他再怎么狡猾，也不能一直骗过大人，尤其是警方的双眼。但是，结果并非如此。

警方之所以持这样的态度，应该有两个原因。

第一，当然是少年法的壁垒。虽说已经修正，但那个系统依旧对触犯法律的少年保护有加。如果警方的手段过于强硬，一是不太可能让警方得到功劳，二是风险非常大。所以说，"不做就不会错"。

第二，曾经发生过对达也来说非常幸运的事件。

圭辅住在达也家时，听他酒后失言，说起过那件事。圭辅家被大火烧毁的前一年冬天，达也因为有放火的嫌疑被警方教育了。当时，儿童救助中心把他送到了家庭法院，那里却给出了相当于无罪判决的"不处分"的决定。而且，还指出"警方的调查方式存在问题"。这对警方来说，可谓与错误逮捕不相上下的失态丑闻。不仅如此，在调查审讯中，一名警官还殴打了达也。

对此，秀秋和道子坚决抗议，还找来了媒体，把问题闹得全日本尽人皆知。最后，殴打达也的刑警被迫辞职，参与调查的辖区警署署长及警视厅"比较高层的人"专程到达也家赔了罪。

圭辅不记得父母是否提起过这件事，可能他们故意没让他知道。圭辅又是比别人都无忧无虑的性格，因此压根儿不知道这起骚动。他母亲看向那对母子时流露出的嫌恶与恐惧，或许就是因为这件事。

现在，圭辅几乎能想象出当时的光景。那位刑警可能并非主动殴打达也，而是达也故意挑衅，就像他那天对圭辅做的那样。

纵火案以后，警方对达也的态度可能慎重了许多。纵使他们知道达也是个不良少年，在没有确凿证据的情况下也不会动他。圭辅总觉得这就是达也履历清白的内情。

进一步讲，达也没有前科不仅仅是因为警方的态度消极，他本来就是个不让别人抓住"小辫子"的天才。只要不是万不得已，他绝不会亲自施加暴力，而是用话语来刺激对方。煽动、紧逼，以对方的痛苦为乐。说不定，他还不会直接下令，而是创造一种氛围诱导他人行动。抽走别人勒索到的钱，旁观他人对女性施暴，这些可能都只是余兴罢了。

可能实在是走投无路了，现在达也竟然做出这样失态的事情。野兽终于到了归笼的时候。而且，哪怕是轻罪也要终身监禁。再也不能把他放出来了。

"绝对不行。"

"什么？"

正在激情演讲的梅田被他这么一打断，露出了气愤的表情。

4

圭辅从新宿站乘坐地铁，花了十几分钟到达世田谷区靠东的最近车站。

走出检票口，步行十五分钟，就到了现在的牛岛家。如今，圭辅也住在这里。

曾经寿人带他去过的旧房子有种阴凉但温馨的感觉，圭辅很是喜欢。但是，那座房子最终难逃老化的命运。

这个新家是很普通的钢筋混凝土结构，原本是个人会计的办公室，楼龄已经有二十年了。牛岛夫妻选择这里的最大理由，就是放多少书都不用担心楼板会塌。

这座房子的地点应该反映了肇的爱好。周围有四条私铁线路，都能步行到达车站。肇很喜欢铁路，相比开车，他更喜欢坐电车，这里无疑是绝佳的地段。

肇成为教授后还是很勤奋。有时，他连续好几天工作到很晚，突然有一天就抱着一堆小山似的食材早早回家，做起了晚饭。多少有点稀疏的头发里已经掺杂了白丝，圆脸上的两个大眼睛却始终闪烁着孩子气的调皮。从家到车站，他都靠英国产的折叠自行车行动。

美佐绪也跟丈夫一样我行我素。她小时候在米兰住过几年，现在还有意大利的朋友。目前，她在附近的公民馆给家庭主妇和退休人士开意大利语讲座。除此之外，她还擅长好几种意大利面和以鱼贝类为主的料理。尽管花样不多，但比圭辅在达也家吃到的任何东西都好吃。

寿人考上了父母所在的北海道的大学，毕业后虽然回到了东京，但自己租了个房子独自生活。因此，现在牛岛家只有牛岛夫妻和圭辅三个人。

如果圭辅没有认识这些人，他将会走上什么样的人生道路？光是想想，他就觉得浑身发冷，隐隐有些作呕。

"我回来了。"

"回来啦！"

美佐绪坐在起居室的桌边，头也不抬地欢迎了他。她的目光专注在书本上，右手拿着葡萄酒杯送到嘴边。桌子上摊开的东西有点像桌游。肇似乎还没回来。

邮件都堆在桌角，圭辅从里面找到了自己的。就在这时，一张明信片吸引了他的目光。

"同学会通知：终于定下了日期！"

不会吧，他想。其实，从年初开始，他就陆陆续续收到过这个通知。

明信片上注明了初中母校的名称，但寄信者不是个人，而是专门从事同学会企划运作的公司。一开始他还感叹，真是什么地方都有商机。只不过，一旦由公司来承办这件事，就会变得异常烦人。就算他每次毫无回应，那边还是会每月发一张明信片过来。可能因为参加的人实在太少了，邀请参加同学会的对象定为了前后五年内毕业的人。举办日期是一个月后。

"请在专门的网站上查看活动内容和最新参加者名单。"

圭辅并没有刻意隐瞒自己搬家后的住址，但也没有积极发出移居通知。可能是哪个喜欢搞同学会的人想方设法地查到了他住的地方吧。即使媒体总爱拿保护个人隐私说事，在现实生活中，人们对保护个人信息的意识还是很薄弱。

而且，他最不想出席的就是初中同学会。于是，他决定把明信片跟其他废弃资料一起放进碎纸机。

美佐绪依旧盯着书本。

"今晚只有蔬菜浓汤，你自己盛了吃吧。还有，我要一直'占领'这张桌子。"

桌上摊开的原来是欧洲地图，而且经过造型，让山脉和海域看起来很立体。整张地图被蜂巢一样细密的六角形覆盖，上面散落着貌似棋子的东西。

"那是战略游戏吗？"

"哦，你怎么知道？"

美佐绪总算抬起了头，眼中还透着兴奋。第一次见面时，美佐绪三十二岁，那么今年就是四十四岁了，但她只是眼周多了一些细纹，依旧显得很年轻。她留着稍微超过肩膀的中长发，梳到脑后扎成了马尾。

"滑铁卢之战？"

"没错！好厉害，你玩过吗？"

"以欧洲为舞台的战略游戏也就那么几样。那是攻略书？"

页面上还有用许多荧光笔画过的段落。

"既然要玩，当然不想输啊。"

她可能跟肇玩了这个游戏，并输得一塌糊涂吧。要是肇能让她赢，晚饭说不定就有炖牛肉和凯撒沙拉了。

圭辅苦笑着，给蔬菜浓汤开上小火。

5

我早就听说小圭一次就通过了司法考试。不过，想到小圭一直都学习很好，我当时一点都不惊讶。作为你的亲戚和你的朋友，还有真正同吃过一锅饭的伙伴，我感到特别骄傲。

圭辅放下信，悄悄瞥了一眼坐在对面的真琴。看来，她没有注意这边。

他转过信封。不用说，寄信人的地址果然是板桥西警察署。达也好像没有被关在看守所，而是以前的代用监狱——也就是现在说的代用刑事机构里。

因为信封上写着圭辅个人的姓名，负责后勤的涩谷美和子直接拿到了他的座位上。白石所长和其他人暂时都没发现。当然，圭辅没做什么需要隐瞒的事情，只是光看到达也的名字，就觉得自己接触到了异常邪恶的东西。他想，要不要立刻把这封信塞进碎纸机呢？

这下他总算知道最近为何会收到同学会的明信片了——可能是达也被逮捕前调查了圭辅的信息。在那个过程中，还把他的信息透露给了其他人。而且，达也很可能早就知道圭辅在这里工作了。

圭辅犹豫了一会儿，最后还是读了下去。

初中毕业后，圭辅就离开家了呢。后来，你就杳无音信了。就算偶尔联系，也是一个号称小圭代理人，长得像地痞流氓的律师。虽说如此，我对你的友情依旧不变。我母亲曾说小圭是个"白眼狼"，可我并不这样想。因为每个人都有自己的苦衷，小圭肯定想走自己理想的道路吧。为了实现梦想，哪怕对他人稍微冷漠一些，也是没办法的事情。我担心你一直惦记着，所以在这里先写清楚，我是一点都不打算要你返还当时花在你身上的生活费。我母亲也说："要不还是别纠结这个了。"因为我们从你上小学六年级那年的年三十起，一直照顾了你三年。真是一段宝贵的记忆，当时真快乐啊。

我们还偷偷干坏事，躲着大人吸烟呢。

对了，这次我被冤枉了，还要被送到法院上接受审判。（具体细节还是不要写比较好。）

再强调一遍，我真的没做这件事，请你一定要相信我。对天地发誓，真的不是我干的。可是，谁也不相信我说的话。他们一直禁止会面，害我连家人、朋友都见不到。小圭一定能理解这种孤独吧。

拜托你，看在曾经友情的分儿上，为我辩护，好吗？至少来见我一面，可以吗？我有好多话想对你说。

致奥山圭辅先生

　　　　　　　　　　安藤（旧姓浅沼）达也

又及：我现在还时常想起火灾那天晚上的事情。窗外的烈焰，冲天的黑烟。为什么小圭的父母会遭遇那种惨剧？直到现在，我依旧念念不忘。

圭辅果然应该直接把信粉碎掉。

达也现在也是扰乱人心的天才。圭辅突然感觉浑身不舒服，就像穿着没有干透的内衣裤一样。达也不仅把圭辅当成了傻瓜，还一定知道那件事。他知道，却一直深埋在心里。

"我们还偷偷干坏事，躲着大人吸烟呢。"

这句看似随意，却与上下文格格不入的话，散发着强烈的信息——"你无法忽视我。"

圭辅开始思索，该如何向白石所长说明情况，好让他批准自己去见达也。

达也被收容在板桥西警署四楼的拘留所内。

因为禁止会面，圭辅以准辩护律师的身份完成手续，走进了会面室。

"小圭，好久不见啦！"

达也走了出来，穿着灰色T恤和白色运动短裤。自从上初三那年秋天，圭辅就再也没见过他。现在一见，只觉得他的野性气质越来越强烈了。可能是为了剪掉长长的金发，达也的头发很短。他面容依旧精悍，隔着T恤也能看出他结实的身体。

仅仅是坐在那里，达也全身就散发出了宛如体臭一般的威压。圭辅之所以有这种感觉，可能是因为儿时的记忆。

圭辅一言不发地点了点头，达也又高兴地继续说道：

"我听说你当上了律师，看来是真的啊。在我们那一届，你算是最有出息的人了吧？"

他粗鄙而自来熟的语气，也跟小时候一样。

"废话太多会被取消会面。"

圭辅提醒了一句。

因为是律师会面，室内没有警官在场。就算被听到了，一点闲聊也不至于导致会面取消。但是，如果放任达也这样说下去，就会很容易被他"带着走"。此时，圭辅必须牢牢握住主导权。

"小圭啊，这里好热，你能不能叫他们把空调开起来？"

"我会说，但应该不行。"

达也哼笑了一声，突然把额头贴在隔开两个人的亚克力板上。头砸在上面发出"砰"的轰响，圭辅忍不住往后缩了缩。达也见状，哈哈大笑起来。

"你会帮我辩护吧？"

亚克力板上留下了圆形的出油痕迹。

"我不打算辩护。"

"那你为什么来？"

"因为你信上叫我来。"

"少开玩笑了。你不用律师的身份办手续，压根儿进不来。"

这个争论毫无意义。

"知道了，看会面结果如何吧。如果我觉得你在撒谎，就不接受委托。到时候，你只能找别人，或是选择国选律师。"

达也露出悲伤的表情，耸了耸肩。

"你好冷淡啊。我们不是一起生活过三年吗？"

"两年零二百七十二天。"

"不愧是你，记忆力真好。既然如此，那你应该记得火灾那天晚上的事情吧？"

来了——圭辅对此早有准备。

"当然记得。如果你没把我叫醒，我可能也被烧死了。不过，那件事与现在无关。"

"什么你啊我的，这话说得也太冷淡了。"

"你我是委托人与辩护律师的关系，理应如此。那么，请你陈述二月二十八日，案发当晚的经过。"

达也开始摆弄指甲。

"那天晚上发生了好几件奇怪的事情。"

"请你陈述与案件有关的事情。"

"首先，小圭的爸爸妈妈早早就上床睡觉了，对不对？警察说，小圭的妈妈找医生开了安眠药，跟你爸爸一起吃下去了。"

"那些事与此次案件没有关系。如果你要说这个，我就结束会面。"

"喂！"达也眯起眼睛，把头探了过来，"你少装腔作势。"

圭辅感觉屁股那块儿开始发软，便奋力用脚趾抠住鞋底。

"会面结束。"

"知道了，知道了。"达也突然摆着手，露出了亲切的笑容，"真是的，还那么不解风情。"

"那我问几个问题。"

"等你接受了委托，想会几次面都行。其实，小圭也很想知道那天晚上的事情吧？"

圭辅盯着那张笑嘻嘻的脸，忍不住有点发愣。

这家伙该不会害怕开庭吧？虽然都是间接证据，但照这个形势，很可能被判有罪。如此一来，等待他的判决至少是无期徒刑。他会不会是在担心这个？为什么他能一直这样嬉皮笑脸？

达也可能把圭辅的沉默当成了同意，继续说道：

"那天晚上，大家都睡着了，我就突然想在房子里探险。"

"什么探险？"

"好了，你听我说。我偷偷看了小圭爸妈的房间，发现叔叔在里面打呼噜。我突然很想体验刺激的感觉，就走进房间去了。就在不久前，我在前辈家里看了色情录像带，开始对女人感兴趣了。小圭的妈妈当时不也睡得很香嘛。我试着戳了一下她的胳膊，一点反应都没有。"

意识到父母死去时，圭辅第一次出现了过呼吸症状。后来，他先后经历了好几次眼前发黑的痛苦。现在，他又有那种感觉了。

"对了，我在二楼的洗手台上发现了安眠药的瓶子。他们会不会是吃太多了？"

圭辅看着达也的眼睛，长年的怀疑变成了确信。他父母并非主动服用了安眠药，而是达也让他们吃下去了。

"盛咖喱的时候吗？"

"你说啥？"

"应该是在饭里。混在咖喱汤里会稀释,还会留下痕迹,所以你盛饭的时候,在上面撒了事先碾碎的安眠药。"

"我不明白你在说什么。"

"往咖喱里放大蒜调味,也是为了遮掩那个味道。"

他到底下了多少药?父母因此熟睡不醒,遇到火灾也毫无反应,最后吸入大量有毒烟雾,几乎当场死亡。

圭辅把紧握的拳头死死地按在大腿上。他忍不住想,要是没有那块亚克力板……但是,他很快打消了这个念头。正如从前那样,就算圭辅扑过去,最后被揍倒在地的人,也只会是他自己。

"嗯,的确有过这么一回事。那就是天真无邪的恶作剧啊,我可没想到竟然会这么有效。真的,他们睡得可香了,看着特别舒服。一开始,我还有点害怕,不过我这个人啊,一到关键时刻胆子还挺大。看到小圭的妈妈躺在床上睡得那么香,我那好奇心一下就冒出来了。毕竟机会难得啊,而且我当时正是对这种事好奇的年龄嘛。"

"闭嘴!"

"小圭,你呼吸有点快,是不是兴奋了?"

"会面结束。"圭辅深吸一口气。

"你再听我说几句啊。我还拍了照呢。"

"拍什么照?"

"这就交给你自己想象吧。"

"你说谎。"

"说什么谎?"

"我没见过你拿相机。"

"你想说我们家很穷吗?那可不行,大律师怎么能有偏见呢。开玩笑啦。那场火灾后,你找到叔叔的相机了吗?"

"难道……"

达也露出了兴高采烈的表情。

"没错。那东西现在虽然不太够用,但怎么说也有300万像素,拍得还挺清晰。也不知道那些照片数据让我放哪儿去了。说不定经过这次错误逮捕,让警察没收了。"

"你!"

"欸,你也别太兴奋。小圭啊,就是太纯情了,所以我才叫你洗澡的时候看看妈妈的裸体啊。对了,对了,我还没讲火灾的原因,对吧?有些警察叔叔怀疑是我放的火,不过很可惜,没有证据,因为我真的没放火啊。

"警察不是说,叔叔睡觉前在飘窗那边吸烟,烟灰落到下面的靠垫上,最后冒出了火苗吗?不过那天晚上,叔叔喝过啤酒,吃完咖喱,就去泡澡了,压根儿没在起居室吸烟。你说,对不对?"圭辅并不回答,达也一下就来劲了,"欸?小圭记忆力那么好,应该不至于吧?我记得可清楚了。一开始,阿姨先进屋睡觉,接着叔叔吃完咖喱,也洗澡睡觉了。然后我去洗澡,等我出来时,小圭已经上了二楼。当时,我准备抽根烟,发现刚才用过的烟灰缸已经空了。我心里就想,是不是小圭倒掉了?"

"那当然。爸爸没抽烟,烟灰缸里却有烟蒂,肯定要被发现。"

"哦,原来如此。算了,那不重要。当时,我闻到屋子里有烟味，就特别奇怪，因为之前起居室里只有小圭一个人啊。"

圭辅掏出手帕，擦掉了额头和脖子上的汗水。

"这里很热，对吧？那时候，我在桌旁吸了烟，没有专门走到飘窗去。"

果然，圭辅不该来这里。

那天下午，圭辅赌气吸了烟，一下感到头晕恶心，被达也嘲笑了。他觉得自己很丢人，连贪玩、吸烟都做不到。所以，在父母早早就寝，达也去洗澡后，他从烟灰缸里拿起了还很长的烟蒂。

然后，又一次点燃了。

可是，他依旧觉得吸烟呛人，慌忙摁灭了香烟。其后，他把烟灰缸拿到后门倒空，又洗干净了。这就是为什么达也洗澡出来后，发现烟灰缸是干净的。

圭辅慌忙摁灭香烟时，是否落下了火种？

那个场景已经在他脑海中反复播放了几百次、几千次，甚至几万次。那应该不可能？

"原来如此，'应该不可能'啊。"

如果这里是法庭，圭辅无疑会受到质疑，因为他无法断言"绝对不可能"。不仅如此，随着时间的流逝，火灾当晚的模糊记忆渐渐清晰起来。他听见达也洗完澡，慌忙摁灭香烟时，的确有个小碎片飞了出来。

这是他臆造的记忆吗？

他无法断言。他的确觉得烟头似乎掉了一点出来。而且，每一次回忆都能清楚地看到掉落的瞬间。

自己偷偷吸烟时留下的火种落在靠垫上，经过几个小时的闷烧，最终变成了火苗。这种可能性，并非为零。

光是想想，圭辅就恨不得拔掉所有头发，狠狠抓挠自己的皮肤。他还要因为这个摆脱不掉的诅咒在深夜里惊醒多少次？一直以来，他都借着没有人知道这件事，反复用"一定是达也纵火"这句话催眠自己，让心灵获得安宁。

现在，达也轻而易举地打破了他的安宁。他长年仰仗的庇护所，就这样变得粉碎。

"啊，对了，我又想起来一些事。我真的只拍了照吗？"

达也盯着半空，食指在下巴上打圈。

"什么意思？"

"一个小男孩对着熟睡的女人，真的只会拍拍照片就满足了吗？怎么说呢？这应该叫作'让送上门的鸭子飞了'？"

"我问你到底是什么意思？！"

圭辅忍不住大喊一声，拳头砸在了亚克力板上。看守马上走了进来。

"没事吧？"

看守担心地问了一句，随即发现是圭辅在大喊，便露出了意外的表情。

"没事，就是脑子有点发热。"他低头道歉。

"是吗？有事请叫我。"

看守依旧满脸疑惑，对他行了个礼，便走了出去。

一直高速运转的大脑突然过热，干脆停止了运行。他什么都不想思考。

"如此这般，辩护就拜托你啦。要是我再想起什么，就跟你联系。"

达也哈哈大笑。圭辅转过身，离开了拘留所。

仅仅是见了一面，仅仅是说了二十分钟的话，圭辅就被达也拿捏住了。

6

圭辅提出接受安藤达也的辩护委托，白石所长只说了一句"哦，是吗？"就当场同意了。

"但是，报酬可能跟国选律师差不多。"

圭辅甚至做好了自掏腰包的心理准备。

"嗯……那有点少啊。"

所长皱着眉，挠了挠下巴，留了两天的胡楂发出轻微的"唰唰"声。圭辅知道所长并非吝啬，而是不能随便破坏事务所规定的费用标准。

"那也没办法，毕竟人家是奥山律师的童年玩伴。"

此时，真琴在旁边插嘴道：

"爸爸……啊，所长总是不计报酬地接受委托，所以我们才整天忙得要死却赚不到钱。"

"我可没有接受过不计报酬的委托啊。"

"上回富山的案子呢？"

"那是……"

"不好意思。"圭辅打断了两个人的斗嘴，深深低下头，"不足的部分请用我的工资补上，虽然可能要分期。"

"我可没说到那份儿上。"

真琴回答道。圭辅抬起头来正要道谢，她却转身走了。白石所长对圭辅耸耸肩，还吐了一下舌头。

圭辅可能会不得不背叛这些人。

翌日，圭辅再次与达也会面。

今天必须冷静应对。

"我已经得到了所长的批准，可以为你辩护。"

"谢啦！"他的语气就像别人给他发了根烟，"我就知道小圭不会拒绝，毕竟我们曾经同吃一锅饭，同抽一根烟啊。"

"不要再说那些了，我们来商量具体事项吧。"

"哦，可以啊，开始吧。"

"首先我要问，这次强盗致死案，真的跟你没有关系吗？"

"不是我干的，我被冤枉了。"达也缓缓地摇了摇头，难得露出了严肃的表情。

"那你为何没有一开始就否认？"

"我否认了，他们不听啊，全脑子一根筋地说'肯定是你干的'，所以我一时生气，不小心说了'没错，就是我干的，你这秃头章鱼'。"

"你知道那会导致什么结果吗？"

"要是我知道，就不会请小圭大律师来了。"

既然要为对方辩护，只要他没有露出马脚，就只能全盘信任。但这都是表面说辞，圭辅丝毫不打算相信达也说的任何一句话。

"首先是当天的行动。你被警方逮捕后，在供述中承认了'前往丸冈运输公司准备实施强盗'，没错吧？"

"不是强盗，我是想叫他给我退职金。而且去是去了，到那儿之后，我觉得没意义，就没走进去。"

"那你的确去了那里。"

"我都说了，那是一天前，二月二十七日的事情，而且是大白天。我都对警察说了一百万遍。"

"一天前？但是，报告上写着二十八日。"

"是他们瞎写的，然后强迫我按了手印。他们说，'要是你想修正，就在法庭上说'。"

圭辅并不相信他，但是决定先把程序走完。

"接着，我们把证据过一遍。我看了起诉状，虽然都是间接证据，但对你很不利。曾经出现过没有决定性物证和供述也被判了死刑的例子。"

"你就别跟我说这些大道理了。"

圭辅从挖鼻孔的达也身上移开目光，继续说道：

"对面的居民在案发不久后目击到很像安藤先生的人从现场逃离。目击者是小森富子女士。她在证词中提到的服装已经从安藤先生的住处收缴上来，两者一致。"

圭辅决定管达也叫"安藤先生"，这样能让他更专业地展开工作。

"羽绒服是在优衣库买的，跟我有同样衣服的人何止几千、几万。而且，我的帽子被偷了。"

达也所谓的"优衣库"是一家已经传播到国外，面向年轻人的服装品牌，价格很亲民。资料上的羽绒服的确是非常大众的设计和颜色。

"问题在于帽子。小森女士准确地说出了针织帽的特征。紫、白、黄三色相间，前方有个红色骷髅头，头顶到后脑勺有闪电花纹，外表很夸张。她看见了这顶帽子。"

"都跟你说了，帽子被偷了。"

"法官可能会认为你在行凶后扔掉了帽子，因为好几个人都看见你在案发之前每天都戴那顶针织帽。这是从一个姓木下的年轻人那里抢过来的，对吧？"

"我是借的。"

那个木下好像是达也损友的熟人。木下有个朋友去美国旅行，给那个熟人带回了那顶针织帽当礼物。达也喜欢上了帽子的夸张设计，一见到就抢了过来。针织帽并非知名品牌，没有在日本销售。

"我说，你到底觉得我有多笨啊？马上要入室盗窃了，谁会戴那种帽子？再说，那女的是从二楼窗户往外看的，也没看到脸啊。"

的确，这样的行为放在达也身上显得有些拙劣。圭辅差点要相信这可能真的并非他所为。

"你们和警察都被骗了,那老太婆单纯是记恨我。"

"因为你往她家里扔咖啡空罐?"

"没错。"

"小森富子女士开了一个书法教室。她虽然六十三岁了,但还能清楚地记得学生一个星期前穿的衣服。这一点有可能成为法官判断的依据。而且,她为人温厚,学生也很信任她。仅仅是被你扔了一个空罐就做伪证,一般来讲很难想象。法官可能会这样想。"

"我不管那女的温厚还是淫荡,我没做就是没做。"

"另外,警方还在你的出租屋门口发现了沾有本间血液的特殊警棍。你对那东西有什么印象吗?"

"我都跟之前那个蠢驴律师说过了。"

"我想听你再说一遍。那根警棍是否为安藤先生的所有物?"

"不是。出租屋还有别人住,而且外人也能随便进来,凭什么说那是我的?"

"首先,你住的出租屋共有六户,其中三户是高龄独居老人,只可能成为强盗的受害者,而不可能作案。另有一户是四十多岁的单身女性,案发当晚与公司的同事在外喝酒到深夜。最后一户是个二十一岁的大学生,那天待在老家香川县。"

"也有可能是外来的人啊。"

"谁?为什么要把凶器埋在安藤先生住处的院子里?法官比人们一般想象的更冷静,也更有常识。一切荒唐无稽的可能性都会被排除。如果没有能说服他们的合理缘由，就很难为你辩护。"

达也不服气地看向别处。

"算了，这个问题先不管。下一个，警方在安藤先生的衣箱里发现了十张万元钞票。这个证据最麻烦。我首先要问，那些钱是从哪儿来的？难道是圣诞老人弄错了季节，偷偷跑到你房间塞进去的？"

"我说大律师，你到底要帮我，还是要冤枉我？"

不愧是"死神"的后代。达也瞪着圭辅的眼神，让圭辅联想到了《猛鬼街》里的怪人。

圭辅感到心跳加速。虽然隔着一块板子，可达也就在触手可及的地方。都说小时候根植在心里的恐惧，长大了也难以消除，看来那是真的。

"当然，既然接受了你的委托，我就是站在你这边的人。我没有指责你，而是要一个个推翻检方提出的证据。"

"好吧。"他不服气地说。

"那我再问你一次。那些钱是从哪儿来的？为什么部分钞票上带有被害者的指纹？"

"那不过是十万日元而已啊，十万日元。这么点钱就能把人冤枉成强盗、杀人犯吗？"

正确来说是强盗致死，反正哪种都是无期徒刑保底。

"警方调查发现，安藤先生的母亲经营的酒馆生意不好，因为滞纳货款，随时有可能被列入酒水进货的黑名单。既然如此，让十万日元闲置在安藤先生家，就显得很不自然了。"

"那又如何？那是我的钱，你管我怎么用？！而且，钱就是要一直留着，不到最后一刻不花出去。"

"本间先生的指纹怎么解释？"

"我在那家公司工作过，钞票上有公司职员的指纹，这不是很正常吗？"

"你的工资都是银行转账吧？"

"那是他还给我的钱。"

"你借了整整三万日元给他？"

"对，整整三万日元。"达也又狠狠地瞪了圭辅一眼，"别在那儿咬文嚼字了，赶紧弄我出去。我想喝酒。"

"最后一个问题：案发时，你在哪里？"

"酒馆。"

"就是道子女士经营的酒馆，对吧？店里？"

"二楼。"

圭辅没去过那里，但是看了资料。那家店一楼是店铺，二楼是居住空间。房子当然是租的，警方还证实租户没有按时交房租。

"你在那里干什么？"

"不方便说。"

"我总结一下安藤先生的陈词，请你仔细听。如果有错，请立刻纠正。你曾经去过丸冈运输公司，打算以退职金的名义索要金钱，但是在门口改变了主意，然后离开了。第二天，一个着装与安藤先生完全相同的人入室抢劫，不知为何把抢到的部分金钱和特殊警棍藏匿在了安藤先生的住处。凶手行凶时，安藤先生在母亲的房间里做不方便说的事情。另外，安藤先生借了三万日元给曾经与自己激烈争吵的受害者，并且在最近收到了还款。而安藤先生被逮捕了将近四个月，一直没有说出这些真相。"

"嗯，就是这样。这就叫冤案吧？"

圭辅无视嬉皮笑脸的达也，唤来值班警员。

圭辅离开时，达也对他说："对了，告诉你一件好事。以前不是提到过，我毒死了老鼠吗？那是真的。我喂老鼠喝了农药。因为混在食物里它不吃，我就撬开它的嘴巴，用从学校实验室偷来的滴管灌进去了。当时用的是一种除草剂，叫百草枯。以前那东西随便就能买到，我是在小区的院子里捡到的。我跟你说，那东西可厉害了。小老鼠痛苦得拼命挣扎了好久，最后才死掉。"

"那又如何？"

"于是我就想，如果人喝了那个，也会死得特别痛苦吧。"

"难道？！"

圭辅瞪了他一眼，达也哈哈大笑起来。

"你别想多了，我怎么会做那种野蛮的事情呢。"

会见结束后，圭辅去见了这起案件的公审监察官。

他预约了一大早的时间。

负责人名叫茂手木一之，圭辅这次去是为了打个招呼，正式知会他自己成为达也的辩护律师。

"听说安藤又不认罪了啊。"

监察官夸张地皱起眉毛，让圭辅联想到刻意制造镜头效果的电视演员。

"他似乎打算在公审中坚持否认。"

"这该不会是奥山律师您教唆的吧？"

"请您不要说这种话，那是他主动提出的。"

"哦，那他很强势啊。难道有新证据了？既然如此，你记得要在资料整理时提交上来。"

"我也打算公平行事。"

"很好。对了，你想打听什么证物来着？"

他们所在的检察官办公室很宽敞，茂手木一直坐在大办公桌后面，圭辅则坐在来客用的沙发上。圭辅重复了一遍今早在电话里提出的要求。

"请问，证物中是否有收录了女性裸体照片数据的储存卡？我在证物列表上没找到。"

检方没有义务公开所有与案件相关的证据，所以他们只会列出对自己有利的那部分。定罪率百分之九十九点九的原因，或许就在这里。

"裸体照片啊——"茂手木看着桌上的资料，换成了打探的口吻，"你问这个干什么？"

"我要寻找证人。"

"什么证人？"他总算抬起头，看向了圭辅。

"因为被告说，他有可能被仇家陷害。"

圭辅到现在还是不擅长撒谎。

"陷害？被那个裸照上的女人陷害吗？"

你在瞎说啥呢？茂手木监察官微微泛红的脸仿佛在这样说。

"出于某种特殊的原因，我熟知被告人的性格，他绝不会把凶器隐藏得如此拙劣。由此可见，他声称被人陷害不无道理。"

"这都是被他侵犯的女人胡编乱造的事情？"

"不明确是否存在侵犯事实。"

茂手木突然靠在椅背上，仰天大笑起来。

"哈哈哈……"茂手木擦掉笑出来的眼泪，"奥山律师，我劝你多跟女人玩玩。女人啊，根本不会干这么拐弯抹角的事情。如果心里有恨，她们只会放火、插菜刀。"

圭辅当然知道这个理由很牵强。正当他无言以对时，茂手木监察官的表情稍微严肃了一些。

"算了，我也没必要卖关子。很遗憾，证物中不存在你说的东西。他本人的所有物品中，能跟IT沾点儿边的，只有一部智能手机，而里面并没有色情照片。"

老实说，圭辅虽然对警察没有好印象，但不得不承认他们的搜查能力。对住处进行搜查后，如果没发现收录照片数据的机器或存储设备，那基本可以认为并不存在。他不认为达也会专门租个服务器把那些东西上传上去，而且那也不是面临逮捕时必须交给道子保管的重要物品。

果然，是达也的试探。

为了不让监察官发现自己内心的释然，圭辅用手帕仔细擦了擦额头。

"我知道了。"

"就这些吗？那我们下次公审前的整理会议上见吧。"

圭辅彬彬有礼地道了谢，然后起身离开了。

7

两天后，圭辅收到了第四次公审前整理会议的通知。

这是圭辅接过任务后第一次正式与这个案子的检方会面。按照预定，这也是最后一次。只要提出申请并获得批准，这个会议也可以增加。只是若没有重要的新证据，恐怕很难获批。

第一次公审的日期是五天后。

所谓陪审团审判，就是让一群毫无司法知识的外行前来参加连续几日的公审，并要求他们做出判决。而且，这种审判形式还刻意适用于包含死刑在内的、量刑较重的犯罪审判。换个角度想，这种制度可谓粗暴。

公审前整理会议，就是为审判指定一个迅速而明确的目标。

公审，是指在正式审判开始前，法官、检察官和辩护律师都会出席，有时被告也会同席，大家都亮出底牌，这样一个程序。程序中要决定"我们有这些证据""我们要传唤这样的证人"，并在这个节点上收缩论点。换言之，就是决定到底要抗争有罪、无罪，还是认罪并争论量刑多少。

原则上，程序结束后不接受新的证据和证人，因为这一制度本来就是为了不在复杂的谈判和证据采纳手续上花时间。所以，绝对不可能存在法庭辩论到最后，隐藏的重要证人突然推门进来指认真凶，让庭上一片哗然的戏剧性一幕。

比如这次的案子，由于没有决定性物证，被告又不认罪，检方和辩护方就要"大打出手"。此时，若在程序后提交证据或证人，会给法官留下不好的印象。

换言之，圭辅只能靠这些间接证据以及达也本人的否认来抗争。

这对于辩护律师来说，是恨得牙痒痒的不利情况。但对圭辅个人来说，这反而还不够，他甚至希望检方能找到更确凿的证据。

早在这件案子之前，达也就是个十恶不赦的人。现在，圭辅总算等到了让达也付出代价的时候。只要审判开始，达也就没有机会多嘴多舌，更没有时间提起那场火灾。圭辅会尽到身为辩护律师最起码的义务，但心里强烈希望达也被定罪。

圭辅回到家，发现门口的停车位上停着一辆大型摩托车。

上面赫然显示着HONDA（本田）的标志。虽然他听了好几次都记不住（应该说压根儿没打算记住），但那好像是往年很有名的CB什么什么车款，型号是"七百半"。看到这辆摩托车，他低落的心情多少好了一些。

"我回来啦！"

门口有一双没见过的鞋子，他不由自主地加快了脚步。

"好久不见啦！"

诸田寿人正在餐桌旁喝啤酒，看到他就用愉悦的表情打了声招呼。刚才那辆摩托车就是寿人的爱车。

"你来啦!"

"嗯,找叔叔借点资料,还有别的事情。"

寿人这话说得太不干脆了。

"美佐绪阿姨呢?"

"我说替她看家,她就去找最近遇到的劲敌,征讨汉尼拔率领的迦太基军团了。你还没吃晚饭吧?"寿人问。

"嗯,还没吃。"

"那就吃这个吧。"

圭辅当然没意见。桌上摆着用黑醋做的莲藕糖醋排骨,还在冒热气。这是圭辅最爱吃的东西。

"欸,这不是同学会的通知吗?"

寿人发现了一直被圭辅扔在桌上的明信片。

"嗯。"

"怎么没寄给我啊。哦,我也没把住址告诉别人。"

不知从何时起,寿人就把对自己的称呼从"boku"改成了"ore"。

"嗯。"

"你怎么了?我难得来一趟,你还这么心不在焉的。"

寿人明明是开摩托车来的,啤酒却喝个不停。那是他喜欢喝的拉格啤酒。他能把这东西带来,可能准备在这儿过夜。

"最近有点忙。"圭辅连忙塞了一口榨菜丝炒蛋,"这东西很适合下酒啊。"

"对吧。"寿人高兴地笑了笑，然后回到正题，"我都跟你说了当律师很辛苦。制度一改变，显然就会过度竞争啊。要是我像你这么用功，就去考都厅的Ⅰ类，主动找个不用调岗的轻松工作。不晋升也无所谓，只要生活稳定，人生充实就好。如果非要进司法界，那我就去当法官。虽然辛苦一点，但还算稳定。"

圭辅不禁想："你嘴上说得好听，干的工作却与稳定生活毫不相关。"

他吃了一口分到盘子里的糖醋排骨，又喝了一口寿人倒的啤酒。好久没喝拉格了，他觉得味道有点苦涩。

从初一第二学期刚开始，寿人就去了美国。

他父亲因为工作调动，又考虑到别的因素，他决定带着一家人过去，而不是单身赴任。

由于暑假期间美果的遭遇，圭辅跟寿人的关系还有点尴尬，此刻就要匆匆分别了。出国前，寿人要回老家北海道一趟，于是圭辅送他走到了车站。可是，两个人一路上只说了些不痛不痒的话。

"我还会回来的。"

最后的最后，寿人留下一句好似电影台词的话。

接下来的两年，圭辅没什么记忆。

并非因为记忆力不好，只是那段时间就像几天前做的梦一样，笼罩着昏暗的阴霾，无法清楚地回忆起来。

道子整日对他咒骂不休，或打或砸，而达也每次都嬉皮笑脸地旁观。记忆中全是这些场景，早已分不清发生的时间和地点。

与之相反，他有时会突然想起自己跟美果和寿人在黄昏的公园里，欢笑着打羽毛球的场景。可是仔细一想，那并非事实，不过是空想被篡改成了回忆而已。同样，可能还有许多被他遗忘的记忆，而他连遗忘这件事都想不起来了。

圭辅曾经与父母生活的地方盖起了新房，住进了陌生的一家人。他不记得道子向他解释过这件事。这并非遗忘，而是真的没有发生过。道子不时地拿一份"同意书"给他，让他在上面签字。如果说那就是卖掉地皮的手续，也有可能。

他用公用电话给秋田的佐和子姨妈打过两次电话，但是姨妈每次都吞吞吐吐地说："这些事情都托付给道子小姐了，我又不能因为手续的事情一趟一趟往东京跑。"所以，他始终没有弄明白那些事情。他的钱本来就不多，后来就不再给姨妈打电话了。

"树立一个目标，然后朝着它展开行动。"他已经连这种理所当然的事情都做不到了。每次看到镜中的自己，想到身边一个朋友都没有，他也不再感到痛苦了。

所以，初三第二学期的头一天，他在教室里见到寿人时，只觉得"好难得啊"，并没有很特别的感慨。

寿人带着微笑走过来，对他说了句话。圭辅只是应了一声。接着，寿人的表情变了，他盯着圭辅的双眼仔细打量了一会儿，惊讶地问："小圭，你怎么了？"寿人抓着他的肩膀摇晃，还说，"你振作点。"

圭辅又应了一声。在寿人哭出来的瞬间，圭辅的眼中也滑落出眼泪。

为何会哭？圭辅自己也不明白。可是第一节课已经开始了，他还是止不住眼泪，便去了久违的保健室。

那天，在寿人的询问下，圭辅淡淡地说出了对日常生活、对将来，特别是对升学的放弃。听着听着，寿人的表情变得前所未有的严肃。很快，严肃又转变为下定决心。

"不行，不能再逃避了。要起来战斗。"

不知为何，那句话好像是圭辅对自己说的。

"你也有权利要求过正常人的生活。"

"够了，没用的。"

圭辅已经完全掌握了这种精神上的保险措施。如果不能有希望，哪怕偶尔能够有所希望，还是从一开始就放弃最安全。只要不期待，痛苦就会减轻。而且，失火有可能是他造成的，像他这种人不配拥有正常人的希望。

是牛岛夫妇拯救他脱离了那个诅咒。

寿人把事情告诉了肇，肇马上要求跟道子谈话。得知道子丝毫不打算沟通后，肇又跟一个姓稻泽的律师朋友商量，飞快地采取了行动。

本来，圭辅应该马上被转移到儿童保护机构，最后则变成了由牛岛家代为抚养。

上初三那年九月最后的周末，圭辅跟随肇和稻泽律师离开了居住了两年零九个月的道子母子的公寓。他无法直视道子的脸，达也则不在那里。

在夺回财产这方面，肇和稻泽律师也采取了积极的行动。

然而，已经太晚了。

首先，土地已经转手他人。道子成为法定监护人后，那块地马上就被卖给了大阪的不动产公司。后来又经过两次转卖，由目前住在那里的一家人以"善意的第三方"身份购得。参与转卖的前两家不动产公司都是专门处理债券业务的中介，目前已经倒闭，责任人行踪不明。

"要从那家人手上收回土地，恐怕很困难。"

稻泽律师一脸遗憾地解释道。

除此之外，若干贵金属遗产都被转手卖出，没有保留下来。

最关键的现金也没了大半。

圭辅的父亲正晴应该有两千万日元的生命保险赔偿，那是办理房屋贷款时加入的保险，被用来抵消了剩余的贷款。因此，转卖土地应该能拿到全款。可能因为急于兑换现金，那块地皮没有按照市场价出售，只卖了两千万日元出头。

虽说是贱价甩卖，但加上保险金，也有四千多万日元现金才对。可是，在稻泽律师动用职权强制调查后，发现道子手头上只有七百万日元左右。

稻泽律师当时就要求道子做出解释。

按照她本人的说法，本来那笔钱她存得好好的，不久之后就被秀秋卷款潜逃了。圭辅就是从那时起再也没见过秀秋，而道子坚称秀秋当时卷走了大约三千万日元。

"你为何没有报警？"律师当然如此追问了。道子的回答是："我以为他会回来。""我以为他只是暂时借走。"虽然这与她主张恶意遗弃，提出离婚申请的行为自相矛盾，但圭辅比任何人都清楚，无论说什么，都是一拳打在棉花上，多大的力气也没用。尽管他们举报了卷款潜逃的秀秋，但圭辅确信，这一切都是徒劳无功的。

他还得知，秋田的佐和子姨妈拿到了道子给的一百万日元。虽然跟总体比起来，那笔钱不算多，也说不清是威胁还是收买，但实际上，那可能是道子让她不要以亲戚的身份多嘴多舌的报酬。大人们告诉圭辅，这笔钱应该能要回来。但是，圭辅决定放弃。

双方有过几次交谈，为了确认事实关系，圭辅也参加过一次。道子不仅对肇和稻泽粗声粗气地说话，对圭辅也是破口大骂，说的话都不堪入耳。

一开始，稻泽律师还劲头十足，认为"一定要举报道子，追究她身为未成年人监护人'非法侵占'的罪名"。但是，随着情况逐渐清楚，他也失去了一开始的气势。

虽然在细节手续上存在瑕疵，但粗略来看找不到什么问题。所有需要征得圭辅同意的文件都满足了要求，也报告过了。秀秋冒领金钱的账号也确实是圭辅的。所有的坏事都被推到了秀秋头上，就算有问题，也只是道子发现冒领后没有报案，违反了报告义务。要送她去坐牢可能很难。

另外，假设这四千万日元中，秀秋拿走了三千万日元，那么相当于道子花费三百万日元照顾了圭辅两年零九个月。这个金额压根儿不构成侵占。

律师很不甘心地说，虽然能抓住几个痛处，但很难让她被判实刑。

而且，稻泽律师又调查到，秀秋有两次养老金、失业保险、生活保障等公共保险金的诈骗前科。这也成了支持道子说法的事实。如果能找到秀秋带来的那个叫富坚的人，或许能问出新的事实，只可惜无法查清他究竟是谁。

这场骚动发生后不久，以恶意遗弃为由的离婚申请就得到了批准，道子和达也把姓改成了安藤。

"还是放弃吧，谢谢你们。"

圭辅对肇和稻泽律师深深行礼道。

他目睹了一切，心里却愤怒不起来，反倒有种奇怪的释然——"果然变成了这样"。

既然财产已经拿不回来了，道子是坐牢还是逍遥法外，他都不再关心。

他不想再跟道子和达也有任何关系。

他对其他事情不抱期望，只想今后能彻底跟那两个人断了关系。如果非要在法庭上持续这场漫长的缠斗，他情愿把剩下的钱也送给他们。

除此之外，他再无任何希望。

肇和稻泽律师似乎都很不理解圭辅的请求，可是圭辅唯独在这一点上毫不退让。于是，他们最后只能答应了。

结果，他手上只剩下七百万日元。

圭辅留在了牛岛家，因为牛岛肇代替道子成了他的监护人。后来圭辅才知道，如果要认真履行监护人的职责，其实非常麻烦。他本以为连道子都能当，那肯定很简单。其实，那是极大的误会，反倒是道子一直没有被撤销监护人资格的事实更像是个奇迹。他把七百万日元交给了肇，请他把那些钱当成自己的生活费。

从那以后，他跟达也母子就几乎切断了所有联系。他听说那对母子搬到了一间旧出租屋。道子一边领生活保障金，一边让达也上了公立高中。再往后，圭辅就不再关心了。

由于父亲第二次工作调动，寿人回到了日本，跟以前一样寄宿在牛岛家。寿人上了私立高中，圭辅也在牛岛夫妇的坚持下升上了高中。虽然他上的是都立学校，但应该花不少钱，所以圭辅一直努力打工。然而，牛岛夫妇不愿收下圭辅赚的钱。不仅如此，他们还说，那七百万日元已经存成了定期，作为他以后上大学的费用。

仅剩几个月的初中阶段和高中三年，圭辅都在寿人和牛岛夫妇的陪伴下生活。

牛岛夫妇不仅把他从孤儿院一样的地方救出来，还对他视如己出，让他感受到了家庭的温暖。对他们，圭辅有道不尽的感恩。

最让他高兴的是，那天达也道出的可怕灾难并没有降临在美佐绪身上。

圭辅考上了对成绩优异者设有丰厚奖学金制度的私立大学，并且成功地以特优生的身份获得了无须返还的奖学金。四年间，他几乎把时间都花在了打零工和准备司法考试上。他只有一部绑定了最便宜套餐的手机，而且多亏了初中那段俨然强制收容所的生活，他对电视游戏和需要充值的网上游戏毫无兴趣，丝毫没有离了那些东西就活不下去的痛苦。

与此同时，寿人以"走上社会前要先孝顺孝顺父母"为由，考上了札幌的大学。为了防止过敏发作，他住在大学宿舍。但是相比以前，更能经常回家了。

圭辅通过司法考试时，寿人没有去找工作。他干起了自由职业。上大学时，他干过一份语音转文字的兼职，后来就做起了作家助手的工作。

寿人跟随的非虚构作家名叫萱沼胜。萱沼胜喜欢写一些不怎么受关注的冤案和结果不甚明了的少年犯罪案件。萱沼平时把稿子卖给大型周刊杂志，收入跟同年代的白领职员差不多。给那种人当助手，恐怕拿不到几个钱。寿人自己也笑着说："工作虽然很有意思，可是一天到晚穷忙，赚不到几个钱。"他住在新宿区一间算不上新的出租屋里，一有空就到附近的便利店打零工。

"我现在跟着他，是为了学习如何取材，甚至主动帮他跑腿，拓展一些人脉。"

看来，寿人也有自己的安排。

"最近啊，萱沼先生发现了挺有意思的案子。"

六瓶长罐拉格啤酒喝完后,寿人红着眼睛对他说。

"又是冤案吗?"

"不。"寿人目光落到了桌子上,他似乎有些犹豫,但很快便抬起了头,"可能跟冤案的水一样深,主角是个骇人听闻的恶童。"

圭辅感到后颈汗毛直竖,已经猜到寿人今天过来的真正目的了。

"那个恶棍名叫安藤达也,旧姓浅沼。"

8

又是新的一周。再过两天,圭辅就要去参加公审前的整理会议了。

他正忙着处理事务所的积压文件,突然接到了前台转给他的电话。

来电显示上写着"公用电话",他心里有点疑惑,但还是拿起了话筒,解除等待模式。

"你好,我是奥山。"

"喂,你就是奥山律师吗?"

那个尾音有点上扬的声音像是一位年轻女性,背景里还有车来车往的噪声。

"对,我就是。"

"你能到我接下来说的这个地址来吗?有些话在电话里不好

说，这很重要。"

她在嚼口香糖。

"你叫什么？"

"Eiko."

圭辅想了想汉字是什么，不过这个可以稍后再问。

"你找我有什么事？"

"都跟你说了，电话里不好说。你是不是蠢？"

语气太差了。他在手头的便笺本上写下"Eiko，二十几岁？可能是急脾气"。

"如果你不说个大概，我无法去见……"

"烦死了，说还不行吗？我这里有关于你帮助辩护的那个人的证词。"

"哪位被告？"

"你小子在耍我吗？！"

圭辅感觉对方的唾沫都顺着电话线喷了过来，忍不住把话筒拿远了一些。他时常碰到脾气暴躁的人，但极少有人用这种态度对律师说话。

"如果你不说具体一些，老实讲，我只能判断这是恶作剧电话。"

"是达也啦，安藤达也。"

看来并不是恶作剧电话。

"安藤先生知道这件事吗？"

"还用说吗，白痴？！"

"我应该没做什么可以被无缘无故破口大骂的事情。"

"少啰唆,把你的手机号码告诉我。"

圭辅慢慢报出了十一位数字。

这个叫Eiko的女人报了个大型连锁咖啡厅的名称,跟他约在那里见面。地点在新宿南口。

"找不到就自己查。今天四点坐在窗边等着。"

"啊,等等。今天,我那个时间有约……"

他还没说完,对方就挂了电话。

他约好了跟被狗咬的梅田见面,也不知现在改时间对方是否同意。毕竟梅田那样的人肯定会大发雷霆,搞不好还会投诉他。他怎么能冒这么大的险听那个不懂礼貌的人说话呢。

圭辅长叹一声,再次拿起了话筒。

他被梅田大骂了一顿,好不容易把时间改到了明天。

毕竟是有关达也的证词,他不能毫不理睬。

下午四点差五分,他走进了对方指定的咖啡店。里面挺空。圭辅点完咖啡,马上把视线转向窗外,可是路上有太多的人,就算他知道Eiko的外貌特征,恐怕也很难找出来。显然,她是刻意选择了这个地方。

他喝了一口咖啡,回想起以前也有过这种经历。他又想了想,很快就想起来了。是《情妇》。律师主人公也被一个奇怪的女人喊了出去,跟他的经历完全一样。当然,他不认为那个叫Eiko的人看过这么老的电影,所以这应该是巧合。

已经过了四点，Eiko还没现身。她可能已经到附近了，正在暗中观察。过了五分钟，又过了十分钟，她还是没出现。她究竟想干什么？

又过了十分钟，圭辅决定放弃等待。就在他撑起身子，伸手拿小票的那一刻，坐在咖啡厅最里侧的女人突然盯着他站了起来。那就是她。当然，圭辅早已把店里的客人都观察了一遍，那个女人一直在埋头摆弄手机。

她把放了餐具的托盘拿到吧台，继而缓缓向他走来。他趁机又观察了她一遍。此人个子不高，可能不到一米六，身材纤瘦，服装并不夸张。下身穿一条修身牛仔裤，上身是橙色打底针织衫外面披着一件白衬衫。

除了头发染成深褐色，她给人的印象非常普通。

Eiko来到圭辅的桌边。

"你就是奥山先生吧？"

"你是Eiko小姐吗？"

Eiko先确认了隔壁桌没有客人，然后大大咧咧地坐了下来。

圭辅打开笔记本，摆好了做记录的架势。接着，他把手伸进忍着闷热硬穿在身上的外套，按下了录音笔的按钮。

"你好！"

"我叫Tsukudasayumi佃纱弓（つくださゆみ），把本子拿来。"

她的声音比电话里平静许多。

Eiko一把夺过圭辅的本子和笔，在上面写了几个字，又塞回来。"佃纱弓"。她的字迹意外地工整，跟电话里的粗言暴语很难联系在一起。她好像在等待圭辅的反应，可他对这个名字没有印象。

他暗暗观察着这个女人。纤瘦的体态，有点凶的目光，这些都让人联想到小猫。圭辅好像真的在什么地方见过她，莫非她是以前某个案子的证人？

"发生那件事的晚上，我跟小达在一起。"

纱弓突然说出了结论。

"你说的'那件事'，是指二月二十八日的事情吗？"

"没错。他们说小达入室抢劫那天晚上。"

"原来如此。"

圭辅一边点头，一边观察纱弓的表情。她化的妆不怎么浓，很容易分辨出真实面容。她应该比圭辅小，二十岁到二十三岁的样子。

"干吗，你想说我在撒谎吗？"

她瞪着圭辅的眼神也有点像猫。那是一边窥视人类，一边有所企图的猫的眼神。

"并不是的。你知道安藤达也先生被逮捕了吗？"

"知道。"

"那么，为什么不早点出来做证呢？"

"那不是我的自由吗？"

"当然是你的自由。那我再问你，为什么现在要站出来？"

"我也有苦衷。"

"如果你不想告诉我，那也没关系。然而，一旦在法庭上做证，检方必定会追问这个问题。"

纱弓用纸包住嘴里嚼的口香糖，塞进了口袋。很快，她又拆了一块新的扔进嘴里嚼。

"我有男人，住在一起，但是没结婚。那个狗男人就是黑社会底层的小混混，一直不同意分手。一有什么事就打我，他是只会欺负女人的狗男人。要是让他发现我跟达也在一起，搞不好要杀了我。"

"那个人叫什么？"

"Masato（优人）。拿过来。"

她再次夺过本子，写下了"田口优人"几个字。

"原来如此，因为这个优人先生，你一直没有站出来做证。"

"嗯。"

"但是，我跟达也先生碰过面，他并没有提起你。"

"他就是那种人，那是在替我着想。"

他强忍住想笑的冲动。

"原来如此。情况我已经了解了。那么，能麻烦你详细地描述一下那天晚上的事情吗？"

"晚上七点左右到第二天早上，我一直跟小达待在我家公寓里。吃完便利店买的盒饭，就一直在一起。"

"意思是……"

"就是那种事。冲了个澡，上床，然后睡觉。"

他在本子上记下"约十九时以后，二人同在室内"。

"中间达也先生是否出去过？"

"没有。我们一个月没见了，那天晚上直到第二天临近中午，一直待在一起。"

"你不担心优人先生吗？"

"他事先跟人约好了打麻将。每次打通宵，他不到第二天傍晚不会回来。"

那不可能。

那个案子绝对是达也干的。必须如此。圭辅甚至想亲自站到检方那边。这女的在撒谎。

尽管不愿相信，可她自己站出来要当证人，身为辩护律师也不能无视。然而，情人的证词跟家人的证词一样，通常得不到重视，因为这种立场的人包庇罪犯是常态。

"我明白了。那么，你想叫我做什么呢？"

"小达跟我在一起，证明他是无辜的。你快把他从那鬼地方放出来。"

"他已经被起诉，而且马上要开庭了。一旦被起诉，就不能轻易撤销。刚才，我之所以问你为什么不早点站出来，就是这个意思。"

"我不要听你说教。如果不行，那我就出庭做证。"

"那跟你同居的男性怎么办？"

"我想匿名做证。"

圭辅马上开始在记忆中寻找先例。调查阶段应该有过匿名证词，可是在法庭上呢？应该找找有没有先例。然而……

"可能有点难。"他给出了消极的答案。

"你这当律师的不就该在这种时候想办法吗?"

"就算可以匿名作证,也不太可能让法官立刻判断达也先生无罪。"

"凭啥啊?"

他看着女人怀疑的双眼,心想,之前应该见过这个人。

"家人和亲密之人的证词往往得不到重视,因为这些人很可能会包庇罪犯。"

"可事实就是事实啊。"

"这次采取的是陪审团制度,关键在于他们怎么想。"

纱弓松开紧抱的双臂,坐直了身子。

"行吧。反正你是专家,这种事就交给你了。"

说完,纱弓飞快地伸过右手,拍了拍圭辅的左脸。她的掌心有点潮湿,还有点凉。

"走啦。"

"请等一等——"他叫了一声,但纱弓头也不回地走了出去。

圭辅凝视着她亲手写下的"佃纱弓",沉思了许久。

回到事务所,他一边做不需要用脑子的资料整理,一边思索纱弓的事情。

他像拧毛巾一样使劲回忆,就是想不起来到底在哪儿见过她。难道只是在大学听过一个老师的课?想了许久,他还是放弃了。

接着,他开始思考,两个人案发当晚在一起的证词,那是真的吗?

在考虑证据效力之前,圭辅首先怀疑纱弓跟达也究竟是不是情人关系。那个女人虽然嘴巴很毒,却不像是个老狐狸。她也不像一边跟黑帮底下的小混混处对象,一边跟达也玩出轨的那种人。当然,他也清楚人不可貌相。只不过,他无论如何都想象不出那个纱弓跟达也不穿衣服抱在一起的画面。

想到这里,他猛然回过神来,盯着准备放到托盘里的资料,完全静止了。

说不定,他不是无法想象,而是不愿想象?

很久以前,曾经有过这样的女性,让他看了一眼就再也忘不掉。

他把资料扔到托盘里,被纱弓拍过的左脸似乎有点发热。

"奥山先生。"

听见有人叫他,圭辅抬起头,发现白石真琴律师微笑着站在那里。这位律师前辈比他大两岁,只要她开口叫圭辅,那么他不是哪里出错了,就是工作没做好。不过,她此刻好像心情很好。而且,这个事务所——不,业界的习惯是不分先来后到,彼此都要称呼"律师"。她管他叫先生,这可有点稀奇了。

"我又干什么坏事了?"他已经做好了道歉的准备。

这回,真琴露出了明显的笑容。

"没有。我有个熟人给了两张电影试映会的票。明天晚上八点,你有空吗?"

他们有必须看电影作为参考的案子吗?圭辅认真地想了想,

觉得这只是普通的邀约。

刚刚降温的脸蛋又开始发热。

怎么办？他是很想去，不过真琴跟他去肯定觉得很无聊吧。她可能也只是想犒劳一下所里地位最低、整天被她拽着到处跑的圭辅。

"那个，谢谢你的好意，不过我明天还要准备后天的公审前整理会议的资料。实在对不起，能不能找其他人……"

"啊，是吗？"真琴露出意外的表情，"也对啊，是我太唐突了。而且，我也得干活，哪有空看什么电影啊。"

说完，她把手上的信封揉成一团，扔进垃圾桶，快步回到自己的座位上。

圭辅慌忙拾起了垃圾桶里的票。

"那个，我突然想起来明天有时间。"

"你还得磨炼磨炼答辩的本领。"

真琴虽然抿着嘴，目光却带着笑意。

圭辅诚惶诚恐地低下头，电话铃声突然响了。他如释重负，迅速拿起话筒。

"你好，这里是白石法律事务所。"

"喂，你是小圭吧？听声音就知道了。是我啊，好久没见了。"

圭辅也一下就听出来了。那个被酒精和烟草侵蚀的声音，他怎么可能忘记。如果可以的话，他再也不想听到那个声音。

"我想找你商量达也的事。"

道子还是跟过去一样，用不容置疑的语气提出了要求。

9

道子经营的小酒馆位于板桥区西北方向——从地铁站步行几分钟就可以到的地方。

他事先调查过，那里毗邻荒川，周围都是工厂和大型运输公司，是个紧挨工业区的小商店街。

他按照道子电话里的描述找到了店铺。那家小酒馆夹在闭门不开的蔬果店和私人经营的洗衣店中间，是郊外商店街常见的，一楼门面、二楼住人的长屋型建筑。单从地图来看，店铺后方三百米就是荒川河岸。

酒馆的招牌是一块亚克力板，深蓝底色上写着"小达酒馆"几个白色的文字。看到它的瞬间，圭辅感到了强烈的眩晕。他不得不靠在旁边的电线杆上，让呼吸恢复正常。两个身穿工服的人有说有笑地绕开他，径直向前走去。

等到心情稍微平静一些，他又一次站到店门口。现在回头已经晚了，如果要拒绝，应该一开始就拒绝。而且，反正他不能一辈子躲开这对母子。

三合板大门上贴着"拒绝暴力团伙"的塑料牌。他推开门走了进去，听见门铃被撞响的声音，里面传出了卡拉OK的音乐声和香烟的气味。

"欢迎。"

他看向声音比电话里更沙哑的人。道子的头发染成了粉绿相间的颜色，如同枯草般披在肩上，脸上浓妆艳抹，血红的嘴唇一见到他就咧开了。

圭辅几乎从不踏足小酒馆，因此缺乏判断标准。不过，这里的气氛应该跟其他酒馆差不多。

进门右手边是黑色"L"形吧台，靠近入口那边较短，另一边较长。高脚凳一共六个，另有三个四人落座会显得很挤的卡座。左边最里面是个一点五平方米大小的舞台，墙上挂着液晶显示屏。除了卡拉OK设备，店里的东西全又破又旧。不知哪个醉汉没控制住自己，屋里隐隐飘散着尿味。

现在，一名中年客人站在舞台上，正在唱《越过天城》。

"坐那儿吧。"

道子下巴一努，让他坐在"L"形吧台最边缘的位置。热热闹闹的卡座几乎看不见他坐的地方。

"喝点儿啥？"她叼着烟问。

"不用了。"

"那怎么行？"

道子拿出一个貌似被重复使用了很多次，已经有点发皱的纸杯垫放到圭辅面前，接着摆了一个小号啤酒杯。她从吧台底下拿出中瓶啤酒，还有自己用的大杯子，把两只杯子都倒满了。

"为了重逢干杯。"

道子举起杯子，也不理睬圭辅，一仰脖干掉了。

她的上唇沾着泡沫，她徒手抓了一把小零食装在碟子里推给圭辅，然后把自己的杯子里倒满了啤酒。圭辅没碰他那杯。

"您说要找我商谈达也先生出庭的事情。"

"小圭，你不是律师吗？看在过去交情的分儿上，快把达也放出来吧。"

说到这里，道子摁灭香烟，拧起了血红的嘴唇。她可能觉得自己在媚笑。

"我没有释放被告的权限。虽然可以尝试提出保释申请，但百分之百得不到批准。"

卡拉OK的声音特别大，圭辅只能扯着嗓子说话。本来这种事并不适合扯着嗓子说。

道子又抖出一根香烟，叼在嘴里。

"真冷淡。"没有点火的香烟晃动了几下。

"之所以不可能，是考虑到案子的性质，还有本人不认罪的事实。这下如果被定罪，连缓刑都争取不到了。如此一来，就只能期待法庭做出无罪判决了。"

"我就是问你，要怎么才能争取到无罪啊？"

道子朝他劈头盖脸地喷了一股烟。圭辅侧过头调整呼吸，他很想说，"怎么可能无罪"。

"虽然目前检方手上只有间接证据，但我认为法官对被告的印象很不好，最近已经出现了只要有间接证据就断罪这种疑罪从有的审判倾向。也就是说……"

"我管那是什么，你得把他放出来。小达太可怜了。"

圭辅闭上眼。这个人跟以前一样，讲道理是说不通的。道子见圭辅没有碰那杯啤酒，就把瓶子里的都倒给了自己。

"再来一瓶？"

"不用了。"

圭辅低头看向黑色贴皮吧台。贴皮有点破损，露出了底下的胶合板。卷舌过度的《率性的辛巴达》在室内轰响，迪斯科灯球反射出点点光斑。他看着自己倒映在台面上的模糊影子，叹了口气。

道子拿出冰锥，开始戳水池里的冰块。

"发生案子那天晚上，达也不是跟女人在一起嘛。"她叼着烟，边说边戳冰块。

她怎么知道？

"你叫那女的出庭做证不就好了？"

"你怎么知道这个人？"

道子似乎明白了他的意思。她叼着烟，看着圭辅。

"我还没对任何人说过这件事。难道你认识她？"

道子没有立刻回答，似乎在思考如何解释。

今天刚发生的事，道子已经知道了。这证明纱弓认识道子，而且跟她有联系。

一切好像都能说通了。

纱弓与达也幽会的事应该是假的。纱弓之所以现在才说，并非因为害怕同居男友。更何况，达也压根儿没提到过纱弓。当然，他不可能是为了保护纱弓。退一万步讲，假设达也真的那么喜欢纱弓，甚至不惜为了她牺牲自己，那应该会反过来威胁他"不准接近那个女的"。达也不可能让纱弓为自己做如此拙劣的伪证,而且纱弓也见不到他。原则上说,只有辩护律师才能见到达也。

简而言之,是道子和纱弓现在才想了这个肤浅的主意,试图把达也弄出来。

愤怒和可悲让圭辅再次感到眩晕。

"妈妈桑,这边加冰块!"

卡座那边传来口齿不清的喊声,其中一个客人举起了手。

"等等!"

道子用手抓起刚才弄好的冰块,扔进冰桶里。

"妈妈桑!"

"烦死了。准备好了,过来拿吧。"

"来啦!"

身穿连体工服的中年客人摇摇晃晃地走过来,混浊的双眼盯着坐在吧台旁的圭辅看了好一会儿。接着,男客人对圭辅挤挤眼睛,把手朝道子连衣裙的领口伸去。

"干啥啊,色老头。"

道子拽出男人的手,男人怪声怪气地唱着小调,提起冰桶走了回去。

"说到哪儿了?啊,对了,纱弓是吧?"

道子的脸上已经完全看不出刚才的狼狈,应该是趁机恢复了平静。圭辅失去了掌握主导的机会。

"那是个好女孩。她一开始是店里的客人,我听她倾诉过不少事情。她那个男人好像会动手啊。要是早点认识达也——"

"妈妈桑，再来一瓶好吗？"

"来啦！"

道子摇晃着胸脯，抬手应道。

"总之，你随便编个故事就好了。拿这么高的工资，不就是为了这个吗？要是没有证据，生造就好啦。别跟我这么见外。"

圭辅已经不需要待在这里了。道子想必也已经发表完了全部的想法。

圭辅问多少钱，道子说："五千日元。"他没有气力争辩，就从钱包里抽出五张千元纸钞，放在吧台上。

"后天的公审前整理会议上，我会尝试提出这个话题。"

"给我好好干。以前照顾你那么久，是时候报恩了。"

他进店以后明明没吃没喝，却感到胃部异常沉重，仿佛被人灌了泥水。

圭辅站在路上，再次抬头凝视发出阵阵电流声的"小达酒馆"的招牌。二楼的房间没开灯，不过窗帘缝隙里漏出了光线，可能是电视没关。

嗜酒，沉迷于电视，无比邋遢，这些都跟以前一模一样。

10

第二天，圭辅又去见了达也。

"明天就要进行第四次公审前整理会议了。这是我第一次参加，按照预定，应该也是最后一次。"

"是吗？拜托啦！"

"我见了纱弓。"圭辅决定暂时隐瞒道子的事情。

"哦，是吗？"

圭辅密切地观察着达也的表情，却猜不出他在想什么。只不过，他似乎并非完全没有预料到纱弓的登场。

"她想为安藤达也先生的不在场做证。"

"她说啥了？"

达也显然在打探他们谈了什么。

果然是她们两个人自己商量的计策。

由于是凶案，又一直没找到直接证据，再加上被告突然否认罪行，达也一直被禁止会面。尽管可以有最低限度的通信，可是信上一旦写上指示做证的内容，信就会被没收。假设他们有机会对口供，那就是逮捕之前。如果真是这样，这几个月的空白就显得毫无意义。

虽然不太敢相信，但圭辅怀疑之前的国选律师有可能当了传声筒。为保险起见，他有必要确认一下。

"如果她说的都是真的，我就没必要跟你解释了吧？"

"这里的审问太累人了，我脑子有点发昏。"

"我要确认证词内容是否属实。当天晚上，你在哪里？从几点待到几点？"

"你在拿我当猴耍吗？！"

达也眯起了眼睛。圭辅忍不住绷紧了脚趾。

"威胁我也没用,都不是小孩子了。而且,我不想帮你做伪证。"

达也猛地凑过去,把脸贴近了挡板。

"这位正义的律师先生小时候家里着火,爸妈都被烧死了。当时,正好在他家过夜的朋友救了他一命。而且,朋友家还收留了他整整三年。结果,连声'谢谢'都没听到。

"不仅如此,那个朋友多年以后遭到诬陷,可能要背上莫须有的罪名,因此向他求救。你猜咋的?那个律师记恨以前的事情,竟然不好好商量出庭的事情。你说,这种事情能不能捅到电视台去啊?"

这次,圭辅早已预料到达也的反应,连呼吸的节奏都没被打乱。

"知道了。既然我答应了为你辩护,就把事情都告诉你吧。纱弓是这样说的……"

圭辅基本照原样复述了纱弓的话,达也满意地频频点头。

"我都叫她别出头了,她怎么这么不听话?我啊,本来不想把纱弓牵扯进来。"他装模作样地说。

"跟她同居的田口优人经常施展暴力,这是真的吗?"

"什么意思?"

"字面意思。辩护方如果提出反证,警方肯定会去查证。如果她的同居男友既不是黑社会,也没有对她施展暴力,那么无论安藤达也先生最后是否被定罪,纱弓女士都要被控伪证罪。"

圭辅还没说完,达也就压低声音笑了起来。

"没关系，大律师不需要担心这个，只要专心把我搞成无罪就好。要是纱弓的证词还不够，你就再找点别的证据。"

达也恬不知耻的笑容仿佛跟道子的脸重叠在了一起。这两个人明明没有血缘关系，为何想法会如此一致？

"话说，我好想来瓶啤酒啊……"

"你说火灾那天晚上拍了照片，是假的吧？"他模仿了达也的惯用做法。

"啊？"

圭辅赌的就是达也这一瞬间的表情。

不管他多擅长摆扑克脸，也会在某些瞬间流露出心中所想。正因为达也的脑子灵活，才更会仔细审视圭辅的表情，想知道圭辅究竟了解多少真相。

看到达也的目光，圭辅心里有数了。

"果然是假的。"

"你瞎猜什么呢？"

"放心吧，反正事到如今我也不会退出。"

达也哼笑了一声，然后补充道：

"对了，道子开了一家小酒馆，你有空去坐坐吧。虽然是个破店，不过她看到小圭肯定会很高兴的。"

11

总算到了出席公审前整理会议的日子。

在此之前,他也陪同白石所长和事务所的前辈出席过类似的场合,但是头一次自己上阵,而且是最后一轮会议。只要有正当的理由,后面还可以追加会议,但是希望渺茫,就算追加了也不会对案子的结果有什么影响。

关键在于——

以圭辅个人的心情而言,他恨不得法院赶紧判达也有罪,把他关进拘留所。

他事先查看了前三轮会议的资料,并未发现什么值得一提的证据。另外,他还见过了被达也退掉的国选律师相田。那个人三十几岁的样子,有点神经质。由于被达也要得团团转,他本人很高兴自己被退掉了。为了保险起见,圭辅还试探了一番,但相田不像是暗中为道子和达也传递消息的人。

如果圭辅提出纱弓这个人,恐怕会成为此次的关键证据。当然,他必须向白石所长汇报这件事。

几经心理斗争之后,圭辅坦白道:"达也当天晚上好像跟一个情人在一起,但是为了保护那个人,之前一直没有提起她。这有可能是给达也脱罪的伪证,但是为了接下来的审判,我想事先向检方和法官报告此事。"

白石笑着说："原来如此，希望能有转机。"

真琴也要跟圭辅一起出席整理会议。

其实，圭辅想一个人去。但若是轻罪也就算了，现在是重罪案件，被告又否认罪行，事务所肯定不会让圭辅一个人去。

"话说回来，这家公司的管理力度真是太糟糕了。"

真琴在电车里发表了感想。其实，他也有同感。

每个员工都有机会知道那天保险柜里将会出现将近一百万日元的现金，而且只要是老员工，都知道保险柜的密码——那只不过是把社长夫妇的结婚纪念日重组一下而已。当然，打开保险柜还需要钥匙，只是那把钥匙就放在财务部部长办公桌的抽屉里，凶手用一把螺丝刀就撬开了。可以说，正因为安全管理太不到位，才会诱发这样的犯罪。

"不客气地说，所有员工都有嫌疑。检方恐怕还是老样子，压根儿不会提起对自己不利的事实。那可不行，要在公审时戳穿他们的小把戏。"

圭辅心想："求求你，别戳穿好吗？"

整理会议在霞关东京地裁的一间办公室里进行，到场的法院人员有审判长和左右审判员，检方有茂手木监察官及其事务官助手，辩方则是圭辅和真琴。这次没有传唤被告人出席。

检方没有提交新证据，反倒一副恨不得赶紧开始公审的样子。

"被告全面否定指控……"他简单概括了达也的说法，最后提出，"预定对姓名不详的证人展开询问。"

茂手木监察官的脸色骤变，向前探出了身子，但审判长高山义友先提出了问题。

"姓名不详是怎么回事？"

"被告声称，案件发生的二月二十八日晚上七点到翌日临近中午，一直与一名女性待在一起。"

茂手木插嘴道。

"等等，他在调查中压根儿没提过这件事。你们看过调查报告了吧？"

他本来就发红的脸已经涨得通红，怒睁的双眼越过眼镜细框瞪着圭辅。在法庭上练出的大嗓门很有压迫感。

"由于某种特殊情况，被告刻意没有提起这名女性。女性有一个同居恋人。被告声称，此前闭口不提是考虑到这名女性的立场。"

"骗人，骗人！"茂手木摆着手说，"那肯定是他后来编的。被告可不是那种英雄好汉。"

圭辅险些要点头赞成。旁边的真琴提出了反驳。

"真的可以断言吗？直到现在，被告都没有明确提出对方的姓名。而且，就算在法庭上做证，对方也可能希望匿名。今天，我们就是来申请批准的。"

"匿名证人？别搞笑了，不就是安藤的女人嘛。少来这套。"茂手木嗤笑道。

圭辅掏出手帕擦拭额头的汗水。他虽然不喜欢这个茂手木监察官，但不得不承认，他的眼光的确毒辣，已经看出了真相。

真琴似乎没发现圭辅的狼狈，继续反驳道。

"请不要在听取证词之前带有先入为主的观念。之前也有匿名做证的先例，首先——"

高山审判长抬起手，示意她不用说下去了。

"好吧，批准匿名做证，没问题吧？"

高山看向两边的审判员。

"没问题。"

"我也没意见。"

"我觉得这只是在浪费时间。"

茂手木监察官一脸不服气地说。

"谢谢你出言相助。"

圭辅和真琴坐到了法院一楼辩护律师休息室的沙发上。

"那是理所当然的。虽然这个案子由奥山律师负责，但毕竟关系白石事务所的声誉，我不能眼看着你败下阵来。"

"真对不起。"

"真是的。"真琴瞪了他一眼，"堂堂律师不要轻易对别人道歉。"

两个人小声笑了起来。

"对了奥山律师，你没事吧？"真琴突然换上了严肃的表情。

"我怎么了？"

"别怪我没礼貌，你刚才有点退缩的感觉。如果到了庭审还那样，会输掉哦。"

他早已决定不把达也的为人告诉真琴,所以难怪她不理解。

真琴接下来还有事,圭辅跟她道别后,就回到了事务所。

墙上的挂钟显示现在是七点四十分。他很累,想早点回家吃美佐绪做的饭。虽然肚子不太饿,但他莫名想念新鲜出锅的汤意面。然而,他还有很多资料要整理,可能还得多待三十分钟。

纱弓的证词八成是假的。而且,他还很确定,他们的小动作不光这些。为此,他十分担忧。

圭辅用力揉起了脸。在皮肤发烫,被扯得生疼的时候,手机突然振动起来。他看了一眼,是寿人打来的。寿人说想跟圭辅聊聊,圭辅回答"不如今晚吧"。

在回家的路上,他透过电车的车窗眺望夜晚的城市,莫名充满了感慨。每一点细微的灯光,都充斥着或是颠簸,或是平坦的人生。他想起前不久跟寿人的对话。

一个名叫萱沼的老辣作家对安藤达也产生了兴趣。

"那跟我有什么关系?"

"萱沼先生正在经手的案子有三个。一个是独居在青森的资本家死于自家卧室的案子。虽然对外宣称死因是心脏病发作,但此人生前还从事私贷事业,辖区警署署长的情人欠了他的钱。一个是岛根海岸发现一男一女两具溺死的尸体,两个人把手绑在一起,女性三十二岁,男性十八岁。从尸体的状态来看,应该是殉情自杀。然而,两个人完全没有关系。第三个案子的资料查证,他交给了我。"

"那个案子跟达也有关？"

寿人挠了挠嘴角，然后说：

"是十三年前临近新年时，发生在东京的火灾。"

"哦。"圭辅故作平静，但不知道寿人是否能看出来。

"一座民房失火半毁。当晚，该住房二楼有四个人。主卧的家主夫妻吸入有毒气体，几乎当场死亡。当时还在上小学六年级的独子和暂时寄居的亲戚家的同龄男孩从阳台逃生，后来得救了。"寿人停了下来，观察圭辅的反应，"我可以说下去吗？"

圭辅深吸一口气，又深吸一口气，做好了心理准备。

"请吧。你也不用隐瞒姓名。"

"不好意思，萱沼先生对那件事产生了兴趣，想重新梳理一遍。另外，他也开始正式调查达也这个人。"

"是吗？"

"事到如今，我猜你也不愿意被人挖掘那件往事。只是，萱沼先生的做法很彻底。我认为，与其让那个人亲自挖掘，不如我来调查，还能避免制造多余的伤痛。"说到这里，寿人吐出一口气，开始坦白，"老实说，这件事是我主动请缨的。"

"什么意思？"

"萱沼先生对我说了这件事的概要，还表示'短期内着手调查'。于是，我对他说：'请让我来负责相关人员的采访。'我随便编了个当时住在附近的理由，没说当事人是我朋友。"

圭辅想了想，开口道："我应该感谢你吗？"

"我不指望你的感谢，反倒有个请求。能对我说说那天晚上的事情吗？当然，这些年我断断续续听说了一些，也记得很清楚，但我想听当时在场的人从头到尾说一遍。还有——"寿人思索片刻，一边选择措辞，一边继续道，"还有，你没必要说出一切真相。我会按照你说的内容总结资料，还会随便编造一些证词，让萱沼先生觉得无聊，对这件事失去兴趣。"

圭辅基本把所有真相都告诉了他。

从小学五年级与达也相识开始，圭辅说出了道子和达也来访时给他留下的印象，还有不仅仅是让人感觉害怕，实际上那个小区真的发生过奇怪的事件和事故。在此之前，他在必要的场合下几次提到过自己被浅沼家收养后的事情，但这次是头一次说起他们一家和达也去露营的事，以及各种对话的细节。最终，圭辅还说出了达也还在上小学时，对圭辅母亲的身材发表的一些看法。

寿人一副聆听开庭陈述的法官模样，冷静地做了记录。没办法，圭辅决定都说出来。如果有不想被提及的内容，他可以过后再列一张表。

然而，圭辅始终没能说出发生火灾那晚，自己在起居室又吸了一次烟，以及当时可能掉落了烟灰的事情。

由于时间不足，他们约好下次继续，然后结束了对谈。

12

寿人又骑着"七百半"来了。

他们端着刚泡好的咖啡,径直走进了圭辅的房间。

两个人隔着地上的小桌相对而坐。

"你工作这么辛苦,真不好意思啊。"寿人先向他道歉。

"我也没什么事,没关系。"

不过话说回来,圭辅最后还是没跟真琴看成电影,下次找机会主动邀请她好了。

寿人翻开一本小号记事本,这样说道:

"那我们就废话少说,进入正题吧。先从火灾的原因开始。"

一上来,圭辅就被戳中了要害,但他明白寿人没有恶意。

其实,他也调查了一下萱沼胜这个人。

相比政治贪腐和企业秘密这种硬派素材,萱沼胜更喜欢挖掘煽情的事件。

一旦盯上了,无论事情已经过去了多少年,他都会挖掘出来,曝光在大众面前。如果人们关心度较高,他还会进一步加工成非虚构小说出版。

"我听说是烟灰落到靠垫上闷烧了几个小时,然后引燃了圣诞树的装饰。"这个问题上次已经讲到过,"老实说,你对你父亲没有处理好烟灰这种事,有什么看法吗?他平时在这方面就很不注意吗?"

寿人的提问平淡而尖锐。

圭辅跟父母一起生活的时间只有十几年。虽然大概了解父母的性格，但是碍于年龄，圭辅无法客观地判断他们究竟是什么样的人。

尽管如此，他还是记得，父亲是那种看起来大咧咧，实际非常细心的人。他肯定不会把烟灰弄到靠垫上——不，他本来就不会那样吸烟。可是，如果他这样回答，就会引出下一个疑问：那么，是谁掉落了烟灰？

见圭辅没有马上回答，寿人主动帮腔道：

"记不清楚了吗？"

"嗯，不好意思。"

"也对，毕竟你当时才十二岁。"寿人毫不起疑，接着清了清嗓子，"接下来会讲到让你比较痛苦的话题，是法医学的视角。我可以继续吗？"

"没关系，我已经做好心理准备了。"

圭辅的嗓子有点痒，就喝了一口咖啡。

"那我就不客气了。顺带一提，我是以菅沼先生从警方相关人员那里得到的信息作为基础的。你父母的遗体进行过行政解剖。你也知道，这种处理方法比司法解剖更温和。经过死因检查，确认没问题后，解剖就结束了。由此可见，警方并没有在火灾原因上发现疑点。

"但是，有几点需要注意。首先，你父母摄入了安眠药。虽然剂量不多，但无法否定，他们有可能因为熟睡不醒而错过了逃生的时机。只是，这件事本身并没有可疑之处，因为香奈子女士的确在医生那里开过药。

"其次，他们的胃里残留了一些未消化的咖喱饭。从晚饭时间开始推算，正常状态下应该已经完全消化了。因此可以认为，两个人吃完饭马上就陷入了熟睡，并且晚饭后什么都没吃过。你怎么了？"

寿人关心地看着圭辅。

圭辅已经听达也说过了，是达也出于恶作剧的目的让圭辅的父母服用了安眠药。可是，他没有勇气直视后来发生的事情，便一直故意不去想。

"没什么，你继续说。"

"好的。"寿人又轻咳一声，继续道，"从香奈子女士——你母亲身上检查到了死亡前不久被侵犯过的迹象。"

伴着轻微的耳鸣声，圭辅只听到墙上挂钟走动的声音，心中并没有涌出他预料之中的强烈感情。

"被侵犯过的迹象。"

他在大学法学部求学时，就通过判例和实习中的审判旁听，听到过好几次这种表达。

从达也坦白下药的瞬间开始，他就对这句话有所预料。此时，愤怒和悲伤都不算强烈，心里只有空虚的寂寥。

当时，大人并没有告诉他母亲身上存在那样的痕迹。那是当然，因为圭辅还在上小学六年级。所以，他不打算因为这件事怨恨隐瞒的人。只是，如果母亲死亡前发生过性行为，事情就会产生很大的矛盾。警方为何没有追查这个矛盾之处？

寿人继续用平淡的口吻道出了圭辅的疑问：

"她体内残留的体液的血型是 O 型。你父亲是 O 型，你是 A 型，这里不存在疑点。只不过，他们睡得错过了逃离的时机，为何还会发生夫妻行为？警方并没有深入考虑这个矛盾之处。不，他们故意没有深究。按照我的调查，当时寄宿在你家的男生也是 O 型。"

"等等，达也不是 A 型吗？"

"是 O 型。"

既然寿人能如此断言，想必是有证据。那天在医院被刑警问到时，达也想也没想就回答了"A 型"，圭辅也就信以为真了。可能因为没有可疑之处，对方又是十几岁的孩子，刑警也就没有进行血液检查。他肯定觉得，小学生干不出那种事。

寿人继续说道：

"警方判断，这个性交事实与两个人的死亡没有直接关系，因此也没有做 DNA 鉴定。说好听点儿，是保护你母亲的隐私；说得不好听，也可以理解为玩忽职守。他们可能不愿自找麻烦，想尽快把它认定为火灾事故。这方面你是业内人士，肯定知道别处还有更不负责任的做法。因此无法断言，这个事件是不是只是碰巧不太走运这么简单。"

咖啡已经不热了。圭辅拿起来喝了一口，柔和的涩味扩散至整个口腔。他看着寿人的眼睛。

"你想说，那是达也干的？"

翻开犯罪史，会发现里面有很多学生制造的凶恶事件。比如，无差别伤害、绑架、强奸、暴力、强制猥亵、杀人等，不胜枚举。

可是，圭辅不得不想。

真的发生过那种事吗？不管再怎么老成，达也也只是个十几岁的孩子。如果说他恶作剧下药，那倒是有可能。可是其他的，圭辅就不愿想象了。因此，他认为警方没有产生怀疑也有一定的道理。

寿人遗憾地点点头。

"萱沼先生，还有我，都是这样想的。那家伙侵犯了你的母亲，然后为了消灭证据，在房子里放了火。喂，你没事吧？"

他们中断了一会儿。

等到圭辅恢复平静后，寿人问他："要不今天先到此为止吧？"

"我已经冷静下来了。反正都要说，不如干脆说完吧。"

"是吗？好吧。要是你感觉不好，一定要告诉我。"

接着，寿人开始谈论安眠药的问题。

"那应该是你母亲去找医生开的，不时会服用一些，对吧？然后……"

圭辅打断了寿人的话：

"那是达也下的药。"

隐瞒已经没有意义。寿人听了，果然有点吃惊。

"你知道了？"

"他下到了咖喱饭里。本人基本上承认了。"

"什么时候?"

"我也是最近才确定了这个事实。其实,安藤达也是今年二月发生在板桥区的强盗致死案嫌疑人,并且已经遭到逮捕。"

看寿人的反应,他似乎已经知道了。不过,圭辅还是简单地说明了一番。

"达也在整理会议阶段退掉了国选律师,转而委托了私人律师。那个人就是我。上次会面时,我们提到了安眠药的事情。抱歉,我并不打算瞒着你。"

"你不想说也很正常。其实,我也要对你坦白,现在找你谈达也的事情并非巧合。我就是知道达也被逮捕,而你成了他的私人律师,才联系了你。事实上,我们很久以前就开始关注达也了。这是真的。"

"为什么萱沼先生会对达也感兴趣?"

圭辅一直觉得很不可思议。

"起因是这样的。萱沼先生叫我查查这几年因为怨恨和恋爱关系导致的杀伤案件。然后我发现,至少有三起杀人和伤害案件的凶手与同一个人走得很近。这不是巧合。而且,那个名字让我吃了一惊。他就是安藤达也。他会对不同情侣关系中的男方灌输各种思想,引导他们变成跟踪狂。我正在调查他的手段时,发生了今年二月的案子。于是,我就开始关注这个案子,目睹了审判过程中的突发情况。

"两个少年在一场疑点重重的火灾中生还,多年后变成了一起凶案的被告和辩护律师。这肯定不是巧合。奥山律师年少时遭到了达也及其母亲的残酷对待,莫非,他依旧相信达也是那天晚上救他逃生的恩人吗?或者说,这中间存在着只有他们两个人才知道的某种交易?萱沼先生很想查清这一点。"

13

"奥山君,你怎么了?身体不舒服?"

翌日早晨,圭辅刚坐到自己的办公座位上,真琴就走了过来,认真地打量着他说。每次她管圭辅叫"奥山君",说的都是比较私人的话题。

"就是有点缺觉而已。"

"要是身体不舒服,下午那场携带毒品的公审,我一个人就能应付。你好好休息吧。"

"没事,我能去。"

他认真地看着真琴,这样回答道。

"那就好。"真琴转身走了。他正在翻看继续处理的文件,突然听见有人把什么东西放在了桌子上。抬眼一看,是一瓶营养补充剂。圭辅惊讶地抬起头,发现真琴正微笑着站在旁边。

"喝完这个,记得把头发弄一弄。"

后来,他跟随真琴出席了携带毒品的公审。结果是被告被定罪,但是鉴于被告是初犯,给予缓刑。案子就这样顺利地结束了。

他跟真琴在法院门口道别，然后前去会见达也。

"哟，大律师。"

刚走进会见室，达也就嬉皮笑脸地朝他抬手打招呼。圭辅看着他和自己隐约倒映在亚克力板上的脸，一时分不清究竟是谁被关在里面。

达也故意打了个大哈欠，抠了抠没刮到的胡楂。

"这里面好无聊，又全是臭男人，还喝不上酒。快放我出去吧，我憋得可难受了。要不下次你在 iPad 里下载点小电影，当成证据视频带进来给我看吧。"

"下周就是公审了。"

"嗯，赶紧开始吧，我快无聊死了。"

"我已经把佃纱弓加入了证人名单，要求匿名出庭。"

"啊？哦。"

"如果她愿意公开姓名，那就更好了。"

"你不是律师嘛，自己去劝啊。我又蹲在'号子'里。"

他好像觉得自己的话很有意思，嘿嘿地笑了起来。圭辅不理睬他，他突然换上了截然不同的表情和口吻。

"小圭啊，是不是出什么事了？"他眯起眼睛问。

"什么意思？"

"你今天干啥来了？有人对你说什么了吗？"

他说中了。想知道真相的心情和与之相反的心情依旧在暗中纠结。

"莫非你想多问问关于你妈妈的事情？"

他已经完全看透了自己的想法，这让圭辅不禁怀疑，在他看来，自己的脑子会不会就像装在玻璃柜里。

"你还有事情隐瞒吗？"圭辅强装镇静。

"怎么办呢，要不要说呢？小圭一定会生气吧？"

"我知道你最擅长让对方发怒，操纵别人的心。而且，我已经知道发生了什么。"

"哦，那我可以说喽。"

达也身子前倾，把脸凑到亚克力板上。圭辅向后躲了一点，但两个人之间的距离依旧不足一米。

"可是我怕，要是都说出来，圭辅脑子会坏掉。你说，我是不是很照顾朋友？其实，那天晚上我没有拍照。我怎么可能干那种不入流的事情呢？床上的人随时都会醒过来，我作为精力充沛的男孩子，目的当然只有一个。干吗啊，别摆那种表情嘛，这都过去这么多年了。总之，我从小学五年级开始，就整天被道子压榨，早就熟门熟路了。啊，我没告诉你吧，我第一次是跟道子做的。你想想，是不是很想死？我家那死老头子的——算了，别提那家伙，说起来就胸闷。还是说小圭的妈妈吧。

"我跟你说，她跟道子完全不一样。各种方面都不一样，真不是我奉承。我到现在都忘不了。而且啊，叔叔不就睡在旁边嘛。我兴奋死了。然后我就想，糟糕，这可怎么办？你知道女人嘛，到了早上还是会发现的。你能理解我当时有多着急吗？老实说，我甚至想过要不要一把火烧掉房子。结果呢，还真闻到烟味了。真是多亏了小圭啊。我们果然是互相帮助的好兄弟。小圭，干得漂亮！"

达也竖起了大拇指。

为什么世界没在一九九九年毁灭呢？如此一来，那天晚上就不存在了。圭辅呆滞地想。

他一直觉得寿人的推理是不是想多了，有可能只是一些巧合凑在了一起，有可能是警方调查不力，碰巧制造了"也有这种可能"的情况。

可是听完达也的话，他不得不确信。

他对自己说，这是老天对他的惩罚。因为他偷偷吸烟导致了惨祸，现在必须付出代价。

"现在说这种话可能有点多余，不过你妈妈死了真可惜啊。因为第二次开始，只要我开口，她可能会答应啊。其实我懂。女人啊——喂，你怎么满脸通红？小圭啊，是不是太刺激了？"

14

圭辅到以前别人推荐的诊所去，请医生开了一点轻度的精神安定药物。

用矿泉水服下药物，片刻之后，他总算平静了下来，虽然这些药没有火灾那天晚上在医院打的镇静剂那么有效。

他突然想到，如果被别人知道他在服药，说不定会被撤销辩护律师的资格。但是此时，他一点都不在乎，他只需要履行自己的义务即可。

晚上七点,他跟纱弓见了一面。两个人昨晚就约好了时间。

纱弓一开始总是找借口很忙不想见面,于是圭辅告诉她,如果真的要出庭做证,那必须在开庭之前商量好对策,不能直接站到证人台上,她就不情不愿地答应了。到了今天,跟达也会面让圭辅消耗了太多体能,他反倒不太想去了,然而不能就这样放纱弓的鸽子。

他们选了离纱弓住处比较近,位于埼玉县户田市车站附近的咖啡厅见面。

圭辅一进去就问她除了安藤达也,是否还认识其母亲道子。纱弓大咧咧地回答:

"认识。"

她可能已经听道子说过两个人见面的事情。

"你是不是在道子女士的店里工作?"

"是啊,今天也正准备去上班呢。"

由于她的态度过于坦然,圭辅无从愤怒,只感到无可奈何。他正斟酌着接下来该说什么,对方却问:

"你找我是要说做证的事吗?"

"你是被告人的情人,又在被告人母亲的酒馆里工作,证词的可信程度更加容易遭到怀疑。而且,我希望你从头到尾,先对我详细说一遍。"

"是吗?可是,正因为我俩认识,才会一起睡觉啊。如果跟一个毫无关系的人待到天亮,那不是更可疑吗?"

她语气轻浮地说完，喝了一口冰咖啡。圭辅惊觉自己呆呆地看着那两片亮晶晶的嘴唇吸入褐色的液体，慌忙拿出了文件夹。

"有件事我要确认一下。"

"啥事？"

"这件事很重要。"

"所以问你啥事啊。"

"伪证罪是重罪，最高可判处有期徒刑十年。而且，最近法院倾向于从重宣判。这你已经想好了吧？"

她"刺啦"一声扯断了一直拿在手上玩的吸管袋。

"我举个例子，假如你欠了被告人或其母亲的人情，或者被胁迫，我可以帮助你。"

"你能干什么？"

她露出了两个人认识以来最凌厉的目光，甚至毫不掩饰憎恨的神色。

"我会全力以赴，完成身为律师能做到的所有事情。"

纱弓靠在沙发上，哼笑了一声。

除了似曾相识，圭辅对纱弓还有一种说不清的感觉。她虽然言辞粗鄙，却会在喝完饮料后把托盘放回去，嚼完的口香糖也会用纸包起来。他一直觉得，纱弓是不是出于某种特殊的原因，故意装出坏女孩的样子。

"我说大律师。"纱弓重新看向圭辅，"你跟女人睡过吗？"

圭辅正举着杯子，闻言不小心洒了点儿水出来，然后慌忙拿起湿毛巾擦干了桌子。纱弓见状，笑了起来。

"我跟道子妈咪打赌了，猜奥山律师是不是处男。妈咪说你肯定没有经验，还说你连女人都没碰过，怎么当律师。我感觉你有经验。啊，去风俗店不算。说吧，到底有没有？"

圭辅盯着桌面调整呼吸，仿佛重新回到了那个脏兮兮的小酒馆，被道子用看下酒菜的目光笑着打量。

"说啊，有没有？"

纱弓低头窥视圭辅的脸。圭辅本以为自己得知母亲的遭遇，早已用尽了愤怒的力量，没想到此时愤怒又涌了出来。

"你们这些人，"他握紧的拳头微微颤抖，"究竟把法庭当成了什么？"他抬起头，直直地看向纱弓。纱弓也直勾勾地盯着他。

"谁知道呢，法院不就是干麻烦事的地方嘛。"

"审判要花费纳税人的税金。法官和检察官，还有各自的辅佐人员，包括律师在内，都要耗费本来就不多的时间。除此之外，正选加上候补，少说也有十几个陪审员还要花上好几天时间认真讨论案情。这么多人，花了这么多时间，就是为了判断安藤达也是否为了不到一百万日元的现金，活活打死了一个家里有爱妻等候的无辜之人。就算他是个垃圾都不如的人，为了保证法律的公平，他们还是要这样做。"

"你激动什么啊。"他猜到纱弓就会这样说，也不指望她能理解。这只不过是他再也按捺不住的心声。如果她是为了自保而拼命做伪证，那可以理解。如果她对审判制度抱有不同的看法，那他可以倾听。可是，达也和纱弓不过是蔑视世间的一切而已。恐怕还在背后偷笑："小圭连女人都没睡过，还想当律师。"

"大律师,你认识木崎美果吗?"

那句话让他全身的怒火瞬间熄灭了。

原来如此。

自从第一次见到纱弓起,他就一直有种似曾相识的感觉。不仅如此,尽管她的言行举止都很粗鲁,他还是无法讨厌她。说句真心话,他甚至对纱弓怀有好感。他也曾不小心把她看成了一个普通的年轻异性,还暗自告诫自己不要犯傻。

这下他终于明白为什么了。

两个人的外貌不太相似,但是一些小动作,还有说话的腔调,仿佛随时在策划恶作剧时狡黠的眼神,都很像。

为什么他一直没发现?圭辅为自己的迟钝感到羞愧。

纱弓就是初一夏天突然搬走的木崎美果的妹妹。

"你是木崎同学的妹妹?"

他琢磨了好一会儿,才勉强挤出一句话来。

"没错。"

"可是你们不同姓……"

"因为我爸妈离婚了。"她面不改色地说。

"那莫非是……"

"没错,因为姐姐开始不上学,然后学坏了,把家里搅得一团糟。佃是我母亲的旧姓。"

圭辅感到口干舌燥,一口气喝掉了杯子里的水,心情平静了些许。

"我很内疚。当时,应该更……"

"少给我装模作样了。你就是害怕被前辈揍，才出卖了我姐姐。"

"出卖……你等等。"

"小达都告诉我了。你把姐姐骗到前辈家里，小达知道后跑去阻止，结果被痛打了一顿，在医院躺了一个月。直到现在，他左眼那儿还留着当时的伤痕。他说差点就失明了。"

"那个伤是……"

"你知道被侵犯是什么心情吗？"

为什么纱弓被灌输了完全错误的信息？当然，因为是达也告诉她的。

"那是安藤达也告诉你的吧？美果同学——你姐姐说过什么吗？"

"啊？"

"如果现在能联系上她，请你一定要问问她真相。对了，我希望你能让我见她一面。"

"啥？"纱弓像看傻瓜一样看着他。

"你是认真的吗，还是真的不知道？"

"不好意思，初中以后的事情我都不知道。"

纱弓盯着圭辅看了好一会儿，似乎有所发现，然后点了点头。

"那我告诉你吧。姐姐初中被送到外婆家生活，因此转学了。可是，只要男人一靠近，她就会怕得不得了。我妈每天都在那边陪她，带她上诊所看医生，好不容易让她恢复到能够正常生活的状态。后来，我妈又带姐姐回到了东京。当然，没有住在原来的地方。然后，姐姐就上了离家最近的女子高中。我们还挺期待她能好起来，可是后来发现，心伤不可能愈合。"

纱弓从包里掏出香烟，抖出一根叼在嘴里。随后好像想起店内禁烟，就"啧"了一声，把香烟收了回去。

"我们一家人也无法恢复原状了。那些年发生了你根本无法想象的事情，最后我爸妈离婚了。然后——"

纱弓停了下来，用压抑感情的目光观察圭辅的反应。

"我一直为美果同学的事情感到内疚，所以……"

纱弓马上打断了他：

"假善人。你看到我的名字也没有反应，肯定早就忘了吧？"

"我没认出你，真的很抱歉。但我没有忘记。而且，刚才你说的那些话里面，有很严重的误解。"

"我不想听你狡辩。"

"我认为，美果同学之所以那么痛苦，一定是因为她本来就是个认真、老实的女孩子。我很遗憾没能帮到她。可是，如果有什么需要我的地方，现在也……"

"你说这些有个屁用？！"

"这不是为了逃避责任。请你把她的联系方式告诉我。"

纱弓手肘撑在桌上，猛地凑过来。

"想都别想。"

她的性格就像从美果身上抽掉了谨慎和内敛，换上了野性。

"小达主动找到我，把一切真相都说出来了——包括你的罪孽深重。"

纱弓又凑近了一些。圭辅的视野几乎被她的眼睛占据了，大颗的泪珠从她的眼角滑落。

"姐姐上初中时那么痛苦，一部分当然是因为她被轮奸了。可是，她还因为另一件事感到痛苦。她觉得自己被玷污了，再也没脸见你。姐姐当时很喜欢你啊。"

"不对，美果同学喜欢的是另一个人……"

"你怎么懂女人的心。"

"纱弓小姐，你不相信我无所谓。但是，你也不能相信达也。那家伙是操纵人心的天才。他会不断给你灌输愤怒、悲伤和猜忌，夺走你的判断力，然后让你按照他的想法行动。"

纱弓似乎有点犹豫。圭辅决定，在她得出结论前，自己要保持沉默。接着，纱弓点了点头。

"既然这样，我就告诉你吧。她以前在泡泡浴场工作。"

圭辅一时无言以对，纱弓也默不作声地观察他的反应。

"……能否告诉我她住的地方，或者至少告诉我店名。"

"那不能告诉你，想知道就去问小达。"

纱弓从杯子里抽出吸管，刺向圭辅衬衫左胸心脏的位置。她一用力，吸管就折了起来，圭辅的衣服上也留下了一小片褐色的痕迹。接着，她就头也不回地走了出去。

他的过呼吸症状开始出现。

"喂！这位客人，你怎么了？"

圭辅猛地抬起头，发现两个身穿黑色围裙的店员正担心地看着他，周围的客人也投来了同情和好奇的目光。

"已经没事了。"

他发现自己出了一头汗，便拿出手帕擦汗。

接着，圭辅又拿出刚开的药放进嘴里。他想起药剂师对他说的话："一定要定时定量服用。"尽管如此，他还是就着杯子里的水，把药吞了下去。

15

回到事务所，圭辅已经筋疲力尽了。

他觉得脑子里像蒙了一层雾，可能是药物的作用。

在这种状态下，完成不允许出错的工作很危险，于是他决定把积压多时的交通费和经费做个报告交上去。如果过于依赖药物，关键时刻的判断能力可能会受到影响。

他听见有人叫他的名字，便抬起头，发现真琴站在旁边，又担心又气愤地看着他。

"看吧，果然没听见。"

"啊，不好意思，我刚才在想事情。"

"没事吧？最近，你有点怪啊，有啥烦恼吗？"

"我没事。"

他硬挤出了一个笑容，但效果应该不太好。

文员涩谷早就下班了，白石所长又因为一个民事的案子要在札幌过夜，海老泽律师在町田完成工作后直接下班回家了。平时又乱又挤的事务所入夜之后只剩下他们两个人，竟变得有些冷清，真是不可思议。那可能是因为事务所提倡省电，关掉了一半电灯。

"莫非是因为安藤达也？"

是女性的直觉比男人更敏锐，还是律师的职业习惯？不管怎么说，圭辅知道骗她也没用。

"老实说，就是这样。"

他感觉这次的笑容比刚才更自然了。

"要是有需要帮忙的地方，你尽管说。"

真琴的脸上带着微笑，目光却很严肃。她只比圭辅大两岁，看起来却成熟不少。很明显，她的律师才能也比圭辅强上许多。

"谢谢你。真对不起，我一直都成长不起来。"

也不知真琴是如何理解圭辅的话的，她突然笑出声来，大步走开了。她走向茶水间的冰箱，拿出两罐啤酒，摆在了会客区的茶几上。

"奥山先生，你也过来坐吧，反正你那个样子也做不了什么工作。有个委托人送了些啤酒过来，我们把它喝掉。"

真琴先坐下来，又招呼圭辅过去。

他有点犹豫。药剂师好像嘱咐他吃完药不能喝酒，要不把说明书拿出来看看？不，那都无所谓。他已经不在乎了，反正整个世界都一团糟。

他坐在真琴对面，接过她递过来的啤酒，拉开拉环。

"干杯。"

"干杯。"

他一仰脖，喝下去三分之一。

"呼——"真琴满意地出了一口气，"真不错。"她唇上沾着点啤酒，露出了湿漉漉的笑容，散发着诱人的魅力。

原来喝了也没事嘛。圭辅又喝了一口，真琴好像也心情大好。这样就够了。

这么有魅力的人，真的没有男朋友吗？

他偷瞄着真琴，心里想。真琴平时只化最基础的妆，可是到了晚上也不见她露出疲态。他的确能理解庭审观众里出现真琴粉丝的现象。

正因如此，他又想，如果这个聪明又强势的真琴年少时遭遇了跟美果同样的事情，长大之后还会如此神采奕奕吗？她还能走到哪儿都挺着胸膛，散发出"谁也别想背后议论我"的气场吗？美果和真琴，两者之间的落差，是因为他而产生的吗？

算了！

好不容易跟真琴独处一室，还是想些快乐的事情吧。

"奥山君，你有女朋友吗？"

他从"先生"变成了"君"，那是真琴最放松的状态下对圭辅的称呼。这反倒让他更紧张了。

"没有。"

"也对啊，你每天工作到这么晚，见的又都是委托人。民事诉讼的委托人都是老人，刑事诉讼又基本都是罪犯。"

可能因为喝了点啤酒，真琴口无遮拦地说着不能让外人听到的话。

"白石律师你呢？"

"我？我啊，目前在跟工作谈恋爱吧。"

如果是情场老手，这时可能会说："那我可以毛遂自荐吗？"不过，圭辅不适合开那种玩笑，因为他最后没办法一笑了之。

"我感觉你有经验。"

纱弓的声音在耳边响起。她说的是女性经验。圭辅的确有这方面的经验，对方也不是性工作者。不过，那真的能叫恋爱吗？

上大学时，他在某个高级公寓当过一年的夜间管理人。这份工作有很多烦琐的杂务，有时也会遇到问题，但其余时间基本上是自由的。所以，他把那些时间都花在了学习上。

那年夏天的一个晚上，有个女住户坐计程车回来，看步态就知道喝醉了。没想到她走着走着，竟在会客区的沙发上躺了下来。圭辅本打算假装看不见，让她睡到定时巡逻时间，但是眼尖的住户主动联系了门卫办公室。

"有个人喝醉了，睡在会客区，你去处理一下。"

实在没办法，他只好走了过去。那个女人看起来最多三十出头，身材有肉感，五官很漂亮。

"那个，打扰了。"

他小心翼翼地拍了一下女人裸露的肩膀，因为实在找不到其他可以触碰的地方。

拍了几下之后，女人总算醒了，睡眼惺忪地看着圭辅。

"你是谁啊？"

后来，他好不容易把女人送回了房间。碰到她裸露的手臂时，他不由得感到下身发热,又忍不住刻意闻了闻女人身上混合着汗水和化妆品的香气。为了支撑她软绵绵的身体,圭辅不得不搂着她的腰,真实体验了一把"肉"的感觉。这么晚了还光滑、柔顺的长发轻轻扫过他的脸颊,护发素和香烟的气味冲入鼻腔。

门口的名牌上写着"三原"。

圭辅扶着她在沙发上躺好。

"我要喝水。"

圭辅见她很难受,就到厨房随便拿了个杯子,找到标着"净水"的水龙头接了一杯给她。女人没有接,而是摇着头说:"冰箱里有。"于是,他拿了一瓶矿泉水递给她。她仰头就喝,露出了耸动的洁白喉咙。接着,圭辅又被她指使着做了好多事情。

"还有,能帮我解开背后的搭扣吗?"

他照做了。

本来离下一次定时巡逻还有一小时二十五分钟,他在女人的房间里待了一小时十分钟。上床之后,他发现女人并没有醉得很厉害。他们很自由地释放了彼此。然后,她告诉圭辅,自己叫莉帆子。

三原莉帆子当时三十二岁,是一个大型健康食品公司常务董事的情人。那个常务董事跟社长是创业伙伴,他们的关系也得到了社长的支持,公寓的房租和每月给她的生活费都算在了公司经费里。

圭辅跟莉帆子的关系持续了三个多月,大约每周两次,她会打内线电话到管理人办公室找他。然后,圭辅会避开巡逻时间上楼。这就是两个人渐渐形成的规律。

虽然莉帆子没有专门提起,但圭辅从日常对话中拼凑出了一些信息。那个常务董事好像找到了更年轻的情人,她很担心自己会被夺走头号情人的宝座,最近一直处在焦虑状态中。

他们在那段关系中几乎从来不谈论私人的话题,但只有一次,莉帆子这样对他说:

"不如,你带我私奔吧?"

他想了想,然后回答:"大概不行。因为我最近要考试,等考完了可以考虑。"

莉帆子哈哈大笑起来,还捏了捏圭辅的脸:"笨蛋,我在开玩笑啦,大学生。"

第二天下午六点,圭辅照常出勤,却发现"三原"的名牌不见了。翻开白班的交接记录,他才知道原来莉帆子那天白天搬走了。他总觉得那是个过分缺乏生活痕迹的房间,看来不完全是因为住户的性格。

因为三天后,圭辅收到了"这个月底解除聘用"的通知。他问为什么,得到的回答是"与住户发生不正当关系"。

可能是那个常务董事为了跟女人分手,雇侦探调查了她。圭辅没有感到后悔,反倒觉得这下总算体验了一回搬起石头砸自己脚的感觉。

"其实,我很喜欢你,很希望你挽留。你这个胆小鬼。"

莉帆子不知何时出现在眼前,轻蔑地看着他。

"对不起,可我当时还是学生。"

"你总是给自己找做不到的理由。"

"对不起。"他拉住莉帆子的手，向她道歉，"对不起。"

"别这样。喂，奥山君。"

真琴试图甩开他的手。

"啊，白石律师。"

圭辅慌忙撑起身子，看了看周围。他发现自己躺在事务所的沙发上，应该是喝醉了。接着，他想起自己连续服药，还摄取了酒精，结果闹了这样的大笑话。

"真对不起，我不该那样做。"

他连连低头道歉。

"我倒是无所谓，你没事吧？"

真琴蹲在旁边，担心地看着他。那双近在咫尺的眸子里既没有算计，也没有怜悯。

"白石律师。"

他隔着衬衫握住真琴的手臂，轻轻一拉。真琴没有抵抗，顺势俯下身来。

他没有给自己时间思考做不到的理由，就把嘴唇贴了上去……

又是新的一周。第一次公审前的下午，圭辅再次与达也会面。

他想试探达也明天出席公审的态度。不过，从达也的性格来判断，他可能只会漫不经心地说："我是无辜的。"另外，圭辅还要告诉达也一个新消息：照理说应该是最后一次的整理会议结束后,检方又有了新动作。

"检方紧急提出了加入新证人的申请。"

"啊?什么人?"

"不知道。检察官的说法是:'既然辩方要加入匿名证人,那我方也要准备匿名证人。'我当然强烈反对,但审判长最后还是同意了。目前只知道那名证人可以为被告做证,也就是安藤先生当晚的行动。"

"会是谁呢?"

达也的反应就像马上要参加小测试的初中生。要是总在意他的态度,圭辅自己会吃不消。

"还有,庭上会要求被告人发言。"

"知道,我就说我无罪。"

"老实说,我劝你不要太过依赖纱弓小姐的证词。还有,美果同学在泡泡浴场工作这件事是真的吗?难道你……"

达也恍然大悟地点点头,然后凑了过来。

"小圭啊,你看我左边眼睑上不是有个小伤疤?"

说着,他又把左眼贴近了亚克力板。不用看也知道,达也左边眼睑与眉毛的交界处有一条长约一厘米的旧伤疤。纱弓坚信那是达也为了保护美果被打伤的痕迹,其实那是弥天大谎,因为圭辅第一次见到达也时,他脸上就有那道伤疤了。

"这是我老爸打的,那时我才五岁。因为邻居家的小孩儿怎么都不愿意借玩具给我玩,我就硬抢了过来。结果,那家伙手脚不灵活,摔倒在地擦伤了膝盖。然后,你也能想象得到吧。那家伙的父母找上门来，老爸大发雷霆，把我的脸打得好像烂掉的番茄。

"当时我就想，拳打脚踢都是垃圾才会做的事情。然后，我还发誓，我绝对不会动手。我要不动一根手指，就令别人倒地不起。将来还要不动一根手指就干掉这个王八蛋。之前我也说过了，只要是我决定的事情，就一定会做。哪怕对小圭的妈妈也一样。

"总之，从那以后，我就没有打过人。当然有一次例外，那家伙整天摆出一副正义的面孔，看得我气不打一处来，一直想揍他一顿。最后，我忍不住就打破了誓言。"达也露出温柔的笑容，耸了耸肩，"小圭啊，那次对你拳打脚踢，真对不起。"

"现在说那个也没用了。"

达也眼中瞬间没有了笑意。

"反正就是这么回事，本间根本不是我打死的。我怎么可能干那种粗俗的事情。"

圭辅几乎要相信了。

别人怎么想不好说，但是圭辅可以理解他。

达也的说法比虚假的证词和任何反证都真实，他的确不会用金属警棍打人。如果非要打，也会让别人动手。

正如达也本人所说，他可能不是真凶。那么，这家伙为何会待在这里？

"好期待明天的审判哦。"达也放声大笑。

16

终于到了第一次公审当天。

可能因为被告不认罪,法庭采取陪审团制度,而且由白石法律事务所负责辩护,各大媒体纷纷赶到了庭审现场。虽然摄影师都在开庭前完成了工作,只有记者留下来旁观,但还是几乎坐满了可容纳四十余人的旁听席。虽不至于摇号入场,但这也可以说是得到东京地方法院公审中首屈一指的关注程度了。

被害者本间保光的妻子寿寿香安静地坐在旁听席的最后一排,表情僵硬的脸上缺乏血色。

检方的匿名证人是谁?圭辅看了一眼法庭,没有发现疑似人物。

不一会儿,达也就戴着手铐、捆着腰绳,被两名法警一前一后带进了法庭。今天,他穿着白衬衫和黑西裤,还理了头发,显得很精干。

达也走到辩护人席位前方的长椅旁。落座之前,他突然回头朝圭辅意味深长地笑了笑。法警发现后提醒了达也,他只是微笑,丝毫没有反省的神色,完全看不出紧张。

书记员发出指示,法警解开了达也的手铐和腰绳。三名法官与六名陪审团成员,以及候补陪审员陆续入庭。陪审员们的表情都略显僵硬,涵盖各个年龄段和性别。

"全体起立。"

书记员一声令下，庭上所有人员都站了起来，配合审判长行礼。每次经历这个代表审判开始的瞬间，圭辅都会紧张得微微颤抖。

审判长高山义友宣布开庭，请被告人走上证言台。

在审判长的询问下，达也要回答自己的姓名、住址和籍贯。圭辅一开始还有点担心他的态度，没想到他表现得很正常。

"接下来，请检察官宣读公诉事实。"

检方的茂手木检察官起立，开始宣读诉状。

"平成二十五年（二〇一三年）二月二十八日，被告人于东京都板桥区丸冈运输公司内，使用特殊警棍殴打该公司业务课主任经理本间保光（当时三十五岁）的头部，令其身受重伤，并于翌日——三月一日下午一时不治身亡，死因为脑部瘀伤及急性硬膜下血肿并发蛛网膜下腔出血。其后，被告人又从办公室的保险柜中抢走当天营业额与暂存现金，合计九十三万四千日元，并逃走。起诉罪名及条款：强盗致死罪，刑法第二百四十条……"

宣读结束后，审判长例行告知被告人有保持沉默的权利，然后对证言台上的达也提问："被告人，你是否承认起诉内容。"

达也瞥了一眼辩护律师席位，挺起了胸膛。

"不承认。我已经说了很多次，那不是我干的。公司单方面解除劳动合同后，我就再也没有踏足过那个办公室。"

"辩护人有什么意见？"审判长看向辩方席位。

圭辅马上起立，先看了一眼茂手木监察官，然后看向审判长。

"辩方主张无罪。"

旁听席有了小小的骚动。开庭宣言刚过去十分钟，对不认罪案件的审理总算开始了。

现在，圭辅比庭上任何一个人都盼望这场审判顺利结束，而且被告人被判有罪。

接下来，是开庭陈词。

茂手木检察官比刚才更详细地说明了"检方认为达也干了什么"。

内容都是法庭特有的板正说辞。

达也的背影就在触手可及的地方。这家伙正在想什么？脸上是什么表情？

听完开庭陈词，圭辅看向坐在旁边的白石真琴律师。真琴正好也看了过来，她凝视着圭辅，缓缓地点了一下头。

嗯，情况跟想象中差不多。

他知道真琴是这个意思，因为刚才的开庭陈词没什么新意，连经验尚浅的圭辅也在想：这场官司虽然不好打，但存在打赢的可能性。不，应该说存在打赢的可怕后果，因为检方无法否定这有可能是另外一个不知名人士的罪行。

达也的态度很淡定。检察官朗读时，他一直挺直腰四下张望，让圭辅不禁想到"睥睨"这个词。若不熟悉达也的禀性，可能会觉得他真的没干过坏事。

如果是几年前，第一次公审会到此为止。

一般来说，审判长此时会低头查看日程表，设定下次开庭的日程。有时检察官、辩护律师的时间对不上，第二次公审被安排到三个月后都不奇怪。

然而，如果是陪审团审判，除非情况很特殊，一般来说短则三日，长则一周就会完成判决。这一时间差的对比，真让人怀疑两者是不是同一个国家的审判。

中场休息过后，轮到辩方开庭陈词，由圭辅负责发言。他起立之前，毫无缘由地看了一眼真琴。真琴也静静地注视着他，仿佛在鼓励他好好干。于是，圭辅气凝丹田，朗声发言。

"辩方重申，此案主张无罪。"他感到旁听席上同时传来好几波屏息倾听的气息，"辩方不仅主张被告没有犯下本案所诉罪行，还要主张本案证据存在捏造行为。"

尽管并非本意，但他还是表明了达也的主张。

旁听席传来轻微的咳嗽声和翻动笔记本的声音。

他们是否在写《白石法律事务所再次引起轰动》呢？

圭辅提到了辩方认为可能经过捏造的证据。假如达也是凶手，不可能在作案时头戴如此夸张的帽子，还把重要证据藏在轻易就能发现的地方。

陪审员都在点头。圭辅真想对他们说，你们千万不能被这种说辞给唬住了，应该这样理解，这家伙压根儿不怕自己被发现。

"另外，辩方还准备传唤一位可证明被告当晚行动的证人。"

旁听席又发出轻微的骚动，但不等审判长提醒，就自然平息了。

随后，他尽量平淡地介绍了达也不太理想的成长环境，以及达也因此而容易遭到偏见的立场。

接着是午饭及休息时间。法官和陪审员先行退庭，被告席上的达也则被重新系上了腰绳。

被法警押送离庭前，达也先看着圭辅咧嘴一笑，接着把视线转向真琴，故意用舌尖舔了一下嘴唇。因为只是一瞬间的动作，别人似乎没有发现。

"中午在食堂吃？"

真琴收好资料后问道。

圭辅苦笑着说："还是别了吧。"

每逢公审，只要不是跟委托人的支持者约好碰头，圭辅都不会去法院的地下食堂吃饭。万一旁边坐着案件相关人员，饭菜就会变得索然无味。本来公审时就没什么食欲，遇到那些人，他更是一口饭都吃不下去了。不过，白石所长说过，就算敌方在他面前坐成一排，他也不会介意。

所长还笑着说："审判是审判，特制咖喱是特制咖喱。"不过，圭辅还没有达到那个境界。

"不如出去吃吧，吃点量少的。"他略显犹豫地提议。

"那就去咖啡厅点个午间套餐吧。"

真琴捶了一下他的肩胛骨，两个人转身离开了法庭。

走了一段路，便来到了真琴推荐的阳光明媚的咖啡厅。梅雨季节快结束了，清爽的夏日天空上飘着朵朵白云。

他们聊到了下午可能出现的"检方匿名证人",不过实在猜不到会是什么人,所以没聊几句。

真琴对待他的态度一如往常,仿佛那天晚上的事情从未发生过。事实上,跟没有发生过也差不多。圭辅只是轻轻触碰到她的嘴唇,接着,真琴就推开圭辅,回到了自己的座位上。他觉得那不是拒绝,也不是生气,而是在要求他像庭审一样正面出击,不要趁乱偷袭。

"老实说,我并不讨厌奥山君。但请你不要把我当成什么人的替身,那只会让我们都陷入不幸。"

他现在还能听到那天离开事务所时,真琴对他说的话。她是一位聪慧的女性,指出了圭辅自己都没发现的问题。

他究竟把真琴当成了谁的替身?美果,还是莉帆子,抑或是他的母亲?

圭辅点了青豆沙拉和盐腌牛肉三明治,但一点味道都没尝出来。

下午,检方终于提出了证人出庭的申请。

高山审判长低头看向手边的资料,然后问检察官。

"这位证人要求匿名,需要遮挡措施吗?"

审判长是问证人是否需要在证言台上设置挡板,让被告席和旁听席无法看见。茂手木检察官站起来,用洪亮的声音回答:

"感谢审判长关心,但证人无须遮挡措施。不仅如此,证人已经同意公开姓名。"

"哦？"不仅是审判长，陪审员们的脸上也都出现了好奇的神色。

"匿名的目的不是为了做证时隐匿身份，而是在今天之前不能暴露身份。"

"我不太懂你的意思。"

审判长疑惑地说。

茂手木检察官一点都不紧张，甚至露出了微笑。

"与其由我来解释，不如让证人自己陈述，应该更容易理解。"

圭辅还是觉得他的发言有点像演戏。高山审判长点头答应，然后下令。

"请传唤证人。"

茂手木转头看向旁听席的一点。

"检方请佃纱弓女士出庭做证。"

17

圭辅感觉自己的意识变得粉碎，散落在脚下。

一名女性从旁听席最前排站了起来。那的确是纱弓。他上午没看见她，应该是下午来的。因为旁边男性的遮挡，圭辅一直没发现她。

发生什么事了？不对，接下来会发生什么事？

纱弓在工作人员的带领下，穿过围栏入口，走上了证言台。

其间，她看都没看圭辅一眼。

"在请你做证之前，首先要……"

审判长开始宣读证人的职责。真琴戳了一下圭辅的肩膀，压低声音问："怎么回事？"

"不知道。"他回答的声音十分沙哑。

宣誓结束后，茂手木检察官开始讯问纱弓。

"好了，佃小姐，接下来，我想请你回答几个足以左右这场审判的问题。刚才已经请你宣誓，审判长也做了说明。如果你说谎，要被以犯罪论处，所以请你阐述事实真相。"

纱弓看也不看圭辅，安静地回答："我知道了。"

"第一个问题，你认识被告安藤达也吗？"

"是的，我认识。"

"能告诉我，你们是什么关系吗？"

"达也先生是小达酒馆妈妈桑的儿子，我在那里工作。"

"你与被告人，也就是那位'妈妈桑的儿子'有特别亲密的关系吗？"

"没有……我们只在店里说过话……还有，可能大家一起去过两三次卡拉 OK。"

"你说的这些没错吧？"

"没错。"

"我知道了。那么，接下来，我要问一个很重要的问题。"茂手木检察官轻咳一声，卖起了关子，"案件发生的二月二十八日晚上，你与被告见面了吗？"

"没有。"

纱弓毫不犹豫地朗声回答。

圭辅虽然坐在椅子上,但还是感到身体无力地摇晃起来。

"你为何如此肯定?难道不会记错了吗?"

"我当然不是特别记住了那天的事情,只是之前被问到二月二十八日我做了什么,查看手机记录后,我发现那天我跟朋友去唱卡拉OK了。"

"哦?从几点到几点?和谁在一起?"

"我和四个朋友,约了下午六点在店里碰头。有人迟到了一会儿,不过六点十分左右就进了包间。我们在里面待了三个小时,后来大家一起走路去了居酒屋。中途有一个人离开,我和另外三个人一直喝到最后。"

"你们在居酒屋待到几点?"

"一直坐到打烊,应该是凌晨一点左右。"

"很遗憾,卡拉OK店的监控记录已经被删除,但是我们查到了当天的营业记录。另外,证人用手机注册了卡拉OK店的会员,留下了使用'会员折扣'的记录。而且,包括证人在内,去了卡拉OK的五个人都用手机互相拍摄了照片,甚至有人当场把照片上传到了网络上。"

"审判长。"真琴举手起立,"我不认为这个证词有参考价值。案发当晚没有跟被告在一起的证人,光是日本国内就能找到一亿三千万人。莫非这是检方拖延时间的策略吗?"

旁听席那边发出了笑声。

"不是的，"圭辅擦了一把额头上的汗水，"不是为了拖延时间。"

高山审判长眉头微皱，马上看向检方。

"请检方明确提问的主旨。"

"好的。"茂手木检察官游刃有余地回答，"本证词的意义将会在后面的提问中自然显现。那么，请让我转向下一个问题。"

审判长点头批准，茂手木检察官看向纱弓。

"证人，在我找你做证前，有别人为这件事找过你吗？"

"有。"

"哦？"茂手木故意惊讶地探出了上半身，"你能在法庭上指出那个人吗？"

"可以。"

"如果你知道那个人的姓名，请直接报出来。如果不知道，也可以用手指。"

"好的。"纱弓此时才转向辩护席，抬手指着圭辅，用音量不大却十分肯定的声音说，"是奥山圭辅律师。"

法庭内发出一阵骚动。

"安静，请安静！大声喧哗者将被请出法庭！"

审判长已经好几次发出警告了。

"是辩护律师吗？"茂手木继续夸张地提问，"哦？真的吗？那么，你可以告诉我，他希望你做什么证吗？"

"当然可以。他为了让达也先生，也就是被告人脱罪，要我做证案发当晚跟达也先生在一起。"

法庭内出现了瞬间的死寂,接着爆发了开庭以来最吵闹的骚动。不仅是旁听席,连法官那边也开始窃窃私语。"怎么能这样!"一名女性的耳语声传了过来。

怎么可能?因为他比任何人都希望达也被定罪。

"安静,请安静!"

这回是右审判员三木法官高声喝止了庭内的骚动。他的声音十分洪亮,甚至在法庭内嗡嗡回响。身穿制服的法警站起身来,瞪视喧闹的旁听者。

没等庭内完全安静下来,检察官就继续说道:

"你跟辩护人奥山圭辅律师私下认识吗?"

"认识。"

"请问是什么关系?"

"我们来自同一所初中,达也先生跟奥山先生同级,且住在同一个地方。我比他们低两个年级,但是姐姐跟奥山先生同级。"

审判长打断了他们的问答:

"被告跟辩护人住在同一个地方?"

"是的,我是这样听说的。"

"他们不是兄弟吧?"

"听说是远房亲戚。具体情况我也不清楚,请您询问本人。"

茂手木检察官恢复了问答。

"这件事过后再问。总之,辩护律师出于跟被告的旧情,要求你做伪证,对吧?"

"应该不是。"茂手木闻言,得意的表情消失了,纱弓继续说道,"刚才提到了我姐姐。她上初一那年,遭到了几个初中男生的性暴力。我听说,奥山律师是其中一人。"

刚刚平息下来的骚动再度爆发。

"大家请安静。请问,你是听谁说的?"

"安藤达也先生说的。达也先生还说:'你肯定替你姐姐感到不甘心,不过他应该也很痛苦。如果让世人知道这种事,他就再也当不了律师了,所以你千万别说出去。'"

"被告为什么知道这件事?"

"听说他也在现场。当时,达也先生上前阻止,但是被揍了一顿,现在脸上还有伤痕。"

"你能证明是辩护人请你做伪证吗?"

"因为我有点害怕,就请朋友帮我拍了跟奥山律师见面的照片。不知道这能不能证明。"

茂手木转向了审判席。

"审判长,我这里有证人与辩护人见面的图像证明,只是没能赶在整理会议提交。如果您批准,我过后会正式提交。"

骚动已经难以收场。

审判长与左右审判员商议了几句,拿起手边的麦克风高声宣布:

"本庭暂时休庭,一个小时后开庭。请各位陪审员稍事等候。"

等不及起立行礼,审判长就急吼吼地叫住了检察官和辩护律师。

"请两方到休息室来。"

旁听席那边已经开始毫无顾忌地大肆谈论了。

被害者的妻子本间寿寿香涨红了脸。

"这究竟是怎么回事？"

高山审判长坐在中央，气得满脸通红。

六个人坐在休息室的会议桌旁。一侧是三名法官，另一侧是茂手木检察官，还有圭辅和真琴。由于情况过于复杂，陪审员没有被叫进来。

"看来辩护律师很有问题啊。"茂手木检察官轻蔑地笑着说。

"那只是证人的一面之词。"

圭辅还没开口，真琴就反驳道。她看起来也很气愤，像刚刚冲刺通过终点一样气喘吁吁。

"这就是证据照片。"

茂手木拿出一张复印件放在桌上。拍摄者隔着窗户捕捉到了圭辅和纱弓两个人坐在新宿咖啡店里的场景。而且，时机恰到好处，圭辅探出了身子，纱弓则向后缩去。

审判长看了看照片，然后问圭辅：

"辩护人一直提到的'匿名证人'，莫非就是刚才的佃纱弓？"

"是的。"他垂头丧气地回答。

"嗯……"审判长抱着胳膊陷入了沉思。

"你对佃女士的说法有什么反驳吗？"左审判员石川法官问道。他看圭辅的目光，就像在看格外肮脏的东西。

圭辅很想放弃一切。他丝毫没有辩解的气力，只想说"这一切都是因为我的愚蠢，请随意惩罚我"。

这是他在父母去世后不知不觉养成的坏习惯。世界上总有不合理的事情，与其抗争，不如顺从更轻松。

"不，不行。"

他转念一想，现在不行。这不是他个人的问题。

"佃女士的发言几乎没有一点是真的。"

"你的意思是，她在说谎？"

"既有说谎的部分，也有盲信的部分。"

"盲信？盲信谁？信了什么？"

右审判员三木凑了过来。他面色发红，一看就是个急性子。

"盲信了我的委托人。这一切恐怕都是被告安藤达也的计划。"

整个房间的人，包括真琴在内，都露出了惊讶的表情。

"我暂时不知道他用了什么方法，或者说出于什么目的，让纱弓说出了那种证词。但是，关于她那位姐姐的事情，她完全被欺骗了。我只能认为，佃纱弓一直都被安藤达也操纵着思想。"

"等等，别往那边说啊。不是不是，那不可能。连我都开始混乱了。这件事根本说不通啊。他为啥要操纵证人说出对他不利的证词？"

茂手木检察官越说越大声，高山审判长抬手制止了他。

"先听他把话说完吧。总之，现在这个情况无法继续审判。"

检察官露出不服气的样子，用力往椅背上一靠。圭辅咽了口唾沫，然后说道：

"刚才，证人的发言中有一部分是事实。由于我实在说不出口，最后就成了一直瞒着各位。我上小学六年级时，因为一场火灾失去了父母。后来，直到初中三年级的九月，我一直寄宿在远房亲戚——也就是安藤达也家。"

房间里没有人说话。

18

圭辅当着审判相关人员的面，简单说明了自己被达也家收养后的情况。

他没有提及达也对母亲做了什么，也没有说火灾的原因很可能在于他自己。当然，他坚决否定自己是对美果施暴的成员之一，但也没说安藤达也是那件事的主谋。他担心一旦说出来，其他人会觉得他只是在推卸责任。要证明事实真相，只能找当时的犯罪参与者谈话。

真琴应该也是第一次听说他跟达也的关系。她会觉得自己背叛了她吗？圭辅不敢看她的脸。

听完圭辅的话，高山审判长开口道：

"那是这么回事吗？安藤达也以当年的恩情，或者说你欠下的人情为口实，强行要求奥山律师为他辩护。奥山律师被迫接受，而且完全不知道佃纱弓的隐情。等到审判正式开始，对奥山律师怀有私怨的佃纱弓突然改变了态度。"

"是的，情况就是这样。"

"那也就是说，佃背叛了安藤？毕竟，她说出了对他不利的证据。"

圭辅也无法完全理解这一点，更别说让别人理解。

"刚才我也说了，我认为那也是安藤的指示。"

茂手木检察官迫不及待地打断了他：

"所以说，这根本说不通啊。就算他有办法发出指示，为什么要让佃纱弓专门跑到法庭上说对他不利的话呢？"

"他可能还有我们都不知道的招数。佃纱弓做证这件事，也许只是为了把我逼到难堪的立场上。"

"你说这是什么事？"茂手木检察官耸了耸肩，"不可理喻。我这就去找律师协会，要求罢免本案的辩护律师。"

三木法官适时开口安抚了他，然后问道：

"她凭什么信任安藤？"

"与其说信任，感觉更像对他抱有敬畏的念头。安藤达也是个俘虏内心软弱之人的天才，他应该利用了她姐姐的悲剧。"

圭辅一边解释，一边寻思他们可能不会相信。此时，稍微恢复了冷静的审判长沉稳地开口问道：

"我有一个很简单的问题。假设他们是你说的那种人，安藤为何要做那种事？他往你身上泼脏水，对自己有什么好处？"

"那就是他的人生乐趣……"

"你又说这种莫名其妙的话。"

茂手木检察官打断了圭辅的话，被真琴瞪了一眼。

"不如听他说完吧。"

"我倒是觉得这完全是在浪费时间。"

圭辅朝真琴微微颔首,继续说道:

"如果不了解安藤达也这个人,恐怕很难理解我的意思。他生平的一大喜好就是侮辱和摧毁他人的人格。他喜欢享乐,更以他人的不幸为乐。同时,他看到别人过得好,就要想方设法破坏。我想,他看到我的家庭环境比他好一些,心里一定怀有憎恨,并一直在寻找毁灭我的机会。我意外失去了家庭的依靠,恰好成了他最理想的猎物。直到现在,我都坚信他整个初中时代的活力源泉,就是我每天的痛苦。

"多年以后,他得知我当上了律师,心里再次失衡。再一对比,他不仅深陷在犯罪的泥潭中,每天也没什么意思。所以,他无论如何都想把我拉下去。说不定这成了他最大的目标。"

短暂的沉默过后,茂手木检察官轻咳了一声,冷静地说道:

"我接下来要说的话不是正式发言,请把它当成会议中的闲聊,可以吗?奥山律师?"

"好的。"

"你说安藤达也以伤害他人为乐,这一点我不反驳。我甚至想让奥山律师成为检方证人出庭做证,告诉所有人'这家伙是个天生的恶棍'。

"可是,从常识来考虑,他正在被法庭审判,有可能被判处死刑或者无期徒刑,却要故意准备一个虚假的证人,并且在最关键的时刻曝光他的伪证。我实在无法理解这是为什么。

"只要稍微有点理性的人,恐怕都不会做那种事。无论对自己的辩护律师抱有多反感的情绪，都应该以自己脱罪为最优先选项。难道不是吗？"

圭辅也觉得他这番话很有说服力。

"您说得没错。我无法合理地反驳检察官先生刚才指出的矛盾之处，也不明白他不惜赌上自己的无罪判决，究竟原因何在？"

如果在法庭上，他的话等同于举白旗投降。圭辅清楚地感觉到在场的所有人，包括真琴，都这样认为。

"不如这样吧，"茂手木检察官看到圭辅投降的态度，心情似乎好了一些，仿佛还身在法庭上，举手要求发言，"请让我讯问被告人，也就是安藤达也本人。本来按照预定，这个阶段没有讯问被告人的安排，但毕竟情况特殊。如果正如辩护律师所说，被告人真的有所企图，那就是对法庭的严重侮辱，也是对审判制度的疯狂挑衅。我们都不能允许这种事发生，所以我要曝光他的真实意图。"

三名法官低声交谈了片刻，然后审判长轮番看了看检察官和圭辅。

"好的，批准你讯问被告。"说到这里，审判长缓缓地叹了一口气，"我绝不允许他愚弄我的法庭。"

这个法庭好戏连台的消息似乎快速传了出去。

传播的途径应该是手机和电脑。重新开庭时，旁听席很快就坐满了人。由于不许站立旁听，没抢到座位的人都不甘心地在走廊上晃来晃去。

茂手木检察官坐在检方的席位上，脸上的表情更欢乐了。光是看到他，圭辅就感到心情沉重。

达也坐在证言台的椅子上，笑眯眯地逐个打量目光所及之处的女人，包括女法官、年轻女陪审员，甚至女书记官。

"你对刚才的证人发言有何感想？"审判长提问道。

"她说得应该没错。"达也一脸无所谓地回答。

"案发当晚，你没有跟那位女性在一起吗？"

"没有。律师先生建议我这么说，可我真的没跟她在一起，怎么能撒谎呢。"

他看向圭辅，挤了挤眼睛。

"等等。"检察官竖起食指插话道，"这话可不能听过就算。你是说，辩护律师指示你说谎吗？"

"是的。他说只是熟人很难让人信服，干脆说成出轨对象不情不愿地匿名做证，才更逼真、更有说服力，能骗过外行的陪审员。他还说他会主导整个过程，我只需要配合就好。"

"我再确认一遍。不是被告委托他人策划做伪证，而是辩护律师从中主导？"

"对啊，没错。"

旁听席的喧闹已经无法忽视。审判长反复警告："保持安静！不要交头接耳！"

"那么，就没有人能够证明被告案发当晚身在别处了吧？"

"有啊。"

本来语句流畅的茂手木检察官突然哽住了。

"你说什么？"他瞪大了眼睛。

"那天晚上，我的确跟某个人在一起。不过话说回来，那位检察官一直在问我重复的问题，能不能换个脑子灵光一些的过来啊？"

有人发出了窃笑。

"被告，请注意你的发言。如果过分侮辱法庭，我会勒令你退庭。"

"无所谓啊，反正又不是我想来的。"

庭上传出了各种忍俊不禁的声音。审判长明显涨红了脸，检察官也失去了冷静。那可能不是因为受到了戏弄，而是不希望这场本来应该是压倒性胜利的比赛功亏一篑。

"我请求发言。"

一名陪审员举起了手。那是个三十多岁、皮肤白皙的瘦削男性。

"请讲。"审判长批准了发言。

"我见话题有点跑偏了，就想请问，案件发生当晚，被告究竟跟谁在一起。"

"当然可以。正如我最初所说的，各位陪审员都有自由提出问题的权利。"

皮肤白皙的陪审员看向达也，重复了刚才的问题：

"案发当晚，被告跟什么人在一起？"

"跟我母亲。"

"你母亲？"审判长反问。

茂手木检察官露出松了一口气的表情——母亲的证词比情人更不可信。

"你为什么一直没有说出来?"

一个四十岁上下,妆容很淡的女陪审员发言道。

"就算我说了,也没有人相信。"

"不一定会。"

"而且,如果我说跟母亲在一起,肯定有人会问:'你们做了什么?'"

"嗯,的确如此。"

"这种事实在不好告诉别人,所以我想尽量保密。"

"但是你不说,就无法证明自己无罪啊。"

"问题就在这里。我以为小圭——啊,不好意思,我以为奥山律师会好好完成自己的律师工作。没想到他想出了找假证人做证的办法,我感到非常惊讶。那也太过分了吧。他以前可没那么调皮。"

旁听席那边又发出了笑声。

"被告,你只需要回答问题。"

"那我说吧。我们做了。"

"做了?"审判长重复道。

几名陪审员和左、右审判员似乎理解了那句话的意思,或是皱起眉,或是涨红了脸。

"做了什么?"审判长微微前倾身体问道。

"你要我说得这么明白吗?正确来说,是一边直播,一边做的。"

"你跟你母亲，一边直播……"

审判长再也说不下去了。

"网上有这种收费网站，把服务器放在外国，给付费会员播放不打码的影像。只要有人观看，发布者就能拿到分红。不过没几个钱，一小笔零花钱而已。总之，为了制造临境感，或者说营造逼真的氛围，我们在自己家的起居室里，还一直开着电视，做了。那天晚上九点多到十点左右，应该有好几百个人同时观看，这可以算最确凿的不在场证据了吧？你可以去找运营网站的人查证，很快就能查到都有谁看了直播。唉，其实我并不想在这种场合说自己跟那女的做了。"

几名貌似媒体记者的人推开旁边的观众，飞快地冲了出去。

19

达也的案子没有结审。

下一次公审已经宣布延期。而且，检方还对律师协会提出了针对圭辅的处分请求。

虽说提出了处分请求，但并不意味着他马上就要被限制执业活动。可是，达也主动解除了圭辅的私选律师委托。就算他不解除，检方也会提出动议，让圭辅无法再为他辩护。

本来应该给达也再安排一个国选律师，但是考虑到目前的情况,白石所长猜测应该很难找到人选。显然,被问到的律师都会找借口拒绝委托。毕竟这个案子的报酬少,又是个不知何时爆发的定时炸弹,没有人会干这种火中取栗的事情。

然而,令人惊讶的是,竟有好几个律师主动站出来,愿意成为达也的私选律师。他们显然是想通过这个全社会关注的案子增加曝光度,以达到宣传的效果。达也从中挑选了一名现年四十几岁,偏好夸张表演的知名律师。白石所长的猜测落空了,不过在这个律师过剩的时代,恐怕这种现象并不罕见。

不管怎么说,那段影像肯定马上会被提交为新证据,而法院不得不采纳。

最近,除了异常气象之外,毫无新闻可报的媒体直接炸开了锅。

> 强盗杀人犯与律师青梅竹马……波澜壮阔的人生!回报养育之恩?伪证主导者竟是一场火灾中父母双亡的律师……被告提出的新不在场证据是什么?惊愕!禁忌的×亲×奸视频……

毫无用处的打码反倒更有催情的效果。

公审结束后,电视信息节目和网络论坛马上就展开了讨论。第二天,连体育报纸都开始大肆报道。过了几天,已经能看到类似周刊杂志、车厢广告一样夸张的文字。

就算不主动去看,只要不是待在无人岛上,就难免要接触到这些东西。

达也提出的证据视频实为他与继母的性行为无码直播录像，这个话题吸引了众多目光，使得圭辅协助做伪证的新闻变得不那么惹眼了。

圭辅也看到了那段视频，是真琴在网上找到的。各大运营网站好像被警方"指导"过，都在努力删除，然而阻止不了用户没完没了地上传，因此无法杜绝。

视频的拍摄地点应该是酒馆的二楼。狭窄的起居室里东西凌乱，生活感十足。镜头拍摄到了沙发上一对男女的行为，他们刻意选择了两个人不露脸的角度。画面背景处有一台电视机，两个人的行为伴随着NHK（日本放送协会）九点新闻的片头曲开始，一直持续到将近十点。其间，丑态毕露。由于那个收费视频网站以直播为卖点，拍摄时，他们应该是刻意选择了全国可见的节目频道。

画面上能够清楚地看到达也左侧肩胛骨的狼刺青，而且面部遮挡得不好，有两次都露出了侧脸。除此之外，他的肤色、声音、体形等都证明了那是达也本人。

圭辅再次回想起父母去世不久，还在上小学六年级的那年冬天，他在深夜里听见的可怕声响。他们不仅从不感到羞耻，还把它直播给全日本，以此换取钱财。

圭辅不禁想，这两个人与自己属于完全不同的世界。两者的价值观如此不同，要如何去猜测他们心里怎么想，有什么企图呢？

关键在于，公审前最后一次与达也会见时产生的直觉，果然应验了。

　　达也真的没有杀人。虽然这是他所见过的最淫荡的不在场证据，可是只要证据影像没有检查出问题，就可以肯定不是达也动的手。如此一来，他在结审前有可能得到保释，回归社会。

　　"所以，你就站在了有可能被律师协会除名的危险立场上啦。"

　　晚上将近九点，寿人来到牛岛家，现在正美美地啜饮着第二杯咖啡。他故意用调侃的语气，应该是为了照顾圭辅的心情。

　　情况混乱的第一次公审已经过去三天了，寿人为了给圭辅加油打气，带着啤酒过来探望。然而，他每次都是自己喝掉一大半。

　　肇已经到家了，正在陪美佐绪玩她最近很痴迷的战略桌游。夫妻俩都知道审判的事情，但没有发表意见。他们应该是决定，除非圭辅主动寻求帮助，否则不说多余的话吧。

　　"最近这个话题占据了各大媒体的头条啊，真羡慕你。下次有人拿麦克风采访你时，麻烦告诉他：'采访报道请找诸田寿人执笔。'"

　　圭辅只能苦笑着回答：

　　"不过话说回来，最可怜的应该是白石前辈。"

　　如此煽情的话题，再加上真琴这样美貌的女性，媒体就更兴奋了。电视上打出"该案女辩护律师"的字幕，反复播放着真琴一脸愤怒地走出法院的影像。虽然也拍到了圭辅，但只是从角落里一闪而过。

"你不主动告发佃纱弓涉嫌做伪证吗？"

如果美果的妹妹跟圭辅起争执了，寿人的心情一定很复杂。

白石所长和真琴都完全相信圭辅的说法。虽然中了圈套都要怪他太天真，可是现在必须奋起反击。

"白石父女都认为应该这样。"

"这件事恐怕没法和和气气地解决啊。"

律师协会对下属律师的惩戒从低到高分别是警告、停止执业、责令退会、除名。"停止执业"的期限是两年以下，就是指此期间不得从事律师工作。按照白石所长的猜测，这件事轻则警告，重则停业三个月。然而，提出投诉的茂手木检察官坚持"至少也要责令退会"。如果真的变成那样，圭辅今后就再也无法从事律师工作了。

不过，相比担心自己，圭辅更担心这件事会影响事务所的名誉。为了洗清污名，他已经做好了告发纱弓涉嫌做伪证的准备。被拍照那天的对话他都录了音，所以纱弓绝无胜算。一旦被定罪，她就是三个月以上、十年以下的有期徒刑，可谓十分严重。当时，法庭上的人应该都听出了她语气里的恶意。如此看来，量刑有可能是一年徒刑，没有缓刑。

尽管如此，圭辅还是想：她真的如此憎恨自己，甚至不惜冒这么大的风险吗？

的确，纱弓被定罪，从而证明圭辅被算计了，圭辅和事务所也无法完全挽回名誉。他只会被众人轻视，认为他是个被罪犯及其情妇玩弄在股掌之中的天真律师。

这是一场没有胜者的混战。他刚要说出来，却改变了想法。

有一个人能笑到最后，那就是达也。

美果跟寿人走得更近，所以他应该见过美果的妹妹纱弓。仔细想想，寿人早就提出要调查达也，圭辅却为了隐瞒自己的过失，几乎没有敞开说话。可以说，这也是导致这个局面的原因之一。

要是早点对寿人道出真相，或许能听到他冷静的见解。那样一来，事态也许不会发展到今天这个地步。

寿人又仰脖喝了一大口啤酒。

"你觉得审判会如何发展？如果视频上的人真是达也，那会怎么样？应该不会像美国电影里演的那样当庭释放吧。"

他根据自己的所知范围回答了寿人的提问。

从程序上说，要么是检方撤销起诉，要么等待无罪判决。不过，检方恐怕不会撤销起诉，而是一直坚持有罪。所以，审判应该还会持续一段时间。

"不过，还有保释这个手段。"

通常，这种案件不可能保释。然而，这件事惊动了社会，媒体又一个劲儿地煽动无罪和冤案的可能性，法院可能不得不批准保释，因为有很多法官其实很在乎舆论。

"但我还是搞不明白。"寿人歪着头说，"达也为什么一直隐瞒了那段视频的存在？假设啊，假设他事先准备了那段视频，再故意诱使警方逮捕自己。那他为何不露脸？他又不是那种害羞的人。"

的确，圭辅也思考了很久。

"虽然那是违法视频,然而服务器设在国外。事实上,法律管辖不到这块儿。政府也有规范措施,但总归不用担心被查禁。所以,他隐瞒视频应该出于别的原因,只是我不知道是什么。

"看来,这是一个关键所在啊。而且,还有另一个重大疑问:如果那家伙无罪,那真凶是谁?"

眼前仿佛横亘着一片沙漠,无论怎么走都找不到绿洲,只能看到干燥和死亡。

"我不想再纠结这件事了。"

寿人听了他示弱的发言,马上提醒道:"你已经整个人陷在里面了。想把自己摘出来,只能硬着头皮解开真相。达也在拘留所忍受了好几个月的囚徒生活。那里厕所又臭,饭菜又难吃,既喝不到酒,也抱不了女人。他甘愿这么做,必然有某种目的。那几个月的监禁,最后肯定会变成他的王牌。"寿人又喝了一口酒,放慢语速边想边说,"我们来猜猜他被关在里面能得到什么好处吧。首先,可以排除时效阴谋。而且,这也不是逃离公共机构抓捕的行为。他被剥夺了自由,但因此得到了安全保障。那么,他逃离的对象可能是犯罪团伙,或是相识的恶棍。但是出于某种原因,他现在不需要继续躲藏了。再有,打电话说居酒屋那件事的女人是谁?"寿人沉思了一会儿,然后抬起头,"这么说可能有点对不起你。如果他只想把你的名声搞臭,大可以早早委托你,不必等到现在。不过,我也猜不到他到底为了什么。总之,他已经被关了这么久,肯定不甘心空手而归。所以他决定,顺便毁掉你的律师前途。"

"怎么，我的人生只是刺身的配菜吗？"圭辅连苦笑的气力都没有，"不过，我也不否定有这个可能性。"

"小圭，要不我们打探打探那家伙的真实目的吧？把他的周围彻底调查一遍，因为他的真实目的同时也可能是他的弱点。"

"能行吗？"

"还没行动怎么就泄气了。上初三那年，多亏了肇叔，你才逃离了那个家，对不对？当时，你只被夺走了财产，说不定已经算幸运了。你知道为什么吗？光是高中三年，达也身边就有三个人自杀。

"分别是两男一女。第一个男生跟达也念同一所高中，在家里上吊自杀。第二个男生是他熟人的熟人，在中央线站台上跳轨。两个人本来成绩都不错，但都属于不擅长运动的类型。他们两家都挺富裕，两个人都从家里拿走了很多钱。尤其是跳轨那个男生，他家里开了好几家餐馆，他父亲是个资本家。具体数额不太清楚，但他应该拿了家里将近一百万日元。"

"警察怎么说？"

"你觉得那家伙会留下证据吗？第三个女生从自己家公寓的阳台跳楼自杀了。在她父母的要求下，警方对她的尸体进行了解剖，发现了她父母并不知情的堕胎痕迹，阴道口和肛门还有慢性炎症。尽管如此，警方还是做出了不立案的决定，没有展开调查。因为那三个学生都没有找任何人倾诉，也没有留下遗书和物证。"

只是听寿人说这些事，圭辅就感到胃里像是被灌了满满的钡餐，有点喘不上气来。寿人察觉到圭辅的反应，便这样说道：

"剩下的我就不详细说了。总之,我们现在已经查出达也身边死过七个人。像木崎美果那样的受害者也有——"

说到这里,寿人突然说不下去了。圭辅看到寿人痛苦的表情,决定道出真相。

"其实,我不是不关心,也不是怕麻烦,更不是因为害怕他。那天——火灾发生那天的夜里,在疑似起火点的靠垫旁边最后一个抽过烟的人不是我父亲,也不是达也,而是我。"

接着,他对一脸惊讶的寿人说出了烟头可能掉落了火种的可能性。

"是不是你想多了?毕竟你总会马上开始责怪自己。"

"我也无数次想,如果真是自己想多了该有多好。然而,我没有弄错。"

寿人了然地点了点头。

"我以前对你说过吧,你看着就像弃世之人,现在总算明白为什么了。达也对你这样,你还接受了委托,肯定是被他抓住了这个弱点,对不对?"

寿人还是那么简单直白。圭辅笑了笑。

"就算那真的是起火的原因,但只要达也不给你父母下药,或是没有在你去叫他们时说谎拦住你,他们也很可能不会死。"

圭辅心不在焉地点了点头。寿人长叹一声。

"那我也坦白。你记得我上初一那年夏天离开过一阵儿吗?"

"记得。"

"我现在就告诉你真相吧。木崎美果被强暴,在医院住了一天，然后给我打了电话。我马上跑到了达也家，也就是当时你住的地方。你正好出去跑腿，达也则跟几个男生在房间里喝酒、抽烟、打游戏。我一进去就抓住达也，结果其他人——后来我发现他们都是高年级的人，把我围住打了一顿。达也碰都没碰我一下，还装模作样地说什么'你们不要这样啦'。

"除了没碰脸，他们把我揍得全身没一块好肉。然后，达也低声说：'我对你还挺有好感的，以后别来惹我。只要你不惹我，我也不会对你怎么样。'

"我告诉他'不可能'。那家伙面不改色地对我说：'你寄宿的那家人，夫人叫美佐绪吧？她的皮相真不错啊。我这些朋友都特别想弄她，还是被我给劝住了。要是你不配合，我可能也就懒得劝喽。'

"即使他那样说，我也没勇气冲上去揍他，只能让他答应我'绝对不准碰美佐绪阿姨'。其实，我没回北海道，只是不想把你卷进来，才让美佐绪阿姨说了谎。只要我不在，你应该就不会来了。整个暑假，我都待在肇叔和美佐绪阿姨家，几乎没有踏出去一步，就是为了保护美佐绪阿姨。很像一个初一学生的想法吧？我真是太坚强了。"

"我根本不知道还发生过这种事。"

"一直瞒着你，真的对不起。就算我把这件事告诉肇叔，只要达也有心，他们恐怕也防不胜防。达也的话就是这么可怕，让我深信他能做出来。我还想到了你家失火，你父母去世的事情。那真的是失火吗？我很害怕，只要达也想做，真的什么事情都能做出来。我不能因为自己的感情给牛岛夫妇添麻烦，所以选择了妥协。后来第二学期刚开学，我就要搬到美国去了，不得不把事情告诉肇叔他们。美佐绪阿姨说'我会小心'。在美国的那段时间，我一直都很担心。不过现在回想起来，达也的注意力好像转移到了别的事情上，所以没有招致最可怕的结果。"

圭辅听了，心里有点奇怪。上初三那年，肇的迅速反应首先应该是为了保护他。不过现在想来，恐怕也有借此牵制达也的目的。要是把律师也拉进来，将事情闹大，那么一旦相关人员发生了什么事，警方必然会怀疑到达也头上。所以，达也也不敢弄出什么大动静来。

然而，就算是为了避免自己关心的人遇到危险，寿人还是一度选择了屈服。果然，要解决达也，必须有舍弃一些东西的决心。

"当时，我被一帮人围殴，他却在一旁默不作声地看着。看到那双眼睛，我心里想——不，应该说，我突然坚信，世上真的有无法引上正道的人，比如这家伙。这家伙是不该存在于世上的邪恶化身。"

圭辅用力地点头赞同。

"对于达也而言，这次的案子显得过于不谨慎了。"

"没错，其中必有隐情。他绝对还有别的目的，而我目前就在调查这个。"

20

圭辅被免除了对外露脸和出现姓名的工作。

当然，是他主动申请的。

白石所长和真琴都鼓励他，说律师协会的处分下来之前，没有必要躲藏。不过，他还是选择了维护事务所的整体形象。与此同时，他还希望暂时不推进告发纱弓这件事。真琴表示强烈反对，最终还是被他说服了。

就算只做文书工作，他也不怕没活儿干。公审需要提交的文件、判例的检讨……事情多得很。应该说，光做这些工作，加班的时间反倒更长了。

他正忙着用文字编辑软件输入内容证明文件，突然感到一只手搭在了肩上。转头一看，是海老泽律师。

"不好意思啊，净让你干这种麻烦的事情。"

圭辅感到很意外。入职以来，他跟海老泽只有过工作上的交谈。虽然对方不像是讨厌他，也不会无视他，但总是异常忙碌。圭辅感觉海老泽是那种工作效率特别高，但不怎么关心别人的类型。更何况，这次圭辅还直接给他制造了麻烦。

海老泽轻轻拍了几下圭辅的肩膀，面无表情地说："律师做久了，难免遇到这种事情。你也别太消沉。"说完，他不等圭辅回应，就转身走开了。

由于有事要查，圭辅早早就结束了工作，提前下班。

打完招呼正要离开时，圭辅碰上了真琴的目光。她欲言又止，最后又低头看向了自己的文件。

走出写字楼，圭辅拨打了事先查到的手机号码——号码的主人是本间保光的妻子寿寿香。听说，她现在回到了江户川区的娘家。

"请问，您是本间寿寿香女士吗？"

"是的。"那边传来的声音非常警惕。

"敝姓奥山，是白石法律事务所的律师。本间先生的案件公审那天，实在是失礼了。如果您同意的话，我想登门……"

听筒里传来了"嘟，嘟，嘟……"的声音，对方挂电话了。

这也难怪。毕竟在她看来，圭辅也是让杀害丈夫的凶手接受审判的法庭变成一场惊天闹剧的罪魁祸首之一。

他决定过段时间再联系一次，随后便前往佃纱弓的住处。

寿人说可以帮他调查，但圭辅必须亲自对她说几句话。

纱弓住在崎京线跨过荒川的第一个车站附近，下车后步行过去要十五分钟。

这是一座三层楼高，共有十二户的出租公寓，房型为两室一厅，楼龄二十五年，房租九万日元。纱弓跟现年二十三岁的男朋友田口优人就住在这里。简单来讲，就是同居关系。这些都是寿人查到的信息。

优人就是纱弓口中那个一旦暴露了她跟达也在一起，就要把她痛打一顿的家暴男。可是，圭辅已经看过寿人偷拍的照片，那个人看起来不像有暴力倾向。他连头发都没染,气质跟名字一样,甚至看起来有点软弱。如果问圭辅这个人跟纱弓谁更有主导地位,圭辅甚至觉得有可能是纱弓。而且,在新宿偷拍圭辅跟纱弓见面的人也可能是这个人。

纱弓有一份每周上五天班的工作,是骑自行车去附近的医院当齿科助手。这份工作结束后,每周还有两三天,她会回到"小达"那边去。当然是去陪酒。圭辅在地图上查看过,穿过荒川的大桥,只需要走两公里就能到达小达酒馆,骑自行车完全可行。

"她真勤快。"

圭辅听到这些情况后,第一个想法就是这个。寿人点头表示同意。

"他们没有孩子,优人又不像那种在外面游手好闲、赌博欠债的人。他在一家大型超市的外包运输公司工作,负责驾驶载重两吨的冷柜车。他压根儿不是什么小混混,反倒工作态度认真负责,同事们对他的评价也不坏。"

没想到寿人能在短时间内查到这么多信息。

"还有一件事。优人也是那个初中的,比我们低一个年级。""那个初中"当然是指圭辅、寿人,还有达也上的初中,寿人继续道,"而且,两个人去年秋天才开始同居。他们真的是事实夫妻吗?"

这座公寓楼外表极其普通,就像陈旧的公司宿舍。

这一带都是大型运输公司和工厂,来往的车辆多是车身印有企业名称的货车和卡车,路上很少见到带孩子的大人或老人。这跟道子在荒川对岸那家店周围的感觉差不多。

纱弓把自行车放在停车场，一路低着头往前走，并没有发现圭辅。

她走到公寓门口的台阶上，突然抬起头。一看到圭辅的脸，她的脸色就变了。

"你来干什么？"

"我想跟你谈谈。"

"走开，不然我报警了。"

"我没有进入大楼，也没有携带危险物品。"

"你给我添麻烦了。"

"不会占用你很多时间。"圭辅低头恳求道，"能听我说几句吗？"

"不要。"

"拜托了。"

几秒钟的沉默后，圭辅听见一声哼笑。

"那我可要收钱。十分钟一千日元。"

"十分钟就要一千日元吗？"

"陪聊收费都是这个价。还有，不准进屋。"

"都可以。不过，这附近应该没有咖啡厅，不如我们边走边说吧。"

"那就跟我过来吧。从现在开始计时。"

纱弓掏出手机确认时间，看也不看圭辅就迈开了步子。圭辅默默地跟了上去。拐过大楼，前方是一个很小的公园，里面只有一些花花草草，还有一个沙池，周围装了三个弹簧式的动物造型玩具。

纱弓站在沙池边，双手插进裤子后面的口袋里，街灯照亮了她的脸庞。

"只要别太大声，在这里说话不会被人听见。"

的确，这里除了马路，三面都是工厂外墙和杂草丛生的空地。

"我想谈谈达也先生的事情，请你不要生气。"

"谈啥？"

"既然你有时间限制，那我就开门见山了。请问，你跟达也先生是什么关系？他对于你而言，只是妈妈桑的儿子，还是你们两个人有更亲密的关系？或者，你欠他的钱吗？还有，跟你同居的优人先生与我和达也一样，来自同一所初中，对吧？我不认为这是巧合。最后一件事，请问，他是什么时候出现在你面前的？"

"问题太多了，我记不住。"

"那我再分别问一遍。"

"随你的便，反正我都不想回答。"

"不过，你是收费的吧？"

"收费聊天而已，内容由我决定。"

"好严格啊。"

"不愿意就算了。"

纱弓从口袋里抽出手，快步离开了。圭辅连忙喊了一声：

"那个，钱呢？"

"不要了。"

"你说美果同学在泡泡浴场工作，那是骗人的吧？"

他又压低声音说。

纱弓停下了脚步，扭着身子怒视他。

"是不是达也告诉你，只要说'美果同学在色情风俗店吃苦受罪'，就能把我逼到绝路？"见纱弓不开口，圭辅继续说道，"我重复一遍。美果同学喜欢的不是我。这一定也是达也说的，'只要告诉圭辅这个，他就会很痛苦'，对不对？很遗憾，美果同学喜欢的是我们的同班同学诸田寿人。你当时应该也见过他。"

纱弓没有回应，默不作声地转过去准备离开。如果现在让她走，以后可能再也无法跟她说话了。

"是达也，让美果同学——你姐姐经历了那些事情。"

纱弓又停下了脚步。

"这是真的。如果你要恨我，无所谓，但你千万不能相信达也。只要跟他扯上关系，你的人生迟早会被毁掉。如果你姐姐不愿意告诉你详情，那也是因为她再也不想回忆起那些事情。美果同学知道你跟达也有来往吗？"

"你够了。"纱弓又转过来瞪着他，"小达说得一点也没错。你这家伙太没心没肺了，让人看到就想踩在脚下。再也别让我看到你。"

21

被纱弓赶走后，圭辅接到了寿人发来的邮件。

"今天,牛岛家。"

邮件里没有注明具体事项,应该是急事。

美佐绪用鳕鱼做的意面实在太好吃了,圭辅险些忍不住想多要一碗。可是寿人看起来很着急,他就没有要。接着,寿人对饭菜发表了最高的赞叹,便拉着圭辅走进了房间。

"我有个重大发现。还有,这可不是萱沼先生的功劳,而是我自己找到的。"

寿人很少如此兴奋又自豪地说话。只见他从大背包里拿出了貌似报纸微缩版复印件的东西摆在桌上,指着其中一篇报道说:

"两年前,群马县发生了泥石流。这是当时的报道。山坡上的杉树林被冲毁,人们在泥土中发现了已经化作白骨的尸体。这件事热闹过一阵子,你应该也记得吧?"

圭辅粗略地看了一眼,然后点了点头。

"我的确记得。"

"我把报道重新看了一遍,做了简单的整理。尸体已经化作白骨,旁边还发现了头发和其他体毛,还有部分指甲。手腕和头部等部位没有发现损伤。从尸体的状态来判断,应该已经死亡了几年,最多有十年。尸体疑似被全裸掩埋,周围没有发现衣物、手表等物品。因为牙齿上存在治疗痕迹,警方就拿 X 光片跟齿科医师协会进行了比对,但是没有找到任何资料。这也难怪。如果已经死了十年,该人治疗牙齿的时间肯定在更早以前。一是病例可能丢失,二是牙医不太可能费劲去找这么久以前的资料。

"因为残留了毛发,可以做 DNA 鉴定,然而尸体身份不明确,所以后来也没做。另外，尸体的右腿可见骨折痕迹，疑为治疗方法不当，断裂处有些错开。当时警方判断，死者生前应该有一点行动不便。"

"行动不便？"圭辅跟着嘀咕了一句。

他遇见浅沼秀秋的机会不多，但是对那宛如刀削一般的干瘦的面孔和略微拖着右腿走路的背影记忆深刻。

"你想说，那具尸体可能是浅沼秀秋？"

"我准备接下来往这个方向求证。"

"不过，你怎么就找到这种线索了呢？"

"这可不是巧合。你以前不是说过，达也他们商量要把秀秋的尸体扔到水库去吗？"

"当时，我们才上初一吧？你记得真清楚。"

寿人又露出了得意扬扬的表情，平时容易给人留下冷淡印象的脸上突然出现了孩子气。圭辅忍不住笑出声来。寿人又迫不及待地说了下去：

"我一直觉得秀秋突然失踪这件事很奇怪，所以就假设他遭到了杀害。如果要处理尸体，要么分尸，要么埋在山上，要么扔进河里或海里。于是，我就开始调查道子曾经生活过的地方，周边是否发现过大约十三年前死亡的身份不明的尸体。"上回寿人说"我目前就在调查这个"，原来是指这件事啊，"不过，这可没我说的那么简单，中间遇到了很多困难。不是找不到尸体，而是太多了。那些显然不是他杀的不明尸体，别说验尸报告，当局甚至连正确数量都可能把握不清楚。我觉得这就跟在东京湾寻找某个漂在水上的矿泉水瓶一样困难。快要放弃的时候，我突然想起了你说的水坝。道子二十岁之前生活在群马县，那里有很多水坝。于是，我就把范围锁定在了群马县山区，最后发现了这个消息。"

"可以啊，都是专业调查记者了。"

"能不能查清这具尸体的身份呢？他到底是不是秀秋呢？"

寿人心有不甘地盯着天花板。圭辅问了一句：

"假设那具尸体真的是秀秋，你觉得动机是什么？保险？"

"不，如果要骗保，必须先发现尸体。既然他们埋了，至少可以确定在当时是想把尸体隐藏起来的。我觉得，应该是意外杀人。"

如果死者果真是秀秋，这就意味着道子拿走并藏匿了被秀秋带走的三千万日元。说不定这就是小酒馆的初始资金。

寿人道出了自己的想法：

"比如，在争执的过程中不小心杀死了他。如果是有计划地杀人，根据那对母子的本性，肯定会给秀秋上保险，然后伪装成事故死亡。不仅如此，他们还会做点手脚，假装你那些钱都被秀秋花光了。我猜测，秀秋的死因应该是很明显的他杀。比如勒死，或是刺死……"

"百草枯！"

圭辅忍不住大喊了一声。

寿人不明就里，呆呆地看着他。

"百草枯……你是说那个除草剂？"

寿人果然什么都懂。

达也提到百草枯时，圭辅也查过资料。那是一种不久前还能在市场上买到的农药，对人来说是剧毒。大约三十年前，日本发生过用饮料瓶盛装这种农药的无差别杀伤案，引起了巨大反响。而且直到现在，一些农户的旧仓库里还有可能存放着那种农药。

圭辅尽量复述了他与达也第二次会见的谈话内容。

"感觉有点突兀啊。"

"他的话完全没有上下文，突然就来了这么一句。这就是那家伙的做法，他最喜欢乘别人不备的时候往别人的心里扎上一刀。"

"的确。"寿人点点头。

圭辅接着说出了自己的推测：

"他会不会让秀秋喝了百草枯？达也这个人很爱夸耀自己，可能瞒不住自己以前干过的事情，总想炫耀给别人听。"

寿人想了想，然后摇摇头。

"应该不是。如果他想炫耀自己犯罪，肯定会说得更清楚。会不会有别的企图？因为那家伙的想法总是很惊人。"

达也所谓惊人的想法并非"我要开火箭"，而更像是别人在火葬场送故人火葬时，他在外面的停车场搞烧烤派对。

一想到达也还有别的企图，圭辅就特别烦躁。寿人又转回了尸体的话题："如果假设是激情杀人，那无非是殴打致死、刺死和勒死。如果能看到验尸报告，应该能猜到个大概。这件事我还没告诉萱沼先生，准备先请在群马县当警察的熟人帮忙，搞些详细的资料过来。那个人不会什么事都直接提供资料，往往会选择'不公开手上的信息'。所以，我要先卖他一个人情。那些人提供信息的时候，都会尽量与自己撇清关系。你怎么了？"见圭辅突然陷入沉思，寿人疑惑地问。

圭辅快要想到什么了。关于秀秋，他记得还有一件事。那段时间，"死神"的心情很不好，总说什么地方疼。圭辅还看到了杯子里被染红的液体。对了，那应该是血。那么——

"牙齿。"

"牙齿？"

"智齿。秀秋从大阪回来后，心情一直很糟糕，说突然长智齿了，整天疼得很。而且，他拔牙当天就喝了大酒，结果疼了一晚上。"

"左边、右边？上边、下边？"

圭辅想起秀秋曾经按着颧骨底下的位置咝咝吸气，他抬手摸了摸自己的脸。

"应该是左上。他拔掉这颗智齿不到一个月，就失踪了。"

"很好。"

寿人表现出前所未有的兴奋，用力拍了圭辅的肩膀。

"如果能搞到验尸报告的复印件，说不定就能证明了。"

接着，寿人说他要马上开始调查，同时开始收拾桌上的资料。

收拾到一半，寿人的动作慢了下来，发现新线索的惊喜表情也渐渐暗淡了下来。

"怎么了？"

圭辅问了一句，寿人只是含糊地"哼"了一声。

"你好奇怪啊，有话就说。"

"嗯……其实，我去见过纱弓。"

"是吗？"

圭辅多少有点意外，不过如果对方是寿人，纱弓的态度应该不会很差。

"她是道子和达也都信任的人。要是她愿意帮忙，肯定能起到很大的作用。不过，她没答应我。"

"不仅如此，还会告诉他们你找过她。"

"那倒无所谓。如果我们这边公开宣战，他们说不定也会有所动作。然后我就劝她，至少要相信你是无辜的。"

"她肯定不听吧？"

哪怕是寿人的口才，恐怕也很难说进她心里。

"我要说的不是那个。跟纱弓谈完以后，我知道她为什么不相信你这个人了。"

"因为被达也洗脑了。"

"那当然也是原因之一，但还有一个关键因素。不过，这也不能怪你就是了。"

"什么意思？"

"之前我跟你交谈时，总感觉有些地方不太对劲。我还以为你知道，所以没有刻意提起过，毕竟我也不想提起那场悲剧。"

这种不干脆的说法根本不是寿人的风格，圭辅越听越烦躁。

"说清楚点儿啊。"

寿人没有回答，而是从包里拿出一个文件夹，飞快地翻了几页，在某个地方停了下来。

"你看看吧。"他摊开文件夹,递给了圭辅。

那是一张照片。他一开始还没看清楚,但很快便意识到那是一块黑色大理石碑,上面记载了墓主人的信息。

看到那些文字,圭辅忍不住倒吸了一口气。原来这就是异样之处。纱弓谈起姐姐时一直都用的过去时态,她还骂圭辅没心没肺。一切的原因都在这里。

"俗名,佃美果。享年,十九岁。"

美果十九岁时就离开了人世。

"我听说不是自杀,而是生活放浪和药物摄取过量导致的多器官衰竭。"

曾经满怀期待地说起"长大以后"的美果,最终没能长大。

"这——我完全不知道。"

22

真琴邀请圭辅出去吃饭。

圭辅最近因为美果的事情一直闷闷不乐,真琴可能有点看不下去了。而且,真琴自己可能也因为这次的事情烦闷不已。

两个人提前下班,真琴把他带到了代代木的烤串店。

虽说是烤串店,却并非那种白领职员卷着袖子,一手拿啤酒杯一手撸串,嘴上不停抱怨公司的地方。应该说,这里更像是以串的形式提供料理的休闲餐厅,来这里的客人几乎都是年轻情侣和结伴女性。

"这里的气氛很不错啊。"

"是吧，我朋友介绍的。"

真琴耸了耸肩。

他们把切成一口大小的海鲜串和肉串拆开放到盘子里夹着吃。每种食材搭配的酱料和调味都很到位，即使是最近没什么食欲的圭辅，也吃得比平时多了一些。

达也提交的直播录像已经被送到警视厅科学调查研究所接受检验了。分析结果证实，影像不存在加工痕迹。

另外，他们还查明，达也并非第一次做这种直播。案发大约半年前，他们已经开始了直播活动。平均每周有一次，有时甚至每天都有。基本可以肯定，这不是为了伪造不在场证据临时搞的直播。

事实上，这份影像证实了达也的确是无辜的。

他有可能参与了教唆，也有可能是事后从犯，但那已经是另案审理的内容了。不谈好坏，这就是日本的司法制度。

不久之后，达也应该就能得到无罪判决，甚至有可能在判决之前就能得到保释。

真琴故意避开了工作上的话题，一直在聊电影和兴趣爱好。然而，圭辅心不在焉，对话进行得不太顺利。

他之所以心不在焉，一个原因是发愁审判的事情，而第二个原因，正在他对面举着酒杯喝葡萄酒的真琴。

她是否发现其他座位的人朝这边抛来的目光了？可能因为上了电视，圭辅跟她走在一起时，被人盯着看的次数越来越多。他想起有一次公审开始前，他听见旁听席有人议论："那个律师一上阵，证人和法官都要言听计从。"

此时正好有了一些醉意，于是圭辅壮着胆子开口了：

"请问，你有交往的对象吗？"

太直白了。而且，他之前好像问过同样的问题。真琴没有露出烦躁的表情，而是想了想，然后回答："看情况。"

"如果不是特别有魄力的人，肯定入不了白石律师的法眼吧？"

"那倒不会。我反而受不了强势的类型。"

"说到强势，还有人能胜过白石律师吗？"

"你这话怎么说的。其实在私底下，我是个柔柔弱弱的淑女。"

真琴笑了笑，一口气喝掉了杯子里还剩一半的白葡萄酒，然后叫来服务生添酒。

"你肯定听过这种说法吧——"好男人基本都有主"，我又不喜欢跟别人抢得一头包，到最后干脆嫌麻烦就不去想了。要是有人主动追求，我倒还轻松一点。"

"需要把人赶走的时候不会累吗？"

真琴正好把酒杯举到嘴边，闻言朝他翻了个白眼。

"怎么可能？别说搭讪了，人家连问路都没找过我。"

"因为美女看起来都比较冷淡。"

"我头一次听奥山君说奉承话。"

真琴夸张地瞪大了眼睛。

"这不是奉承话,只是平时觉得没必要专门说出来。"

"下次休息……"

圭辅的手机发出令人不愉快的振动声。

"不好意思。"

他道了声歉,低头看向手机,是寿人发来的信息。

"中了!左上方存在智齿治疗的痕迹。详情面谈。"

"我要晚一点。"圭辅回复道。

"去吧。"

他收起手机,正要把手伸向装有喝了一半葡萄酒的酒杯,却听见真琴这样说。他抬头看过去,有点不明就里,却见她露出了爽朗的笑容。

"要是有急事,就不要顾虑我,先去吧。"

"也算不上急事……"

"跟那个安藤达也有关,对不对?"

"是的。"

真琴的表情变严肃了。

"既然如此,那就更应该优先。这可关系到奥山君的律师生涯啊,你要奋战到底。"

真琴先喝完了杯里的酒,转头叫来服务生结账。

23

圭辅走进了新宿站附近的咖啡厅。

"怎么，你跟别人去喝酒了？"

看到圭辅的样子，敏锐的寿人问道。

"你别管了，先说说有什么成果吧。"

他们点了两杯咖啡，寿人取出了那本圭辅眼熟的笔记本。

"萱沼先生给我介绍了一个相关人员，我与他约定保持匿名。然后，这个人给我提供了那具白骨尸体的验尸报告概要。"

那并非报告书复印件，而是字迹潦草的手写记录，不过基本囊括了所有要点。寿人首先找到了最关键的头部验尸结果。

"看到了。'上腭第三大臼齿有拔除痕迹'。这是说智齿没错吧？'推测死亡时间为治疗结束几周到几个月后'。"

"你还有什么眼熟的地方吗？"

圭辅又看了看别的特征。四肢及指趾未见残缺，但是有关于骨折的记录。

"右大腿骨有横骨折痕迹。愈合部可见些许变形愈合。"

他想起了"死神"走路的姿势——他总是微微拖着右腿。那应该就是寿人所说的，骨折部位没有愈合完整导致的后遗症。推测身高与他对秀秋的印象基本一致。他将这些想法都告诉了寿人，说完之后，他的手心已经出了一层汗。

"看来没错了。"寿人抱着胳膊思索道，"但也不能排除只是情况相似的其他人。只要能找到他当时看的牙医,做个 X 光片比照就能确定了。不过,这种事还是交给警察来做吧。我想让你看看这个。"

他拿起另一张纸,上面画着现场周边的略图和一同发现的东西。

"能称得上遗留随身物品的东西只有两样。一个是纽扣,要把这个关联起来应该很困难。另一个就是它,你有什么想法吗?"

圭辅的目光落在了寿人手指的地方。"这是?"

"警方在尸体附近发现了这个东西,但是无法判明是否与尸体一同被埋。也许只是到山上采蘑菇的人碰巧经过,落在那里了。"

圭辅的心跳越来越快,对后面的解释已经充耳不闻。

"照片,有照片吗?"

"有。"

寿人用疑似卖关子的速度缓缓地把手伸进一个白色大号信封里,抽出了一张照片。可能为了妥善保存,照片外面还套着一个塑料袋。

"眼熟吗?"

圭辅没有回答,而是隔着塑料袋轻轻抚摩着照片表面,仿佛那是实物。他几乎能听到父亲得意的笑声。

"你瞧,这上面还有这种工具。"

圭辅抬起头,肯定地说:

"这是我父亲的刀。"

虽然有点锈迹,但表面涂装几乎没有褪色。那跟父亲带达也去露营时丢失的，宛如夜晚的大海般颜色深邃的蓝色金属工具刀一模一样。

他对寿人讲了露营的事情。

"当然，现在只有我觉得'很像'，以及一些情境证据。不过，假设遗体真的是秀秋，我觉得这种巧合也太不真实了。"

"假设这是达也从你父亲那里偷来的东西，那情况应该是这样的。那家伙很喜欢这把刀，整天带在身上。被埋的尸体就是秀秋，而且达也也在场。这把刀可能是挖坑的时候不慎掉下去的。"

"但是，无法证明。"

寿人还是满意地搓着手，似乎觉得那也无所谓。

"这下可以再上一个台阶了。前方不存在一口气就能冲到终点的捷径，我们只能一级一级往上爬。等我再调查一段时间，然后就把这些报给警方，请他们比对齿形和工具刀的流通路径。我不认为这是达也一个人干的，主谋应该是道子。我要先把那个女人逼出来。"

如果这种侦探似的行动真的顺利，能够奇迹般地证明道子和达也犯了罪，也要考虑当时达也才十几岁。法律无法对他做出处罚。当然，寿人应该也明白这一点。

"下一步的计划是什么？"

"我们这个队伍虽然都是精英，但毕竟只有两个人，搞不了人海战术，所以要事先做好规划。我打算重点调查尸体是怎么被弄到群马县的。达也当时也就是小学刚毕业的年龄，道子也没有驾照，他们总不可能坐出租车过去吧。"

"有共犯?"

寿人点点头。

"你不是说道子有情人吗?还记不记得有几个?"

这也太强人所难了。圭辅不禁苦笑。

"我只见过三个,几乎不记得他们长什么样了。"

"有人长得像那种会帮别人搬运尸体的吗?"

会帮别人搬运尸体的人长啥样啊?圭辅忍不住笑了出来。

"那我换个说法,比如最经常见到的人。"

圭辅想起了那个穿工作服的男人狡诈的目光。

"他叫什么?长什么样?你见过几次?"

"等等好吗?我不知道他叫啥,见也只见过那么几次。而且,离开那个住处后一次都没见过。"

"你记得他有什么特征吗?"

"怎么可能?这都十几年了,何况我猜到他跟道子的关系后,就觉得不能整天盯着别人看了。"

"我相信你的记忆力。"

听了寿人不负责任的鼓励,圭辅只好闭上眼睛,尝试回想那个整天穿着工作服的中年男人。他记得那个人体格还算健壮,但是面容却有点想不起来了。

"如果你想要蒙太奇效果,我可能帮不上忙。"

"如果看到照片或真人,你应该能认出来吧?"

"我不会说绝对不可能,但不太有自信。"

"再怎么假设也没用,等遇到问题了再想办法吧。"

圭辅又回忆起一些大概派不上用场的细节,接着说出了最近一直无法抛开的想法。

"我感觉这次的事情并不是深思熟虑的计划。"

"你有什么证据?"寿人微微歪了歪头。

"因为审判的过程。纱弓小姐提出要做证时,我一直认为那是道子缺乏考虑的计划。但是,最后那个大逆转无论怎么想都不是道子的主意。说白了,那是一场'剧场型审判'。道子不可能,纱弓小姐更不可能想到这种主意。这绝对是达也安排的。可是,达也被逮捕后一直禁止与人会面。换言之,这是他进去之前就安排好的事情。"

"他为何要隐瞒网上直播的事情?"

"那可能是他留在手里,以便随时都能打出去的王牌。只要没有结审,那就是一个非常有力的证据。只不过,如果表现得太明显,那个视频有可能就会被警察发现。"

"原来如此。他想在自己开口之前尽量保住这个秘密。那么,他主动在拘留所待了好几个月,以及现在已经不需要待在里面的原因,应该都跟那个有关。"

他们分配了各自调查的对象。寿人声称"马上行动",还露出了充满自信的笑容。

回到家中打开电灯,房间里只有自己,圭辅突然觉得莫名地孤单。

他心中充满了担忧。

尽管刚分配完任务，他却一点自信都没有。他从来没有过四处走动做调查的经验，而且一旦控制不住分寸，就会僭越了警方的调查权威，甚至有可能触犯法律。然而，他已经下定了决心，跟达也这种人斗争，必然要有一定程度的牺牲。为了父母，为了美果，也为了那些他从未见过的牺牲者，他必须这么做。

圭辅打开壁橱，拽出颜色已经变成焦黄的"爱媛蜜橘"纸箱。寄宿在达也家时，道子只允许他携带能够装在里面的私人物品。

他打开纸箱的盖子，里面放着几样纪念品。当然，他现在可以买个更漂亮的盒子装这些东西，可他并没有那么做。

父亲放在公司座位上的相架、母亲在卧室里用的化妆镜、有田烧的夫妻碗、被熏黑的大米量杯里放着指甲钳和印章，还有在上野科学博物馆买的菊石化石。

另外，还有三本薄薄的相册。父母平时都是用数码相机拍摄的，直接保留数据，很少打印出来。他把相册拿起来翻了翻，几乎都是他的单人照，或是一家人的笑脸。换言之，这些都是为了制作贺年卡或七五三贺卡，先打印出来看效果的照片，因为上面全是幸福的瞬间。

纸箱里还有圭辅自己做的桐木盒，里面放着两个白色瓷壶。

这就是他的爸爸妈妈。

离开道子家时，他当然带走了骨灰盒。可是，道子不知把"埋葬许可证"扔到了哪里，他无法将父母安葬。就算重新申请，也没有安葬的墓地。这么一犹豫，时间飞快地过去了，手续也越来越难办。

这可能只是借口。他明明知道人的灵魂不可能寄宿在骨灰里，但是一想到要诀别了，他就迟迟下不了决心。尽管如此，还是该给父母找个安葬的地方了。

他把桐木盒放回了纸箱里。

他突然很想听听父母的声音。如果他向父母诉说自己现在的境遇，寻求他们的建议，不知会得到怎样的答案。

24

如果达也的不在场证据牢不可破，至少可以证明行凶者另有其人。

当然，警方丢了这么大的人，肯定在废寝忘食地加紧调查。寿人应该想抢先一步查出真相。为此，圭辅必须完成分配给他的调查任务。

首先，他要再次联系态度并不积极的被害者的妻子。因为圭辅凝视自己一家人的照片时，突然有了主意。

之前给对方打电话，她一言不合就挂了。不过，只要诚心诚意地说明来意，她应该能理解。为了避免号码被拉黑，圭辅用了公用电话。

"请问，您是本间寿寿香女士吗？"

"是的。"对方的声音还是很警惕。

"请您不要挂电话。"圭辅慌忙说，"要是您听了我说的话，还是不愿意配合，那我以后就不再打扰您了。"

对方没有说话，但至少还保持着通话状态。

"请容许我做个迟来的自我介绍。敝姓奥山，是白石法律事务所的律师。本间先生一案公审时给您添了很多麻烦，实在是对不起。"

对方的呼吸声好像变重了一些，但肯定还在听他说话。她正坐在娘家的某个房间，把手机死死地按在耳朵上吗？因为背景实在太安静，主辅不禁联想到了那个场景。

"我希望能见您一面，仔细询问案发前后的事情。"

"我没什么可说的。"

"哪怕只是重复以前的话也无所谓。"

"你既然是律师，为何不去看警察的资料？"

看来，这是一位很有主见的女性。

"当然，我手上有警方提供的报告书，但我希望能听您亲口说一遍。"

"为什么？"

"为了找到真凶。"

"真凶？"

"是的。实话告诉您，我已经不是安藤达也的辩护律师了。虽然处分结果还没出来，但有可能是暂停执业资格的处分。所以，这已经不是我的工作了。我只是作为一个中途参与的个体，想找到真凶。而且，安藤虽然不太可能直接下手，但我相信，他肯定以某种形式参与了这个案子。"

对面是片刻的沉默。

"你们事务所在池袋，对吧？"

"是的。"

"明天，我要去丈夫的工作单位办点事情。如果你下午有空，我就顺道去池袋。"

"那怎么行？还是我去拜访您吧。"

"我也有我的考虑。"

"我明白了。您愿意对我讲述一遍，是吗？"

"应该说不出什么新花样。"

"谢谢您。"圭辅举着话筒低头行礼，接着又说了一句，"其实，我还有件事情想麻烦您……"

圭辅与寿寿香约好在池袋车站附近一家酒店的茶餐厅碰面。

这里的座位摆放得比较松散，只要不是很大声说话，就不必担心被人听见。

寿寿香脸形瘦削，妆容很淡，表情和神色都表明了她依旧沉浸在失去丈夫的悲痛中。尽管圭辅知道这样不好，但他还是想，如果她的表情再活泼一些，一定是一位充满魅力的女性。

"劳烦您百忙之中抽空前来，真是太感谢了。"圭辅先向寿寿香道了谢。

"我丈夫的同事做了些募捐，我今天专门过去道谢了。"

之前通电话时，圭辅已经发现她还没把"丈夫"改口称作"亡夫"。他十分理解这种心情。

寿寿香直直地盯着圭辅，先提出了问题：

"安藤达也一定会被判无罪吗？"

"应该会。现在已经定下了新律师，安腾达也很可能在审判重启后马上得到无罪判决，甚至在此之前有可能得到保释。"

"他会出来吗？"

"因为警方已经认证了他的不在场证据。"

"奥山律师也认为这不是他干的吗？"

圭辅惭愧地低下了头，请她无须称呼自己为律师。

"可以肯定他不是行凶者，但我在电话里也说过，他是否完全没有参与其中，就是另外一个问题了。"

"是吗？"

服务生端来了咖啡，两个人的对话暂时中断。

寿寿香往咖啡里加了一勺糖，缓缓地搅拌起来。她注视着咖啡杯里的旋涡，头也不抬地说：

"我到现在还觉得不太真实，无法想象那个人竟再也回不来了。每天晚上，我都感觉他会猛地拉开家门，大声嚷嚷：'我回来啦！肚子好饿，晚上吃啥？'然后，'咚咚咚'地穿过走廊。不仅仅是感觉，有时真的会听见声音。比如'好棒，今晚吃咖喱！'待在那里实在太伤心了，所以我才回了娘家。"

圭辅刚要开口，声音却有些沙哑，便停下来喝了口水。

"我这样说，您可能会以为只是顺着您的话说，但我还是要说，我很理解您的心情。已经过去十三年了，直到现在，我早上起床时都觉得妈妈在喊：'还要睡到什么时候？你快迟到啦！'"

寿寿香略显惊讶地抬起了头。

"你母亲去世了?"

"是的。我上小学六年级的时候,同时失去了父母。"

"小学六年级?那你一定很痛苦吧?"

圭辅说这些话并非打算博取同情,只是觉得如果两个人都诉说出失去家人的痛苦,寿寿香的心情可能会平静一些。

圭辅简单地讲述了火灾的事情,然后开始提问:

"我认为这起案子的凶手是一个熟悉内部情况的人。请问,您听本间先生提起过谁对他心怀怨恨,或是表现很奇怪吗?"

"警察已经问过很多次了。可是,我丈夫平时不会在家里提起不愉快的事情。只会说什么公司搞忘年会,他戴了一顶很搞笑的假发上台表演,被秃顶的部长瞪了之类的话。"

"每逢收款的日子,您丈夫总是会加班吗?"

"是的。他们公司把内勤人员控制在了最小人数,所以每到月末,他先要帮忙做会计,然后再完成自己的工作。"

"这样啊。安保措施不完善,职责分配不明确。您丈夫可以说是双重意义上的受害者。"

寿寿香用手帕按了按眼角。

圭辅又问了几个问题,同样没有新发现。

"哎呀,我差点忘了!"

鼻头和眼角有点发红的寿寿香突然拿起包开始翻找。圭辅忍住了凑过去看的冲动。之前打电话,他拜托寿寿香带一样东西过来。由于那个请求过于涉及隐私,他还担心寿寿香不会带过来。

"找到了,给你。我一点都不懂怎么摆弄电脑,所以请妹妹代劳了,应该没问题。"

寿寿香递过来一个灰扑扑的银色U盘。

圭辅向她提出的请求,是看看保光和同事及与工作相关人士一起拍的照片。当然,他认为这些都已经被警方调查过了。

"我把他手机里的也装进去了,一共三十多张,全是休息日搞软式棒球比赛和聚会的照片。"

"谢谢您提供如此珍贵的东西。"

"那个,他在忘年会上戴假发的照片,请别让其他人看到。那实在太可怜了。"

由于寿寿香红着眼睛,又一脸严肃,圭辅没能笑出来。

"当然,如果没有您的许可,我绝不会泄露任何一张照片。"

接着,圭辅又得到她的允许,可以把这些照片分享给跟他一起调查真相的人。

圭辅对美佐绪说开饭前想做点事情,然后走进了自己的房间。

开启电脑后,他马上把U盘插了进去。

里面只有一个文件夹,名为"本间保光图像"。他打开一看,文件夹里包含了三十三个文件,都是相机和手机自动编号的文件名,看样子好像是从好几款机种上提取出来的文件。

为了安全起见,他先复制了一份放在桌面上,然后打开了图像浏览软件。

的确,几乎所有照片都是身穿统一制服参加软式棒球大赛,还有在貌似居酒屋的地方搞聚会的照片。再看保存时间，最早的可以回溯到五年前。想必他们每年都会搞这些活动。

他按顺序查看打开的文件。

"有了！"他忍不住喊了一声。

在最后的忘年会照片中，有两张拍到了达也。一张是十个人的合影，达也的表情很正常。另一张是保光拍别人时，正好拍到那个人后面的达也。那张侧脸似乎在跟什么人愉快地交谈。

今年秋天举行的软式棒球大赛上没有达也的身影。按时间推算，他应该还在那里工作。圭辅有点难以想象达也身穿制服的样子。

不管怎么说，圭辅的真正目的并非寻找达也。

他重新打开最早的照片，一张张仔细检查是否有所遗漏。

看到一张照片时，他差点直接把电脑关上。

"这是——"

他在"查看"的下拉列表中选择了"放大"，然后紧盯着一个人物不断将其放大。

他感到脸颊发烫。

"找到了。"

圭辅关掉照片，立刻打开邮件将其添加到附件中。可他实在太心急，只操作到一半就忍不住拿出手机，直接拨通了寿人的电话。

25

圭辅对白石所长提出，想请几天假调查一点东西。但是，被对方一口回绝了，白石所长要他按照早退、迟到和中途外出来处理。

"反正不可能一整天都在外面调查吧？那你只要在需要的时候出去就好。别的时间在所里工作，工资照发。"

他一定是考虑到了圭辅将来令人担忧的经济情况。于是，圭辅当天下午就办了早退，来到案发现场——丸冈运输公司。他已经跟总务课长安井和志约好了碰面的时间。

圭辅刚走进办公室，屋里的所有人就都朝他看了过来。

"欢迎！"几个人精神饱满地跟他打了招呼。

可是，一旦得知他是安藤达也的前任辩护律师，几乎所有人都别过头去。还在看圭辅的人，眼神也说不上有多友善。

虽然安藤达也已经找了新的辩护律师，但圭辅身上"杀了公司同事，抢了公司钱的罪犯的同伙"这个标签，恐怕暂时摘不下来了。

"欸，你来啦！"

安井课长从后门走进来，发现圭辅站在那里，就朝他打了声招呼。

圭辅跟安井见过面。之前还是达也的辩护律师时，他就请不情不愿的安井描述了事情的经过。当时，圭辅深深地感觉到，所谓爱搭不理，原来是这种态度啊。

"这边请。"

安井打开另一扇门，把他请了进去。

圭辅在所有人的注视下，穿过了办公室。

他走进的房间好像是休息室。里面有四张折叠式长桌，拼成了一个大台子，台子周围乱糟糟地摆着十几把折叠椅。房间的一角还有简陋的水槽，台面上摆着烧水壶等物品。

"这儿有点乱，抱歉啊。去对面的会客区会让员工听到，所以还是在这里谈比较好。"

"谢谢您考虑这么周到。"

安井用纸杯接了两杯煎茶，摆了一杯在圭辅面前。

"你找我有啥事？"

"那我就开门见山了。我想请您看一张照片，看您是否认识上面的人。"

接着，圭辅从包里拿出了扩大打印成 A4 纸大小的照片。那是寿寿香提供的照片中的一张，文件创建日期是去年夏天，看场景应该是软式棒球大赛。

安井只看了一眼照片，马上就用怀疑的眼神看着圭辅。

"这真的跟安藤的审判没关系吗？"

"就像我在电话里跟您解释的那样，安藤的审判已经算是结束了。"

"我们公司现在还有人坚信那就是安藤干的。还有人前前后后被安藤借了不少小钱，一直都要不回来。那家伙在我们这儿工作时，很多人丢了不少钱和东西。大家都不想掺和进去，所以才没对警察说起这些事。要我说啊，那家伙就是个彻头彻尾的犯罪分子。"

达也在公司内部的行径的确没有体现在警方的调查资料上。毕竟人性如此，即使内心对其恨之入骨，大家还是不想跟这种事扯上关系。

"或许可以用别的罪名把安藤送进去。"

身为一名律师，这种发言很有问题。然而，现在是关键时刻。

"真的吗？"

原本靠在椅背上的安井坐直了身子。

"关键在于这上面的人。"

圭辅又一次指向桌上的照片。

安井从工服外套的胸袋里掏出老花镜，拿起照片仔细地端详着圭辅刚才指出的人物。

"啊，我认识这个人。嗯……叫啥来着？"

圭辅委婉地催促道："您想不起来吗？"

"不行，最近我总是想不起名字。对了，问问老岩吧。"

安井站起来，打开门叫了一声"老岩"。

很快，一个跟安井年龄相仿、被太阳晒得黝黑的男人走了进来。他毫不掩饰脸上的警惕，轮番看了看安井和圭辅。

"这位是车辆部的岩下，就写作岩石的下方。老岩啊，你认识这个人吧？"

安井突然进入正题，岩下凑过去看了看照片。

"哦，这是 Kadota 社长。我们都管他叫 Kado 哥。"他干脆地回答。

"他叫 Kadota 啊，您知道字怎么写吗？是哪家的社长？"

圭辅飞快地抛出了几个问题。岩下一脸奇怪地看着他，然后在便笺纸上写下了"门田"两个字。

"其实，他已经不是社长了。"岩下又补充道。

"您知道他住在哪里吗？"

"这个啊……"

见岩下欲言又止，安井替圭辅说服道：

"老岩，不用这样。这位律师小哥不知怎的，现在要抓住安藤那家伙的小辫子，所以你把你知道的都告诉他吧。"

"其实，我也说不上知道什么。"

岩下先客气了一句，然后开始说明。

门田芳男原本在杉并区经营一家名叫"门田运输"的公司。杉并区南部正好离圭辅他们少年时代生活的地方很近。

门田运输只有五个司机，算是很小的公司，但也曾经有过生意兴隆的时期。后来，虽然营业额逐年下降，但还是能勉强支撑。然而，受到雷曼冲击的影响，这家公司三年前还是破产了。

后来，门田买了一辆二手轻型卡车，自己在车身上用油漆涂了个"门田速递"，搞个体户生意。听说，他用很低的价格接大型运输公司层层外包下来的活儿。此人与丸冈运输公司的社长冈崎保有多年的交情，因此他也经常从丸冈运输公司这边接活儿。

"不过，好像半年没见到他了吧。"

"案发当时呢？"

"有点想不起来啊。"

"糟糕，我们没跟警察说！"安井大声插嘴道。

"怎么了？"

"就是那次审判之后，警察来到我们公司说：'我们要重新做一次精查，请把最近辞职的人，还有频繁进出办公室的外部人员列成名单交上来。'他们审判前也说过同样的话，我们也早就交过一张表。那个警察的语气就像在责怪我们没把名单写全，你说这话听了气不气人？我们也是工作之余抽空配合他们调查啊。因为太气人，我干脆交了一模一样的名单上去。那上面好像还真没有门田。不过，现在说也太晚了吧？算了，反正安藤都要无罪释放了。"

并不是警察让安藤被判无罪，不过这种时候替他们说话也没什么用。最重要的是，现在发现警方很可能并不知道门田这个人的存在。不过，这应该只是时间问题。

"是门田先生介绍安藤来这家公司的吗？"

"不是，我记得他是看了招聘广告找过来的。我过会儿去查查面试记录。如果是他介绍过来的，我肯定就对警察说了。老岩啊，你知道啥情况吗？"

"我不知道他们有什么关系，但是表面看来，安藤跟门哥不像是熟人。"

当然，也有可能几年不见，两个人互相没有认出来，但最大的可能是两个人装作不认识对方。如此一来，那就更可疑了。

"你们知道怎么联系上门田先生吗?"

"老岩,能查到吗?"

"嗯,应该能。我这就去问问电话号码。"

岩下打了个内线电话。

"啊,是我,岩下。我说,你知道门哥的联系方式吗?对,就是门田速递那位……嗯,等等。"

他接过安井的便笺本,抄了个电话号码,接着又写下住址。可是快写完时,岩下突然停下了动作。

"……啊?真的吗?啥时候……嗯,肝脏?……嗯,嗯,这样啊,我知道了……不,没什么。啥时候出来喝一杯吧,到时候再跟你说。"

接着,他写完地址,把便笺本递给了圭辅。

"刚才怎么了?"圭辅有点在意他最后那些话。

"运行课的人说,门田今年一月联系过公司,说什么'身体不适,不再接单'。"

"刚才你说肝脏?"

"好像是饮酒过度,把肝脏给搞坏了。不过,他平时脸色的确有点发红,或者说发褐。但也不是卧床不起的大问题,只是不能干重体力活了。"

也有可能是装病,想与整个事件撇清关系。

"当时,他还说要住院,能不能把最后一笔钱提前支付了。于是,公司一月末给他支付了现金。之后,他再也没跟公司联系过。"

如果换作寿人，此时肯定会高兴地大喊："中了！"

"能请您多说一点关于那个人的事情吗？多小的事情都行。"

安井听了，不可思议地问道：

"律师小哥，你为啥要打听门哥啊？"

这个问题回答起来有点难。如果实话实说，肯定会传出去，甚至可能有人报警。其实，圭辅他们也应该报警。不过事已至此，圭辅更想亲手解决安藤母子。话虽如此，他又不想撒谎，结果只能给个模棱两可的答案：

"我只能说，那个人可能了解安藤的私生活。或许能通过他，从另一个角度抓住安藤的把柄。"

"原来如此，要寻找别的罪状啊。虽然我不太清楚这些，不过干律师的好像有什么保密义务，所以不能详细说，对吧？"

圭辅不知道他误解了什么，但这样正好。

安井见圭辅明明是个律师却格外谦逊，就好像完全信任他了。安井亲自找岩下和运行课的人打听了跟门田有关的信息，把记录下来的东西交给了他。

圭辅连连道谢，离开了丸冈运输公司。

刚走出来，他就拨打了门田的电话号码。片刻之后，听筒里传来"目前无人使用"的声音。门田的住处在和光市，于是圭辅又用手机检索了地图。果然如此。虽然中间隔着县界，但他家离道子的酒馆只有两三公里，骑自行车甚至步行都能来往。

虽然事情并没有紧急到那个地步，但圭辅还是忍不住一路小跑着去了车站。他甚至很想朝着夜幕已经降临的夏日夜空用力竖起拳头。

"太好了!连起来了!"

牵着孩子的年轻主妇正好路过,警惕地看了一眼圭辅,但他现在全然不在意。

门田芳男这个人,肯定就是他记忆中那个眼神狡诈、整天穿着工服,背着"死神"跟道子幽会过很多次的男人。

26

圭辅还没说完,寿人就喊了起来:

"所以我说了,你肯定还记得!"

隔壁桌的白领转过头来,好奇地看着他们。因为时间太晚了,圭辅就跟寿人约了在新宿西口一座商用大楼三层的居酒屋碰面。

"嗯,只要看到照片,无论是谁都能想起来。"

"别这么说,你走狗屎运立了大功,应该更自豪一点。"

寿人给圭辅满上了啤酒。

"走狗屎运吗?"

"不说这个了。那个人叫门田?道子过去的情人竟然跟达也在工作上有过短暂的交集,这怎么想都不是巧合。"

今天走了挺多路,冰镇的啤酒喝起来特别美味。

"但我没有两个人相识的证据,而且连我自己都没见过他们两个人在一起。不过我想起来,上小学时达也提到过'搞运输的大叔'。我当时反应过来，原来他认识道子的情人。假设那个人就是门田，那他很可能也认识达也。"

"太棒了！"

被寿人这么一夸，圭辅很是受用。圭辅继续推理道：

"关键在于，丸冈运输公司的员工并不知道两个人相识。换言之，他们故意假装不认识彼此。"

"很可疑，很可疑，肯定有什么企图。"

可以肯定，不管是否直接动了手，达也都以某种形式参与了这起强盗致死案。如此一来，这个叫门田的人肯定不会毫无关系。

"而且，你还去查看了门田的住处，对不对？如此强大的行动力，实在太不像你了。"

"我就当你在夸奖我吧。"

圭辅后来马上按照在丸冈运输公司查到的地址找到了门田的住处，可能因为这个发现实在太让他兴奋了。

"但他已经不住在那里了，对吧？"寿人又给自己倒满了酒。

"嗯，名牌已经没了，但是还没有下家，现在空置着。"

"从什么时候开始？"

"房东……或者说在那边有几块土地的老太太很吝啬。听说门田的房租只交到今年二月，但老太太一直没叫人收拾屋子，说要等到后面的住户定下来，或者门田自己回来再说。她好像觉得，与其把屋子里的被褥和厨具都扔掉，不如送给下一个住户，还能卖人家一点人情。我问她能不能进屋看看，她说要么把欠下的房租交上，要么叫警察来看。"

"原来如此。"

门田的住处位于与板桥区接壤的埼玉县和光市东侧,离荒川很近。门田租的是二楼中间的房间,里面有厕所,但是没有浴室。建筑本身楼龄已经四十年了,特别老旧。

"我一直缠着她到了六点左右,她实在没办法了,好不容易敲开了右边和楼下邻居的门问话,他们的回答都是:'不知道。''有过这个人吗?'"

"他的家人呢?"寿人一边嚼盐烤猪肝,一边问。

"他很早就离婚了,跟道子幽会时搞不好就是单身。"

"他多大了?"

寿人已经拿起了圭辅手写的记录,圭辅便在一旁说明道:

"我在丸冈运输公司打听到,他今年五十五岁。换言之,秀秋失踪时,他四十三岁。当时,他看起来也是那个年纪。"

"还有呢?"

"听说他有个儿子,但不知道在干什么,也不知道姓名。就算费尽心力找到这个人,可能也得不到多少有用的信息。"

"他该不会肝病突然恶化,死在屋里了吧?"

"房东进去看过了。"

"你查看邮箱了吗?"

"看了。里面塞满了传单,没什么可疑的东西。不过,我找到了这个。"

圭辅从包里拿出一张纸。

"这是啥?旅行公司发给门田的广告邮件?四封都是同一家公

司。原来就算没有人住，邮递员还是会把邮件放进邮箱啊。"

"只要没有发出搬迁通知，就算没有名牌，他们也会往里塞。"

"先不说这个了。为什么你拿的是复印件？"

"就算是广告邮件，我也不能擅自拿走。所以，我在附近的便利店复印了一份，把原件放回邮箱了。"

寿人险些把正在喝的啤酒喷出来，他哈哈大笑了一会儿，又苦着脸说：

"门田人都已经不在了啊。"

"那也是犯罪。其实，连复印都不对。而且，我得给警方留下证据。"

"死心眼说的就是你这种人吧。"寿人无奈地摇摇头，然后换上了严肃的表情，"不过门田那么穷，怎么会收到海外旅行的广告？"

"是不是中奖了啊。"

"真的吗？"

寿人说着说着没了声音，开始咬指甲，这是他陷入沉思的标志。于是，圭辅也没有再说话，而是开始整理自己掌握的线索。他想到几个问题，便说了出来。

"首先，门田一直跟丸冈运输公司有合作，知道他们的安全措施很薄弱，于是找到了达也。"正在思索的寿人闻言抬起头，开始听他说话，"他问达也要不要一起去抢金库里的钱。达也答应了，接着着手制订计划。当然，那也不算什么很复杂的计划。可是快到执行计划的时候，门田突然一个人动手了。他可能想独占那笔钱。如此这般，两个人决裂了。门田给了达也一些钱，转头就让认识的女人秘密告发了居酒屋的事情。于是,达也遭到了逮捕。大致情况可能是这样吧。"

"前半部分还可以,可是达也在这里面的存在感太低了,找不到他蹲在拘留所一直忍耐到最后的原因。"

的确,圭辅也觉得这个推理缺乏说服力,可能是时候举手投降了。

"我们该跟警察提起这件事了吧?"

警察找到门田只是时间问题,何况他们手头又多了很多需要警方才能调查的问题。如果知情瞒报,他们也会不好过。

"不,我们再私下查一查。之后可能要与警方交涉。跟他们交换信息是萱沼先生常用的方法,但这个招式的关键在于手头的东西要多。"

圭辅有点怀疑问题的重点放偏了,但也无法明确反对。寿人似乎点燃了记者的热情。

"你要怎么向萱沼先生汇报?"

"嗯,也暂时不对他说。难得追查到这个地步,我还是想自己查清楚。"

27

第二天,圭辅决定请一天假。

律师协会的处分结果应该快出来了。就算不至于被驱逐,但若是被勒令停业，那他就会有大把的自由时间。尽管如此，他还是等不到那个时候。

他还没有下定决心告发纱弓。真琴似乎已经放弃劝说，最近都不提这件事了。

总之，他跟寿人的共同见解，是要详细地调查门田芳男与道子母子的关系。

"发现门田是你的功劳，所以你继续调查吧。"

就算寿人这样说，圭辅也高兴不起来，他情愿把这个功劳完全让给寿人。现在受到寿人的影响，他开始觉得稍微触犯一些法律也没什么大不了。对此，他感到十分担忧。寿人虽是个怪人，但他一直认为寿人耿直、认真。寿人之所以发生这么大的变化，会不会是受萱沼的影响？

圭辅拿着寿人弄来的达也和道子的照片，一大早就到和光市找出租屋的住户、周边便利店和超市的人问了个遍。然而，别说门田和道子的关系，甚至没有人记得门田这个人。

得不到成果的工作太累人了。圭辅决定找个咖啡厅坐坐，稍微整理一下思绪。

门田真的参与了丸冈运输公司的案子吗？

那个叫岩下的员工的确说过门田的脸色很不好。可能只是门田停业的时间恰好在强盗案发生前不久，两者没有任何关系。门田没跟达也说话，也有可能只是关系不好。说不定他已经找到亲戚或前妻那里，安顿下来养病了。

如果这是真的，那他就是在白费力气。

根据他在丸冈运输公司打听到的线索，还有门田的居住环境，基本可以肯定门田的确很缺钱。假设钱是门田抢的，那他究竟要那笔钱干什么？他会去什么地方？难道是住院治疗？

圭辅把自己放到门田的处境中，思考下一步行动。

他会给父母买一块墓地，向牛岛夫妻报恩，吃好吃的。而且，他几乎没有外出旅行过，还要找个温泉胜地旅行一趟。出国也不错。他想看看罗马竞技场。

出国旅行！

他想到了旅行社的广告。对啊！他会不会想趁病情加重之前，尽情玩乐一番？这并非不可能。

可是，如果说门田偷走了达也的帽子，企图栽赃于他，达也难道会乖乖被捕吗？对了，这是替身。达也主动站出来顶替了门田。为什么？仅仅因为对方是继母的情人，达也真的会做到这种程度吗？

欠了人情？不，达也不会因为这个对别人言听计从。他无法拒绝，那就是被人抓住了弱点。门田掌握了他最敏感的弱点，足以让他甘愿被捕并接受审判，一直忍耐到最后获得无罪判决。

那是什么样的弱点？

这个问题的可选答案并不多，或许门田可以证明达也曾经犯过的罪行。他手上可能有确凿的证据，一旦捅到警察那里去，达也必定遭到重罚。门田抓住的把柄必须有这种效果才行。

既然如此，门田就有危险了。达也之所以此时打出逆转的王牌，会不会因为道子或某个不知名的同伙查到了门田的所在地？

尽管圭辅并不知道被禁止会面的达也是如何收到那个消息的。

总之，时限就是到达也出来为止。剩下的时间不多了。

他决定给寿人打个电话，说出自己的推论，然后跟他商量用什么借口找房东开门，以便进去查查门田究竟去了哪里。

听完圭辅的话，寿人沉思了片刻。

"我也同意你说的达也被抓住把柄，所以替门田被捕。只不过，如果那间出租屋里真的有找到门田的线索，道子应该早就发现了。就算没有借口，她肯定也会打破玻璃闯进去。所以我觉得，达也在这个时候着手证明自己无罪，可能有别的理由。"

"原来如此。"

"不如你去找找门田以前的家人吧。他们可能早就被达也那边的人收买了，不过仅仅知道双方是否有过接触，也算是一大收获。"

"知道了，那我先去找他前妻。不过，他们离婚了那么长时间，要找到人可能得花些时间。"

圭辅听见了寿人的叹息声。

"你不是还没被剥夺执业资格吗？这么方便的身份，怎么能不利用一下呢？我记得只要填写正式的表格提交申请，就能查到户籍和居民卡信息吧。反正又不会少一块肉。"

圭辅猜到他会这样说。

"我要是干这种事，就真的会被剥夺从业资格。"

"那你就用门田的名字写一份委托书啊。"

"你们平时都这么干吗？这是伪造文书，是犯罪！"

"现在哪里顾得上这些——好吧，我会想办法，傍晚碰个头吧。"

下午五点，他们在池袋站西口外的公园碰了头。寿人骑着摩托车，稍微晚到了一些。

"久等了。"

他把车停在路边，匆匆摘掉安全帽，拽过斜挎在身上的邮差包，拿出一个文件夹。

"搞到了。"

原来，那是门田芳男前妻的户籍和居民卡复印件。

"你怎么弄到的？"

寿人笑眯眯地又拿出两张纸。

"我觉得你好不容易才拿到律师资格，万一被吊销就太可怜了，所以花了点功夫。"

寿人递给他的是以门田芳男及其前妻的名义写的委托书。虽然两份委托书的字迹不同，但圭辅能看出都是寿人的字，而且还盖了印章。委托书第一句话是"本人委托下记代理人代为行使以下权限"，然后下面列出了户籍与移除户籍的誊本、抄本，居民卡复印件等要求。代理人当然是寿人。

"你真这么干了……"

"你别在意。今后，这种脏活都交给我好了。"

"问题不在这里吧。"

听到圭辅的话，一直含羞带笑的寿人绷起了脸。

"那你说问题在哪儿？"

"这是违法行为……"

"这么跟你说吧，今后可能还会遇到必须触犯法律的情况。不过，那些事都由我来做。难道你忘了那些人怎么对待你的吗？这是我们与他们的战争，是为美果复仇的战争。我屈服过一次，但绝不会有第二次。我不会让你蹚浑水，也不会强迫你做什么。要是你觉得不能再这么下去，随时可以收手。"

圭辅长叹一声。他很想现在就说"不能再这么下去了"。然而，等他张开口，却说出了别的话：

"好吧，我也豁出去了。但是，你要先说清楚，之后不会发展成寄恐吓信、在街头掏刀子吧？"

"如果有必要，不是不可能。"

寿人咧嘴一笑。

尽管很无奈，但是圭辅看到他的笑容，终于下定了决心。

上初一那年，圭辅失去了所有的朋友，每天只能靠看书打发时间。当时，寿人就是带着这样的笑容主动找到了他。在一场"混战"之后，牛岛家决定收养他。收拾完仅有的随身物品搬进牛岛家的晚上，寿人也带着这样的笑容拍着他的肩膀说："太好了！"那是从来没有对圭辅要求过回报的笑容。除了自己的家人，还能遇到这样的挚友，这难道不是奇迹吗？

圭辅至今都认为，是自己的懦弱导致了父母的死和美果的悲剧。既然寿人如此拼命，他也必须豁出去了。

"好的，我会竭尽全力。"

"你别摆出那种表情啊，又不是头一次伪造委托书了。"

寿人满不在乎地说完，又跨上摩托车呼啸而去。

尽管刚刚下定了决心，圭辅现在已经开始后悔了。

圭辅走到避风的地方，立刻翻开资料查看。

门田芳男的前妻名叫浜田美知惠，现年五十三岁。十五年前与门田离婚后再婚，但是仅仅三年后，她就成了寡妇。后来，她一直没有结婚，目前与七十九岁的母亲住在埼玉县埼玉市家中。儿子健一已经成年，居民卡转到了大田区，看地址应该是出租屋。

圭辅想先联系美知惠，但是不知道她的电话号码。接着，他又在网上查了地图，发现住址位于浦和区南端，从崎京线的车站可以步行前往。现在不清楚美知惠的母亲身体是否健康、是否需要护理，不过家里有个年近八十的母亲，就算美知惠出去工作，不管是日勤还是夜勤，恐怕都要在晚上回一趟家。圭辅带着这样的猜测，没有提前联系就找上门去了。

下午将近六点半，圭辅总算找到了地址上的房屋。他已经把外套脱掉搭在了胳膊上，但衬衫还是被汗水浸透了。于是，他在附近的自动售货机上买了一瓶运动饮料，一饮而尽。

浜田美知惠住在一座吊钟花灌木围绕的普通的小房子里，只有一楼的一个房间亮着灯。他猜测家里有人，就按了门铃，但是无人应答。不得已，他只好在附近逛逛便利店，随意走动走动。一来防止被人怀疑，一来可以打发时间。

七点过几分，他听见远处传来"吱吱嘎嘎"的声音，接着看到一名骑自行车的女性。圭辅的直觉告诉他，那就是美知惠。他用在便利店买的第二块手帕擦了擦汗,站在门前等候。女人下了车,推着装了购物袋的车子,一脸疑惑地走了过来。

"请问,您是浜田美知惠女士吗?"

"你哪位?"她上下打量着圭辅。

虽然不至于被误会成劫匪,但无论是谁,看到家门口有个陌生人,都会心生警惕。

"我是池袋的白石法律事务所的律师,名叫奥山圭辅。"

圭辅对自己外貌的唯一自信之处,就是无论怎么看都不像坏人。寿人之所以让他接触美知惠,可能也是这个原因。

美知惠接过名片,也没问有什么事,就完全相信了圭辅的律师身份。她提出进屋再谈,接着打开了玄关的门。圭辅跟了进去。

"妈,我回来啦!"

她在门口朝走廊右侧的房门打了声招呼,里面没有动静。

"您母亲在家吗?"

"在,不过她有点耳背。"

美知惠脱了鞋,请圭辅稍等片刻,然后打开右侧的房门走了进去。

他听见里面传来美知惠的声音,说家里来客人了,让老母亲先吃个红豆面包垫垫肚子。看见美知惠走出来,圭辅又对她行了个礼。

"这么忙的时候打扰您,实在是对不起。是这样的,我想询问一些关于门田芳男先生的事情。"

美知惠瞪大了有点浮肿的眼睛。

圭辅被领到起居室，坐在了很旧的餐椅上。

"请用。"美知惠给他端来了麦茶。

"我很快就走，您别客气。"

到这里的路上，他一直在烦恼该如何开口，甚至想过找个理由套她的话。可是，且不说良心问题，他压根儿就没有那个本事，于是只好实话实说。

"那个，这是一点心意，请您收下。"圭辅拿出了在车站甜品店买的点心。

"哎呀，真不好意思。"美知惠简单地道了谢，就把点心放在了桌上，"那个人果然犯事了？"

多亏她先提了问题，圭辅才得以直接进入主题。

"您说'果然'，莫非有什么原因吗？"

美知惠可能有点警惕，含糊地应了一声："没有。"

"那我就直截了当地提问了。请问，您知道门田先生现在在什么地方吗？"

"先不说这个，你是怎么查到我的？"

这个问题太好了，然而圭辅肯定不能说伪造委托书的事情。他能搪塞过去吗？

"门田先生可能牵扯到某个案子里了。"

"案子？"她皱起了眉头。

"是的。但我只是律师，没有调查权限，目前只能进行私下调查。关于您的事情，我是从门田先生工作上的相关人士那里打听到的。您可以放心地回答我的问题,绝不会对您造成不利影响。如果您要求我离开,我马上就走。"

他只是在模糊美知惠的问题,对方却皱着眉仔细倾听,她可能天生就是认真的性格。

"我知道了。你说的案子是什么?我不清楚那个人到底干了什么,而且我真的什么都不知道。"

看来她有点不安,还有一点烦躁。

"请您放心,这件事绝对不会给浜田女士您造成任何影响。如果您不知道门田先生在哪里,那我马上告辞。"

"所以,我才说不要。"

"啊?"

"我不想帮他保管那东西了。"

"他要您保管什么东西?"

"你不是为那个来的吗?但我上次已经把东西给了那个女人。"

圭辅不知道她究竟在说什么,现在必须保持冷静,耐心地问出来:

"您把什么东西交给那个女人了?您知道她叫什么吗?"

美知惠拿起自己的马克杯,喝了几大口麦茶。

"那个女的姓山田,时间大概是两个星期前吧。东西是那个人——我前夫放在这里的一幅画。"

两个星期前,不就是达也在公审上做出爆炸性发言的前不久吗?

"请问,是什么画?"圭辅有点兴奋了。

虽然不知道画的作者和名称，但应该是复制画。

"也不能说是复制画那种高级的东西，可能就是从挂历上裁下来的。"

"门田先生是什么时候把东西放在您这里的？"

"三年前。"

这个时间就比较远了。据说，门田当时把一幅嵌在画框里的打印画交给美知惠，这样说道：

"你帮我保管这幅画。要是有人找上门来说认识我，还问我在这里寄放了什么东西，你就不情不愿地拖上一会儿，最好能管那个人要点钱，然后把画交出去。记得要留下借用字据。"

"您按照门田先生说的做了吗？"

"嗯，我是这么说了，但是对方只带了一盒廉价的点心——啊，对不起，不是在影射你。我是说，那个人没给钱。"

"请原谅我连续提这么多问题。那个姓山田的女人，身材胖不胖？"

"很胖。她胸部很大，感觉有点邋遢。家里没有烟灰缸，她却要吸烟。我就跟她说母亲有哮喘，叫她别吸。当时，她露出了对我恨之入骨的表情。那种人啊，怎么说呢……"

看来自称山田的女人就是道子。美知惠没有被她捆起来拷问，已经算走运了。

"那幅画有什么奇怪的地方吗？"

"没什么奇怪的地方，不过那女的接过画之后，把画框反过来拆掉了背板。我看见背板上用胶带粘着一个挺厚的信封。她还高兴地说'啊,有了有了'。"

虽然不知道那是什么东西,但它已经到了道子手上。是门田主动交给道子的,还是道子上门强夺?

"您知道信封里装着什么吗?"

"不知道。那个信封当时封了口,她又马上塞进了包里。可你不觉得很过分吗?那个女人离开时竟然把画扔到转角的垃圾收集站了。当时垃圾车已经走了,而且那天还是扔塑料瓶的日子……"

美知惠可能放松了警惕,一口气说了许多圭辅并没有问的事情。

"请问,门田先生寄存在这里的东西,就只有那个吗?"

圭辅语气轻松地问了一句。美知惠再次流露出警惕的表情,死死地盯着圭辅。

"律师先生,你能再让我看看律师证之类的东西吗?"

她说要再看看,其实一开始并没有看。

"很遗憾,律师没有律师证,而是用这个证明身份。"

他出示了别在外套领口的金色向日葵徽章——"律师记章"。

"如果您还是怀疑,可以联系名片上的事务所,或是向律师协会咨询。"

美知惠摆摆手说"不用了"。

"我相信你,请等一等。"

美知惠有点生气地说完,起身走进了里屋。

不知哪个房间传来了开合壁橱的响动。圭辅心里正奇怪,就见美知惠拿了一个边长二十厘米左右的方形物体走了回来。那东西好像蒙了一层灰,美知惠一直皱着眉头。

"请把它还给那个人,这东西放在我这里只会碍手碍脚。"她果然在生气。

"请问,那是什么?"

圭辅小心翼翼地看了一眼。他大致已经猜到了,只是觉得不太可能。

"骨灰。他母亲的骨灰。那个人把这东西跟画一起拿过来,要我一起保管,从此就再没出现过。当时,他硬要放在我这儿,还说很快就回来取。我跟他母亲也生活过一段时间,自然不能怠慢了。说真的,他说就当给母亲的供奉,拿了点钱给我。真的只有一点。现在搞得我骑虎难下,早知道就不要那些钱了。律师先生,能请你把这东西还给他吗?我们都离婚十五年了……"

圭辅可以拒绝,但他也很同情美知惠的遭遇。实在没办法,他只好把骨灰接过来,想过后送到合适的地方安放。寿人听到了,肯定会笑话他吧。

"他没告诉您把骨灰藏起来吗?"

"他说要是有人来了,就只告诉对方有一幅画,别说骨灰的事情。"

"他真的叫您别说?"

圭辅重新兴奋起来。美知惠没精打采地点了点头。

"我知道了。那我先收下骨灰,过后返还给门田先生。如果还不回去,我就找个合适的地方妥善安置。到时候可能要麻烦您签一些手续证明。"

"请你尽量避免麻烦的形式。再说,我家储藏室的方位也……"

圭辅听着美知惠的牢骚,心想:又多了一个骨灰盒。

他向美知惠要了一个精品店的纸袋,但是担心漏底,便把挎包斜挎在肩上,用双手捧着骨灰盒离开了。

他很想知道里面装着什么东西,然而骨灰盒不是躲在电线杆后面悄悄掀开盖子看的东西。他甚至不放心把它放到行李架上,所以坐电车时一直端在腿上。

现在,他有三分后悔自己收下了不好处理的东西,又有七分期待这里面别有洞天。因为那是门田连同那幅画一起留下的东西,还专门叫美知惠保密,其中必有隐情。

回家后,他立刻在房间里铺开了路上买来的塑料布,接着从纸袋里拿出有点重的桐木箱,继而拿出了桐木箱里的白色瓷壶。他先合起戴着手套的双手,对骨灰盒拜了两拜,然后轻轻掀起盖子。

首先映入眼帘的是如同倒扣碗状的头盖骨。圭辅又拜了拜,然后把它拿了出来。底下堆叠着比较细的骨块,他拿出顶部的几块。接着,他摁亮手电筒往里照了照,似乎没有异物。

是自己想多了吗?

他感到兴奋迅速"冷却"。此前,他还觉得让别人保管什么东西时,装在骨灰盒里的确是个好主意。如果是普通的木盒,对方可能会扔掉,但是肯定没有人在扔垃圾的日子把骨灰盒放到垃圾场去。或许，他真的想多了。

他已经拾了一半骨块出来，越来越担心自己只是妄想过度。就在这时，他发现底下有几块形状很不自然的骨块。

那三块骨头约有半个名片盒大小。圭辅小心翼翼地将其拣出来，发现那不是骨头，而是已经干得硬邦邦的纸黏土。他又晃了晃，里面发出"咔嗒咔嗒"的声音。

圭辅感到心脏猛地一跳，赶紧屏住呼吸让心情平复下来，避免出现过呼吸症状。

接着，他恭敬地收拾起骨灰，再将刚才发现的东西摆到桌上，小心翼翼地敲开了。发出声音的两块纸黏土里装着用塑料袋包裹的微型磁带，另一个则是同样用塑料袋包裹的一簇毛发。他数了数，共有九根。他慌忙翻出放大镜仔细观察，发现那不是用剪刀剪断的，而是连着毛囊拔下来的头发。

冷静，冷静。

他需要播放微型磁带的器材。因为肇还没回来，他就下楼问了美佐绪。

"可能有哦。"

美佐绪走进肇的书房，翻找了一会儿，然后拿出一个装在人造革盒子里的微型磁带机问他："这个可以吗？"

圭辅看了一眼，机器保存状态好像不错。他回到房间，轻轻插入磁带，按下了播放键……

28

"我们再把已经查明和尚未查明的事项整理一遍吧。"

寿人搓着手说。

他们借了公民馆分馆的集会室,搞起了所谓的战略会议。此时距离圭辅拜访浜田美知惠,已经过去两天了。

圭辅的卧室太小,摆不开资料,到家庭餐厅又怕别人听到。而公民馆的集会室有大桌子和白板,上午借三个小时只需要二百日元。

寿人用竖线将白板分为三个区域,从左到右分别写上"已知事实""推测""谜团"。

"从十三年前开始,按顺序整理吧。"圭辅举起手开口道,"门田芳男和道子曾经是情人关系。这基本可以视作事实。"

寿人点了点头,在左侧写上"道子与门田,十三年前已是情人关系"。

接着,寿人开始总结自己的想法,边说边写下了要点。

"秀秋应该发现了道子出轨。不仅如此,他对少年圭辅提到道子和别人令人难以启齿的关系之后突然不见了。时间是十三年前的四月。"说到这件事,连寿人都忍不住模糊了话语,"接着是两年前,群马山中发现了身份不明的白骨状尸体。根据对死亡时间和一些身体特征的推测,可以推断那极有可能是秀秋的尸体。随着调查推进,应该可以通过DNA鉴定证实这个推测。另外,遗体旁边发现了一把工具刀，与圭辅父亲当年丢失的那把刀非常相似。另外，少年圭辅在秀秋失踪前不久，曾经听到达也对道子说'水坝怎么样'。根据对话的上下文推测，那极有可能是在商量杀人抛尸。另外，群马县是道子的老家，她可能比较熟悉那里。

"现在，假设那具白骨是秀秋的尸体，而道子和达也参与了抛尸行动。当时，仅凭道子和达也两个人应该无法将尸体运到群马县。他们需要一个可以保守秘密、会开车，而且有一定力量的帮手。根据这些条件，能够马上想到的就是道子的情人门田。

"仅仅几天前，以上内容都还是我们的想象。但是，奥山律师在调查过程中发现了决定性的证据。"

寿人按下录音笔的播放键，无论听多少次都让人毛骨悚然的对话再次响起。那段对话简直能让人忘记自己身处盛夏大白天的公民馆集会室。

对话结束后，录音笔无声地运作了一会儿，寿人才按下停止按钮。

"听多少次都很吓人啊。"

听闻磁带若是长时间不保养，就会无法播放。不过，可能是因为密封保存，也可能是因为磁带的质量好，磁带的音质虽然多少有些粗糙，但基本上可以听清。中途有一些声音模糊的部分，或是混入杂音听不清的部分，那可能是因为录音时把录音的机器装在了包里。

圭辅想起了门田总是跨在肩上的陈旧皮包。

听完第一遍，圭辅马上拿出工作时会用到的录音笔，把对话复制了下来。寿人也把对话复制了一遍，随后把母带连同毛发一起放进了萱沼办公室里的保险柜。这下，达也和道子应该无法靠恐吓或偷窃拿到这些东西了。

"截至目前，我们基本可以判断秀秋出了什么事。但是，之后的事情还不太清晰。"

"首先关于门田。由于他长年不注意身体，现在肝脏出了问题。还有人说他面色红褐。案发约一个月前，他以'身体不适，无法工作'为由，推掉了所有订单，还以现金的方式结算了所有未支付的款项。其后，再也没有人见过门田。另外，门田的邮箱还收到了好几封旅行社发来的广告邮件。"说到这里，寿人突然换了话题，"对了，有件事跟案子不太相关，我就忘了说。门田应该是去了东南亚，具体来说大概是泰国。"

"你怎么知道的？"

"因为我在他的房间里看到了这个。"

寿人拿起一本口袋书，书名为《流离之所》。

"作者是一名报告作家，内容为根据真实故事改编的小说。一个被公司裁员、与妻子离婚的中年男人花费一年时间从事重体力劳动，然后用赚到的钱去了东南亚。他本来打算在当地过上奢靡的生活，但手头的钱很快就见了底，最后只能靠每天打零工糊口。门田可能把自己投射在了主人公身上。那本书被他翻过很多遍，而且在讲述泰国城市风光的部分画了线。此外，他的房间里没有发现与犯罪有关的线索，只有这个东西孤零零地放在那里。"

"是否孤零零暂且不说，你怎么进的门田的屋子？"

"那种锁三十秒就能弄开。"

"喂,你饶了我吧。你这样完全是——搞什么,你在骗人啊。"

寿人强忍着不大笑,接着解释道:

"你这么死板,让我忍不住想戏弄一下。其实,我是拜托房东放我进去的。如果撬锁被捉个正着,我们不就得停止活动一段时间了嘛。于是,我带了丰厚的礼品,又编造了门田前妻卧病在床的故事,请房东开了锁。礼物和催泪故事大概八二分吧。"

圭辅听见"哼"的一声,便鼓起勇气转过头去。

一个人坐在稍远的椅子上,一直默不作声。那是纱弓。

"纱弓小姐,你听到这里,感觉如何?"寿人大大方方地问了一句。

"没感觉。这全是你们的臆想。而且,诸田哥说有事叫我出来,也没说这家伙会一起来啊。"

纱弓依旧用鄙夷的眼神看着圭辅。

"你别那么生气嘛,要不来个泡芙?这是美佐绪阿姨推荐的哦。"

"不要。那种声音根本证明不了什么。"

她说的是录音带,但也难怪她一时无法全信。

"现在已经可以很准确地分析声纹了,应该能够证明。"

"既然如此,就先证明了再跟我说。"

"不好意思,我们先继续吧。"

寿人点了点头,继续说明:

"先不讨论门田的去向。那个直播已经证实达也不是强盗致死案的行凶者。那么，真凶究竟是谁？也有可能是我们完全不认识的人。但是，对方准备了如此多陷害达也的证据，足可推测他熟知公司的内部情况，也很熟悉达也这个人。目前，能做到和满足这些条件的，暂时只有门田。所以接下来，我们假设门田就是行凶者。

"从几年前开始，门田就频繁地进出丸冈运输公司，为他们跑一些订单。因此，他知道公司一到月底就有近百万日元的现金存放在保险柜中，而且安全措施极其薄弱。可以合理地推测，他在掌握这些情况的基础上，向达也发出了邀请。很难想象达也是完全出于巧合配合了他的行动。因为达也入职后，一直假装与门田不相识，可见两个人之间有着不可告人的秘密。

"接着刚才的话，门田把达也叫过来，打算与他共谋。但是，后来情况发生了改变。门田可能不满意分赃比例，也可能突然不再信任达也，或是一开始就打算这样。总之，门田独自作案了。

"作案后，门田拿了大部分赃款逃跑。我认为，就像刚才说的那样，他拿着事先准备好的护照和签证逃到了东南亚。就算逃跑地点不是东南亚，也不会影响案件本质。同时，他又威胁道子和达也'给他顶罪'。用于威胁的材料，就是刚才的录音和保存在同一处的毛发。那很可能是多年前门田偷偷拔下来的。只要DNA鉴定证实毛发属于秀秋，那就是一个很重要的证据。由于门田无法租用银行保险柜，就在三年前把那些证物交给了前妻滨田美知惠保管。在此之前，他有可能把东西放在了父母家。因为我查到，门田的母亲在三年前去世了。没错没错，我用了点小手段。言归正传,前不久,一名疑似道子的女性拜访了浜田家,回收了一组证据。不过,门田不是笨蛋,他还留了一手。多亏我们的律师先生使用高超战术,把另一组证据弄了回来。"

"准确来说,是对方硬塞给我的。"

纱弓毫无反应。寿人耸耸肩,继续说道:

"现在,我们想知道,道子为何这个时候得知了证据的存放处?还有就是,门田现在是什么情况?最重要的是,达也接下来想干什么?"

寿人说完看向纱弓,用目光催促她说话。但是,纱弓并不开口。

"纱弓小姐,你在道子的店里工作,对不对?那家店铺的二楼是她的住处。请问,你发现过什么吗?"圭辅提出了心里一直惦记的问题,"跟纱弓小姐第一次见面那天晚上,我去了道子的酒馆。离开时,我发现二楼关着灯,但是漏出了貌似电视的亮光。当时那里有人,对不对?"

纱弓还是没有反应。寿人继续劝说道:

"你也听到刚才的录音了吧?达也这个人很可怕,下一个牺牲者搞不好就是你。如果关于达也你知道些什么,请不要隐瞒,都告诉我们。"

"你说完了吗?"纱弓冷冷地问。

本来一直很冷静的寿人表情突然严肃起来。

"还没完。如果你不愿意,大可以不说。但是,请你答应我一件事。明天,达也就要得到保释了,你千万不能去见他。他一定会问你在他蹲拘留所时是否见过我们,也会想知道你看到了什么、知道些什么。如果你对他坦白,自己就会面临危险。这不是我夸张。只要达也说一句'那家伙真的很碍事',道子说不定什么事都能干得出来。他现在极有可能还持有足以致死的农药。我不能在美果同学的惨剧之后,让你也变成达也的牺牲品。在你找到新的住处前,不如先在奥山君住的地方暂时……"

"多管闲事。我跟道子妈咪处得挺不错。再说了,打死我都不会去那家伙住的地方。"

纱弓瞪着圭辅站起来,寿人再次告诫她:

"千万不要相信那两个人。不要背对着他们,也不要透露任何信息。"

纱弓转过头,轮番看了看寿人和圭辅,然后一言不发地走了出去。

"结果没劝成啊。"集会室的门刚关上,圭辅就说。

"没有那种事。"寿人似乎很满意这个结果,"你没看她的眼睛吗?纱弓的内心已经动摇了。"

寿人说得有点累,便坐下来盯着天花板,一口一口喝起了瓶装茶。喝了一会儿,他又低声喃喃道:

"你是律师,应该知道行旅死亡人吧?"

行旅死亡人,是指在街头发现的身份不明的死者。

"行旅死亡人怎么了?"

"刚才我说的那本小说的主人公,最后成了泰国街头的行旅死亡人。这就是他的流离之所。"

29

"我也一直想给小圭打电话呢,因为今后还有不少交道要打啊。"

达也保释两周后,圭辅终于联系上了他。之前,圭辅给道子打了两次电话,请她给自己回电,最后都没有回音。但是,不知达也怎么想的,现在突然主动打电话过来了。根据背景的噪声推断,地点应该是道子的酒馆。

或许达也过了几个月禁欲生活,正忙着纸醉金迷。

"我有事想跟你面谈。"圭辅开口道。

"我也是。"达也回答。

一想到两个人中间将不再有隔板,圭辅就感到胸闷气短。他不知道这是因为对达也的厌恶,还是对即将见面的紧张。

"最好不要一对一。"

"我也有同感。因为小圭不像外表那么老实,很容易爆发。明明打不过别人。"

圭辅任凭达也在电话那头大笑了一通,然后问他想在什么地方见面。

"这个嘛……不如我来指定吧,免得你做什么手脚。"

"知道了。你定好时间和地点就联系我。越快越好。"

"我知道你爱我,但也别太黏人啊。定好了就告诉你。"

他们定在北池袋一家餐馆碰面。

圭辅和寿人坐在约定的包厢里等待，距离约定时间已经过了五分钟，达也、道子和纱弓先后走了进来。

达也一看到圭辅他们，就露出了爽朗的笑容。

"欸，小圭，审判那阵儿得了你不少照顾啊。诸田，好久不见啊，腰杆子还那么软吗？"

"审判真是一场好戏。"

寿人也开朗地回了一句。

道子前所未有地拉长着脸，纱弓则一点表情都没有。圭辅有点好奇，纱弓有没有把上次听到的事情告诉达也？

"听说你们趁我不在找过纱弓啊，还对她说谎，说什么美果同学是我叫人糟蹋的。"

纱弓盯着圭辅，配合达也点了点头。她果然说出去了。不过，看这个情况，她似乎没把圭辅他们搞到录音带和毛发的事情告诉达也。这个聪明的举动让圭辅多少放心了一些，可能正如寿人所说，纱弓心里动摇了。

"听说这是纱弓朋友工作的地方。"达也得意地说。

包厢里有张七人大桌，他们五个人围坐在一起。圭辅左边是寿人，再过去是道子，然后是达也和纱弓，纱弓和圭辅之间则是空座位。中间隔着一定的距离，圭辅松了口气。

达也和道子很快掏出了香烟。

"好了，纱弓，叫他们上菜吧。"

纱弓拿起内线电话。没过多久，就有人推着小车送来了啤酒和小菜。身穿笔挺制服的中年女性动作娴熟地把酒菜摆上了桌。

啤酒刚倒上，达也就抓过杯子喝了一口。不过，这桌人的确没什么齐呼干杯的必要。

"太好喝了！还是外面好。哦，菜也可以。纱弓，这家店不错啊。"

"嗯。"纱弓没有感情地应了一声。

然而，达也只说了一句"好像很好吃"，压根儿没碰桌上那几盘小菜。

道子一直盯着他们，也没有伸手夹菜。五个人一动不动地坐了好久，圭辅觉得自己咽唾沫的声音都震耳欲聋。

"那我就不客气啦！"

寿人打破沉默，拿起筷子往自己碟子里拿了几样小菜。

"看起来的确很不错啊。"

寿人的话音刚落，圭辅就一把抓过他还没放下的碟子。

"喂，你干啥……"

圭辅没有理睬惊讶的寿人，拿起碟子一口气把小菜扒拉到了嘴里。牛肉、炸花生米、青菜、皮蛋在口中搅成了一团。

他看着面无表情的纱弓咀嚼了一会儿，然后缓缓咽下。无事发生。胃部有点沉重，但可能只是错觉。

达也哈哈大笑起来。

"没有下毒啦。好了，快吃吧。"说着，达也也拿起了筷子。

"要从哪里开始说呢？"

除了纱弓以外,所有人都吃了几口东西后,寿人放下筷子搓着手说。这是他来了兴致的小动作。

达也抬手打断了他:

"在此之前,先来壶黄酒。还有,这顿饭钱得你们出。"

"当然,我也是这么打算的。"寿人点了点头。

"你们没录音吧?"道子喝了一口啤酒,瞪向他们。

"当然没有。"寿人摊开双手,"要搜身吗?"

"好啊,好啊。"

达也"咔嗒"一声推开椅子站起来。下一个瞬间,他已经走到了寿人身后。

"起来。"达也用低沉而冷静的声音命令道。

他在寿人身上拍了几下,接着"哎呀"一声,把手伸进寿人麻布外套的口袋里。

"这是啥?"他拿出一个携带式录音机,扔到桌上,"真是一点都不能大意啊。"

"我没有录音,不信你看,电源都没开。只是出于工作性质,习惯随身带着它而已。"

达也不相信寿人说的只有这一个,又把寿人的随身物品以及主辅的身体和公文包都仔细搜了一遍。

"好像是没有。接下来,把手机关了,放在桌上。"

他们照办了。如果在这个节骨眼儿上吵起来,对话就无法开始。

"好了,继续吧。"达也拿起杯子,把剩下的啤酒一饮而尽。

"那我就先列举今晚的几个议题。"寿人充当起主持人,"首先,从秀秋先生失踪的事件说起吧。"

道子和达也都不理睬寿人的话,你一筷子、我一筷子地吃得起劲儿。寿人并不在意,径自继续道:

"两年前的夏天,群马县某处因大雨引起了山体滑坡。彼时,泥土中露出了一具白骨尸体,成了不小的新闻。然而由于身份不明,人们很快就遗忘了这个消息。从结论来说,那具尸体应该就是浅沼秀秋先生。"

"你想太多了。"达也边咀嚼边说。

"十三年前,你们杀害了秀秋先生,并把他埋在了那个地方。我还有证据。"

"证据?"道子终于开口了,紧蹙眉头盯着寿人。

达也叼着烟,往啤酒杯里"咕咚咕咚"地倒起了黄酒。

"这是第一件证据。"寿人出示了蓝色金属工具刀的照片,"这不是法庭审判,所以我就不介绍验证过程了。如果有必要,警方会替我做这件事。言归正传。十三前和现在,一个叫门田芳男的人都起到了很大的作用。那个人是道子女士的情人。"

寿人说出门田的名字时,道子明显很惊讶。

"你终于有反应了,道子女士。你认识门田芳男,对不对?"

"不认识。"道子并不看他,夹了一块咕噜肉扔进嘴里。

寿人耸耸肩,继续刚才的话。

他用平淡的语气道出了自己的推理:十三年前,秀秋与圭辅之间的对话;不久之后,秀秋失踪;还有门田、达也和道子三个人将尸体运到群马县掩埋的过程。

当他提到门田当时进行了录音,还藏起了录音带时,道子再次有了反应。

"你要是再编故事,我可就走了。"

道子黑着脸说完这句话,就学达也的样子往啤酒杯里灌满了黄酒。寿人抬手安抚道:

"请你耐心听我往下说。奥山律师,麻烦你。"

在寿人的示意下,圭辅拿起了刚才被达也扔在桌上的录音笔。

"我们带这个东西不是为了录音,而是为了播放。"

达也一脸平静,道子则很不高兴。寿人继续说道:

"道子女士应该知道,门田这个人有点奇怪的爱好,就是录下那种时候的声音。你知道我在说什么吧?"

没有人回应他。

"我猜测他时刻都把录音机放在挎包里随身携带。"道子眯起了眼睛,寿人继续说道,"门田这个人性格胆小、精细,除了那些让人脸红的重口味对话,他还会在重要的场合录音。有的旧资料已经放了十多年,音质多少有些损坏,有很多听不清的地方,不过内容大概可以听清楚。虽然肆无忌惮的男女欢爱之声很值得一听,但我们且放到下次再说。现在,请各位听听这个。道子女士,你听听这跟你手上的录音带是否一致。"

圭辅配合寿人的手势,按下了播放键。录音已经事先调整到了开头部分。

"我说,你怎么就真的下手了呢。不至于杀了吧……"

他们已经得到证词，证明这是门田的声音。

"现在说那个……有啥用。"这是道子的声音。

圭辅和寿人已经反复听了很多次，这段录音几乎没有背景声，一开始只有貌似风吹动树叶的声音，过了一会儿又多出了猫头鹰在远处鸣叫的声音，仅此而已。

"至少告诉我原因啊……应该的。我可是一分钱不收，在帮你埋尸体啊。"

"这家伙抬脚就踹过来……啊——"这是少年达也的声音，"他发现我跟道子做了。他自己明明……有什么资格？"

接着是一阵"呵呵呵"的声音，貌似达也在笑。

"傻瓜，说那些干什么？"道子的声音插了进来。

"那有什么。门叔，其实你早就知道了吧？"

"嗯，隐隐约约……发现了。因为道子那时偶尔会大声喊'达也'。嘿嘿，你们……对吧。还真会啊！"

达也哈哈大笑起来。

"可是话说回来，人家踹你一脚，你就要把他杀了吗？"门田无可奈何地说。

"他不仅踹，还打人，特别……那个王八蛋。而且一直这样。早就该干掉他了，浑蛋东西！"

"喂，你别对亲爹的尸体这样啊。怎么，是小达扣着手，阿道勒的脖子吗？这么一想象，有点地狱……的样子啊。"

"喂，你怎么问这问那的，不会要找警察……吧？"

"怎么可能？我都跟你们来到群马××村这个鬼地方，帮忙埋尸体了。"

"那就好。"

"不过话说回来，男人的裸尸还真够恶……的啊。"

"少废话，抽完烟就……"

寿人打了个手势，圭辅按下了停止键。

播放录音时，没有一个人动弹，连道子和达也都放下了筷子和酒杯，全神贯注地听着。

寿人打破了沉默：

"正如道子女士所说，门田故意诱导你们说出了细节，因为他一开始就打算把录音当作威胁的工具。当时，达也先生还是小学生，应该没想到那段对话会被录下来。除此以外，你们商量掩埋尸体的对话也被录了音。"

"那肯定是伪造的，当不了证据。"

道子可能吃得太多、太快，出了一脸的汗。她拿起湿毛巾擦了把脸。

"妈，这是怎么回事？"

达也略显嘲弄地说道。他看向道子的目光里似乎掺杂着轻蔑与憎恨。

"我拿到的已经给你看过了呀。没想到那个蠢材还知道多藏一份……"

"怎么搞的，连这种小事都做不好。"达也又点燃一根香烟，继而看向寿人，"你想表达什么，我一点都不明白啊，'软脚虾'老师。"

寿人挑起一边的眉毛。

"我刚才也说了，如果过后需要验明这些证据的法律效力，大可以交给警察来做。接下来讲讲丸冈运输公司一案的行凶者。啊，道子女士，如果你中途离席，我就把磁带的复制资料发给媒体。当然，也包括你们忘情的嘶吼。法庭上的闹剧尚未平息，到时候各大媒体肯定会迫不及待地传播那些录音。"

道子露出极度憎恨的表情，用恨不得把椅子坐断的气势回到原位。

寿人道出了门田熟知丸冈运输公司的情况，意图抢劫钱财，并对达也发出了邀请的推理。

"但是，他的目的并非一起抢劫，分赃钱财。

"门田偷走了达也标志性的夸张针织帽，又想办法搞到了羽绒服，意图假装成达也作案。他潜入丸冈运输公司，袭击本间保光，然后抢走了保险柜里的九十多万日元。

"门田刻意避开了监控摄像头，但是为了让邻居对其印象深刻，他又故意大声关上了门。接着，他看见住在对面房子里的女性拉开了窗帘。计划达成。其后，他又连夜把证据物品布置在了达也先生的住处。

"完成这些工作后，他在临行前打了个电话。内容应该是'达也，你给我顶罪。反正我命不久矣，最后用这笔钱出去玩一趟。在此之前，你要顶替我被逮捕，以免有人妨碍我。如果你不答应，我就把那些录音公开出去'。这就是门田制订的计划。

"达也先生自然很不情愿，然而他一时半会儿找不到录音带在什么地方,加上他恰好掌握了网络直播录像这个坚不可摧的不在场证据,所以决定暂时听从门田的话。

"然而,不知门田是否知道,杀害秀秋先生时,达也先生未成年,不需要承担刑事责任。尽管如此,达也先生为了保护道子女士,还是选择了牺牲自己。在这个时代,这可谓可歌可泣的母子之情啊。"

包厢里再次陷入沉默。接着,道子开口了:

"那你说,小达为什么又要在法庭上证明自己无罪?"

"因为门田回来了。门田没有勇气在旅途中自杀,最后钱花光了,他就厚着脸皮回到了日本。"寿人说到这里停下来,喝了一口啤酒,说了这么多,也难怪他会口渴,"结果,门田既没有病死,也没有自杀,而且回到了日本。但因为没有持续支付房租,无法回到原来的住处。左右为难之下,他联系了道子女士。真是个蠢男人,他心里应该很清楚道子女士的可怕之处。或许他已经自暴自弃了,也有可能因为病入膏肓,丧失了判断力。

"他被道子女士灌醉之后软禁了,说不定他本人没有发现自己被软禁。最后,门田终于说出了录音带藏在哪里。"

达也一言不发地吃菜、喝酒。道子好像还是很热,不停地用湿毛巾擦汗。纱弓——美果的妹妹始终面无表情。

"好了,接下来终于要说到一般人压根儿想不到的阴谋了。大家听好,其实我之前说的门田的计划,完完全全是达也先生的计划。

"道子女士,你还没想明白吗?达也先生从头到尾都把门田控制在股掌之中。"

主辅观察着道子的表情,她显然已经动摇了。

"达也先生被逮捕前,应该对道子女士说过这样的话:'门田要是死在那边就算了,但我猜他很快就会把钱花光,然后回国。到时候,他又会厚着脸皮上门要钱。如果真是这样,你就给他灌酒,问出他把证据藏在什么地方。接着只要处理掉就好。不过我要被捕,出庭接受审判,你得一个人做这些事。'而且,他还帮你搞到了需要用到的药品。或者说,他一直都留在手里,想着啥时候再杀只'老鼠'玩玩。"

道子看向达也。她的目光好像在说:他们怎么知道的?达也故作不知,劝纱弓吃菜。

"我第一次产生这个想法,是在得知达也先生被辞退时,当着其他员工的面对本间先生说出了疑似威胁的发言,还有在居酒屋看电视时,他笑着说出'小看我就是这个下场'这句话之后。因为达也先生绝不会当众流露本性,或是说出真心话。所以我觉得,这些举动有演戏的嫌疑。

"而且,请仔细想想。像门田这种已经自暴自弃的人,怎么会制订如此复杂的计划,把罪名推到他人头上呢?针织帽不是他偷走的,而是达也先生主动交给门田的。羽绒服也一样。在线直播也绝非偶然,而是刻意选择了事先定好的行凶时间。

"达也先生当然视门田为眼中钉,甚至可以说对他恨之入骨。虽然门田向达也提供了安保措施薄弱的保险柜这一信息,但门田应该也用过去的事情为把柄,向达也先生敲诈过金钱。于是,达也先生决定，干脆把他也干掉。说到眼中钉，还有另一个碍眼的人，那就是从达也先生小学起就强迫他与之发生性关系的继母。不难想象，那是一种又爱又恨的感情。于是，达也先生就制订了这个计划。他诱使门田发出威胁，然后制造自己为了道子女士出庭受审的局面。作为回报，道子女士会杀掉门田。接着，达也先生转而出卖了道子女士。如此一来，达也先生就能既不弄脏自己的手，又能除掉两个眼中钉了。"

"你瞎说什么呢？！"

道子把筷子摔在餐盘上，达也则在摆弄桌上的手机。

"如果只想杀人，应该有更简单的办法。不过，达也先生的人生乐趣就是瞒天过海，操纵并破坏他人的人生。说不定那是连他自己都无法压抑的冲动。这次的案子对他来说就是一场布局甚大的游戏。对了，他还顺便让奥山律师也吃了点苦头。这究竟是一石几鸟啊？"

按照寿人的推理，达也应该事先跟道子说好了万一禁止会面要如何联系。虽然事先策划好了行动，但是掌握行动的时机非常困难。于是，达也想到了利用圭辅。比如，一旦纱弓站出来成为证人，就意味着道子已经控制了门田。如果圭辅和达也的谈话内容出现了美果在风俗店铺工作的话题，则暗示门田已经交代了证据的下落。圭辅对此毫无察觉，一字不漏地全告诉了达也。正如达也所说，圭辅其实是个瞒不住事情的急性子，这次还被他利用了。

"你还故意向奥山律师提起过去毒死老鼠的话题，让他记住了

'百草枯'这个词，从而诱导他看穿了道子的行凶手段。这简直可谓细致入微。我之所以说这是一场游戏，原因就在这里。

"然而，你没有料到的是，门田在国外待的时间比你想象的更长。没想到他竟然离开了整整四个月。或许，门田一直在国外过着节约的生活，一心打算死在外面。就在达也先生开始感到不耐烦时，门田总算花完了所有钱。想必你在那一刻也是很无奈的吧？不，我认为你对这个风险也乐在其中。"

达也既不肯定也不否定，而是"嘿嘿"笑了几声。

"在达也先生为自己的不在场证据做出那番爆炸性发言，令世俗为之轰动的三天前，足立区和葛饰区交界处的荒川河岸发现了一具流浪男子的尸体。他并非在那里死去，而是顺着水从上游漂下来的。男子没有明显的外伤，身份也无法查明。换言之，他就是一名行旅死亡人。当然，这件事连新闻都没上。我认为，那就是门田芳男的尸体。

"请容我自夸几句。我为这件事几乎跑断了腿，就这么三言两语说出来真是有点可惜。要知道，虽然行政部门没有统计确切的数字，但光是东京都内，每年就有两百到三百个流浪者死亡。这些人的死亡没有新闻价值，也不会被警方判断为刑事案件。我啊，可是兢兢业业地一个一个检查了所有官方报道。

"每次发现疑似案例，我就会联系警察说'那可能是我认识的人'，然后拿到一份纯粹作为形式的特征记录。那具尸体被发现时腐烂程度不高，因此记录上留下了脸部特征。男子死亡时身上穿着形似流浪汉的衣物，口腔发现若干灼伤痕迹，疑似直接饮用了烈酒，体表未发现钝器伤和锐器伤。

"门田被道子女士软禁了两个星期，其间连澡都没让洗，然后就被杀掉了。杀害的手段应该是让他饮用了添加百草枯的酒。接着，道子女士给他换上了事先准备好的破烂衣物，估计就是从哪个流浪汉那里抢来的。最后，她又把门田的尸体搬到了河边。道子女士的住处离河边只有三百米，而且周围都是工业用地，晚上几乎没有人。只要敢冒一些风险，大可以找一台简易轮椅，轻轻松松把尸体搬过去了。就算被人看到了，也可以说是晚上带病人出门散步。毕竟那地方是河边，说散步显得很自然。"

"证据呢？你有证据吗？"道子一边擦汗，一边低吼。

"很遗憾，当时没有目击者，门田的尸体也已经被火化了，所以找不到证据。现在，这只是纯粹的推论。"

"我可什么都不知道。"达也好像吃撑了，正靠在椅背上揉搓肚子，接着，他点燃一根香烟，深深吸了一口，"老妈，你真的做了那种事吗？我都跟你说了，那个瓶子里装着毒药，不能掺在酒里喝。"达也吐出烟雾，无奈地说。

道子接不上话，圭辅便开了口：

"达也先生用老鼠做过实验，知道百草枯的毒性有多强。但是，你没有把最关键的信息告诉道子女士，而且是故意的。服用百草枯后，人不会安安静静地死去，而是会痛苦万分，上吐下泻，被慢慢折磨至死。如果在房间里下毒，情况应该会特别惨烈。"道子瞪了一眼纱弓，"这不是纱弓小姐说的，只是合理推测罢了。对了，如果现场变成那个样子，无论怎么打扫，都会被警方查出痕迹。达也先生恐怕已经算到了这一点。听说道子女士一直都不怎么擅长打扫，对吧？抛弃尸体后，是不是有人帮你打扫了房间？比如，纱弓小姐？"

"你们太小看人了。"道子站了起来。

"再听他们说一会儿吧。"所有人的目光都集中在了说话的人身上，这是纱弓走进包厢后，说出的第一句有意义的话，"道子妈咪说，那是客人喝醉吐成那样的。后来，几乎是我一个人把那个房间打扫干净的。难怪那里面那么臭。"

包厢里鸦雀无声。但是很快响起了达也的声音。

"怎么，连纱弓都是帮凶吗？你们趁我不在，都干了什么啊？"

"别装傻了。"纱弓打掉了达也搭在她手臂上的手，通红的眼睛死死地盯着达也，"我真是笨蛋，轻易相信了你说的话。姐姐和爸妈什么都不说，你说的话逻辑又能对上，所以我才没有怀疑。现在，我总算知道了，那是因为你是个骗人的天才。"

"你瞎说什么呢？"达也的目光一冷，"这帮人说的才是谎话。"

"母子俩竟然做那种事，你真恶心。"

"两者没有关系吧？"

"我参加同学会了。"

"什么？"达也仰脖喝了一口黄酒，"你说的话太跳脱了。"

"我参加初中同学会了，就在三天前。他们一直发通知过来，我又想打听一点事情，就去参加了。那次同学会请了五届的同学，你那个姓松田的前辈也来了。他认识我姐姐。当然，我没告诉他我是美果的妹妹，再加上名牌写的姓氏不一样，他也没发现。我邀请松田中途离开会场，换到酒馆里坐下。我稍微提了一句'喜欢听刺激的话题'，他就开始得意忘形，笑着对我说了姐姐被轮奸的事情。于是，我告诉他，我是美果的妹妹，还抄起啤酒瓶砸了他的脑袋。到现在还没有警察找上门来，想必松田没有报警。那个松田在挨揍之前说了一句话。他说，策划那件事的人是浅沼达也。他说，'那家伙真坏，只是把人钓出来，就要收我们钱。每次收……每次……'不行，我说不出来。我只想杀了你。"

接下来的一段时间，包厢里只能听见纱弓的啜泣声。

达也耸耸肩说道：

"喂，等等，你到底在说什么胡话呢？"

纱弓没有理睬达也，抬起湿润的眸子盯着道子。

"道子妈咪，刚才寿人哥说的话一定是真的。"

"笨蛋，少废话！"

阻止纱弓的并非达也，而是道子。

"道子妈咪，你听我说。小达被抓之前，曾经叫我'盯着道子'。他说你可能会带一个奇怪的大叔住到二楼。如果你叫我去买平时不买的东西，或是看店的时间比平时长，就证明已经带人来了。他还说，自己虽然被抓进去了，但是被冤枉的，很快就能出来。在此之前，他要我装作对你言听计从的样子，同时仔细观察。还说如果不这样，等到后面出了什么事情，连我也要被当成共犯。

"所以,他要我最好掌握道子妈咪把那个大叔带回家关起来的证据。我当时听不太懂,不过道子妈咪总说要骗什么人赚一笔钱,我就把那当成了特别复杂的诈骗计划。以为小达只是提醒我注意,别被卷进去了。"

"你记错了吧?我可没说过那种话。是不是圭辅他们给你吹了什么风,让你产生了幻觉?"

"我偷偷上二楼看了,还拍了照片。"

她转过手机屏幕,让所有人都能看到。只见门田瘫坐在一张户外用的折叠椅上,正在看电视。桌上和地板上散落着烧酒瓶子,门田则蓬头垢面,还没喝百草枯就已经一脸死相了。即使不去管他,他恐怕也命不久矣。

"还有,道子妈咪要我扔不可燃垃圾,我也没扔。"

这次,她又切换到了另一张照片,上面是几件摊开在地面上的衣服。达也的眼睛闪过一阵暗光。

"这些衣服我都带回家放着了。"道子的嗓子眼里发出"咕"的声音,纱弓继续说道,"我不知道你们是怎么看我的,但我可不是笨蛋。小达说痛恨奥山圭辅,'要毁了那家伙',我就姑且听你的话了。然而,我并没有完全相信小达。我还以为道子妈咪只是骗了那个大叔的钱,然后把他送走了。没想到竟然真的把他杀了。"

达也表情冷漠地又点了一根烟。

"不管怎么说,这都是我不在时发生的事情,跟我没关系。"

"道子妈咪,别再挣扎了,你就实话实说吧。我也会做证。"

"哎呀，真的不关我的事。"达也站了起来，"老妈，你怎么能杀人呢？十三年前也是，我不过开玩笑地说了一句'碍事'，你就把老爸勒死了。要是被警察发现，这得判死刑吧？欸，我说大律师，杀了两个人，就得判死刑，对吧？"

道子一脸呆滞地抬起手，拨开了被汗水黏在前额的头发。

"达也。"她伸出另一只手，抓住达也的手臂。

达也甩开了她的手。

"好恶心，别碰我。一切都是你干的，别把我拉下水。"

"求求你嘛，好不好？别装清纯了。"

纱弓的手机上突然传出了达也的声音。看来，这是她自己录下来的。

"我禁欲了好久，已经憋不住了。"

"才不要，你去找道子阿姨啊。"纱弓的声音。

"开什么玩笑？我一想到那个淫荡的老太婆就恶心。"

"我才不要跟那个人共侍一男。"

"你才是我的真爱，我多疼你一点，好吗？"

类似的对话反复说了两三次，接着又出现了一句："那家伙很快就消失了，真的。"

播放结束。圭辅已经不忍心看道子的脸了。

"不过，我还是没让你做。"纱弓说完便笑了。

"无聊，我走了。老妈，你也别那副表情，反正这帮人说的话都是唬人的。"

达也正要走，却被寿人拦住了。

"还是我们走吧。"达也瞪了他一眼,仿佛叫他别多嘴,寿人没有理睬,而是继续说道,"你们母子俩好好谈谈吧,毕竟给你们留下的时间不多了。我们这就去报警。今晚逮捕可能不太现实,不过明天一早可能就有人去调查了。"

达也面不改色地说:

"老妈,你听到没?我劝你趁现在多吃点好东西。"

"这很好笑吗?"

道子的声音有点沙哑。

"因为跟我没关系啊。"

"道子女士说得没错,达也先生笑得太早了。"已经有点醉态的达也瞪着充血的眼睛看向寿人,但寿人毫不在意,又继续说道,"以前一直顺利,不代表以后都会顺利。总有一天,你要为自己的行为付出代价。这次你恐怕不能全身而退了。

"还有道子女士,你现在再想搞大扫除消灭证据已经来不及了。我劝你啊,最好还是盯着达也先生,别让他一个人跑了。因为他一跑,所有罪名都会落到你头上。还有,如果你手头的百草枯没用完,那也小心点别去碰它。那东西真的很危险。好了,律师先生,我们去结账吧。"

圭辅站起来,看了一眼纱弓。他很想对她说"一起走吧",可是纱弓头也不抬地盯着餐桌,或许还在整理自己的心情。还是让她静静地待着更好。

圭辅和寿人正要走出去,背后传来了达也的声音。

"不好意思,结账前帮我再叫一瓶黄酒吧。"

圭辅回过头,看着笑眯眯的达也,抛出了十三年前和两个人重逢后都没能问出口,担心被他矢口否认的疑问:

"火灾那天晚上,是你故意把烟灰弹到靠垫上的吧?"

达也没有回答,而是高声大笑起来。

寿人拍拍圭辅的肩膀,两个人转身背向了那阵笑声。

八音盒版的《今夜无人入睡》旋律响起。

那是定的六点半的手机闹钟。

圭辅摸索着关了延迟闹铃,可是麻木的大脑深处还是清楚自己必须马上起来。

他跟寿人在餐馆与达也一行对质过后,又在警署待到了凌晨两点。

事情还没结束,而是被延后到了翌日早晨——警方吩咐他们八点过去。

圭辅的肚子不太饿,但还有时间稍微吃点东西。

他想查看确切的时间,便低头看向手机,发现屏幕上有一则新闻推送——《池袋某餐馆有人中毒病危》。

看到标题,他猛地清醒了。他一边暗道不可能,一边翻到新闻节目的视频点击播放。常在电视上露面的播音员正在朗读稿件,背景处映出了他们昨晚去的那家餐馆所在的大楼。

"昨夜七时三十分左右,丰岛区北池袋一餐馆拨通急救电话,称店中一名男性顾客突然出现不适症状。急救队员迅速赶往现场,将该男子送至医院。男子为居住在板桥区的安藤达也先生。根据警方及消防队的调查，安藤先生当晚与母亲及朋友到店中用餐，疑似饮用了混入毒药的黄酒。目前，安藤先生正在急救室进行抢救。由于呕吐及腹泻症状严重，病情十分危急。安藤先生曾被认为是今年二月一起强盗致死案的嫌疑人，并遭到逮捕和起诉。但在上月东京地方法院的公审中提交了惊人的证据，一度受到世人瞩目。目前，安藤先生正在取保候审状态。警方认为案发时与安藤先生在一起的安藤先生的母亲可能了解情况，已请她到警署接受讯问。当时，同席的女性朋友也提供了证词，警方……"

圭辅给寿人打了电话。

"哦，看了、看了。"对面的声音有点沙哑，显然刚刚睡醒。

"你早有预料吗？"

"怎么可能？我又不是神仙。"对面好像隐约传来了笑声，是他想多了吗？"我不是神仙，达也同样没有不死之身。"

30

寿人提出，他们找个时间去以前住过的地方看看。

圭辅觉得寿人搞这个提议有点矫情，但还是答应了。因为圭辅也认为，那个地方是一切的原点。

他借了寿人的头盔，跨坐在摩托车后座。

他们首先去了那片老旧小区的所在地。

寿人找了个地方停车，两个人在盛夏的户外挥汗如雨地走着，不时地喝一口瓶装水补充水分。

这里已经完成了二次开发,变成了楼下配备药店和咖啡店的公寓楼。想来,这里再也不会传出怪人出没的故事了。接着,他们又去看了初中的校园和牛岛旧宅。然后,摩托车开向了圭辅家存在过的地方。现在,那个作为善意的第三方买下土地的家庭依旧住在他们盖起的房子里。

最后,他们决定走一走那座人行过街天桥。

上初一那年,他们和美果每次一起回家,都会在这座天桥上逗留一会儿,谈论电影和侦探小说。就算没有人开口,他们两个人也会自然而然地走到这里。

圭辅之所以深爱这个地方,是因为能够在这里得到短暂的安宁。如果正常行走,他很快就会回到浅沼家。所以,那时三个人会站在天桥上,呆呆地看着下方的车流,你一言、我一语地交谈。那些时刻,成了圭辅心中最快乐的时光。当然,每次到了必须去买菜的时间,圭辅都不得不先行离开。

来到天桥中间,寿人倚在栏杆上。

"听说,达也的案子要开始调查了。"

达也经历了可谓人类最大痛苦的急性百草枯中毒,在生死之间彷徨了好几天。医护人员几乎把他的消化器官完全清洗了一遍,并持续大量输液和大量利尿,才总算把他从鬼门关拉了回来。但是听说他的肝脏、肾脏及其他器官都留下了后遗症。现在过了一个多月,达也还是卧床不起。

达也当时喝醉了,可能没想到道子会干那种事。可以说,他的一时大意坑害了自己。

"警方等不及他出院，直接在病房进行了讯问。道子承认自己杀了门田，也承认自己受到了达也的教唆。最关键的是，她还没把那瓶农药扔掉。"

"难道还打算用吗？"圭辅无奈地说。

"她有可能还想用那东西解决几个碍眼的人吧。比如，过去得到她精心照料，最后却恩将仇报的某个律师。"

"喂，别吓我啊。"

"这也不完全是开玩笑。"

除了秀秋和门田，道子还有可能杀过别人。警方认为，道子可能跟店里某个客人有过肉体关系，还逼迫对方借债为她花钱。最后，对方上门讨要债务，却被她杀死并掩埋了。一旦这件事情查明，道子就难逃死刑了。届时，她肯定会彻底放弃挣扎，坦白一切罪状。现在的关键是，能否给达也定罪。

从目前的情况来看，直接证据几乎等于零。但是，有了道子和纱弓的证词，或许可以给他定罪。特别是纱弓，她的证词将会起到重要作用。但有一个问题，就是纱弓这个人的人格评价。一旦被发现她在上次的庭审中做过虚假证词，她就很难再得到信任。因此，圭辅打算出庭做证，提出"纱弓被洗脑"的证词。现在顾不上律师协会的处分和评价了，必须优先给达也定罪。只要圭辅给出这个证词，陪审团对纱弓的印象应该会好很多。

至于纱弓本身，可能连遗弃尸体的事后从犯都算不上。

除此之外，圭辅也联系了曾经被达也迫害过的人，或者其亲朋好友，当然也包括纱弓和美果的父母。

"我要把收集到的资料全部提交上去。一个人往往很难鼓起勇气对抗邪恶，但只要有了同伴，就能得到勇气和力量。应该会有好几个人站出来证实达也的行为，这回绝对要给他定罪。我不能再放任他为害人间了。没想到我们到头来竟成了检方的'打工者'。"他与寿人笑着说，"连道子那种心狠手辣的女人，最后也因为纱弓的录音改变了心意。看来，女人真的是为爱而生啊。"

"哦？大律师终于开始学习揣摩女人心啦？"

"你爱怎么说就怎么说。"

寿人放声大笑。

对于达也公审一事，律师协会终于给了圭辅处分决定——仅仅是警告而已。然而，他们越过警方从事了调查活动，又存在一些违法行为，目前协会正在针对此事讨论另外的处分。这回恐怕真的要被责令停业一段时间了。

圭辅想趁处分下来之前辞去事务所的工作，但是被白石所长制止了。

"你这种一根筋的律师，现在可是难得一见的宝贝。"白石所长第一次去掉头衔，用"你"来称呼圭辅，"而且，你现在已经是大家的宠儿了。就算被责令停业，等你可以了也请继续留在这里。"

真琴站在所长旁边，对他露出了微笑。圭辅深深地鞠了一躬，再次请他们多多指教。

"你得趁这段时间学会怎么喝酒和怎么哄女人哦。"真琴笑着说。

"我们在这里聊了好多书和电影的话题吧。"

寿人靠在栏杆上,抬手理了理被风吹乱的头发。周围的蝉鸣很刺耳,头上有一片榉树的枝叶,给他们带来了一点清凉。

"对了,前不久 BS 播放《情妇》,我又重温了一遍。你就是上初中时很喜欢里面的胖律师,后来才进入法律界的,不是吗?"

其实不仅是因为这个,但圭辅还是点了点头。

"那时候真快乐啊。"

"是啊,真快乐。"

正因为那段日子极其悲惨,短暂的快乐才像宝石一般闪闪发光。

圭辅看着走在路上的小女孩和她的母亲,这样说道:

"这次跟达也重逢,得知他的过去后,我一直在思考一件事。这个怪物究竟是怎么出现的?还有,这场悲剧究竟有什么意义?"

寿人挑起一边的眉毛。

"那种哲学问题我搞不懂,但我可以肯定一件事。怪物并非达也一人,而是随处可见。我平时帮萱沼先生做事,见过太多这种事了。但是,你选择了律师这个职业。今后,你还不得不为那些杀人不眨眼,或是对幼女施暴、跟恶魔没有两样的人辩护。不仅如此,你还注定要因此而被受害者和他们的家属冷眼相看。你有这个觉悟吗?我一直有这个疑问,所以才会反复提起。你——"

圭辅抢了他的话:"不适合当律师。"

寿人耸耸肩，朝他笑了笑。

面对说话毫不客气的寿人，圭辅有个问题想问他。

关于引起火灾的香烟。

现在，他觉得那应该是达也干的，只是没有证据。这或许只是他一厢情愿的妄想，为了让自己不再背负罪恶感。

如果换成寿人，他会如何面对这样的过去？

不，他心里很清楚，就算问了也没有意义。因为每个人活在世上，心中都有一个始终在燃烧的废墟。

于是，他问了另一个问题：

"你对我说谎了，是不是？"

寿人意外地看着圭辅。

"你说啥呢？"

"你说萱沼先生先对这件事产生了兴趣，那是骗人的吧？"

"为什么这么说？"

"你花了这么大精力到处打探，结果一个字都没写出来。都说打铁要趁热，揭发罪行的文章更是如此，对吧？即使在探明全貌之前，发一两篇炒作的文章也不奇怪吧？"寿人没有回答，而是喝了一口水，笑着看向桥下的车流，圭辅接着说道，"你可能直接或间接地利用了萱沼先生，其实活动的主体一直是你自己。你说已经针对那家伙调查了很久，就在准备伺机而动时，出了达也被逮捕的事情。而且，他还点名要求我来辩护。你想借那个谎言跟我并肩作战。"

"你说对了，对不起。"寿人大大方方地道歉。

"不，应该是我感谢你。谢谢。"

一群貌似在玩追逐游戏的小学生飞快地跑了过去。

"对了，纱弓已经找到下一份工作了，还找好了住处。"

正如寿人所料，纱弓与优人并非情侣关系。去年秋天，优人工作的汽车零件工厂倒闭了，他不得不搬出宿舍。达也正好与优人相识，想利用这一情况趁机将纱弓据为己有，于是主动拉拢了优人。接着，他把优人介绍给纱弓，说"不会让他碰你一根头发，你把他当成看门狗就好"，让两个人开始同居。

为了卖人情，为了把人控制在自己目光所及的范围，也为了让优人帮自己监视纱弓，达也这么做的理由恐怕不止一个。

尽管如此，纱弓还是不断地拒绝了达也的要求。可见她是个十分强韧的女性，或许能跟真琴一较高下。

寿人仿佛看透了圭辅的想法，调侃道：

"你笑得挺开心啊，跟那位大美人律师还算顺利？"

"我们又不是什么特殊关系。她就是值得尊敬的前辈。"

圭辅感觉，真琴向他表示的好意更倾向于同情。而且，她自己可能还没发现，正因为她太完美了，才会如此关心浑身都是缺点的圭辅。

"反正你加油吧，别被她拿捏得太死了。"

"都跟你说了不是那样的。"

寿人的感觉还是那么敏锐。圭辅没有告诉他，真琴前不久邀请他一起去旅行了。

她只说"在温泉旅馆舒舒服服地住一晚上"，没有透露其他任何信息。当然，真琴应该会订两间房，但他不好意思特意去问。对了，今天应该能收到真琴发来的订房信息。

"走吧。"

回忆之旅已经结束。接下来，圭辅会变得十分忙碌——为了让达也付出最大的代价。

人行过街天桥的台阶刚走完一半，他胸口口袋的手机就振动了起来。

正是刚才提到的真琴打来的电话。

"资料又不齐全了吗？客人投诉了吗？还是——"

"不。"圭辅轻轻摇了摇头。

就是因为这样，寿人才会笑话他"不适合当律师"。

是时候改掉这个总把事情往坏处想的习惯了。

他示意寿人稍等一下，把手机举到了耳边……

解说

香山二三郎

说到伊冈瞬，最先想到的就是他获得第二十五届横沟正史推理大奖（同时获得东京电视台奖）的出道作品《总有一天，去往彩虹的那一边》。故事的主人公是一名前刑警，他在自己家里收留了一对可疑的男女。一天，新的寄宿者出现，最后竟成了杀人案的嫌疑人。失去了事业和家庭的中年男人乍一看有一种败犬英雄的气质，给人以硬汉的印象，但事实上，这是一个把无血缘家庭设定写活了的温情故事，令读者感动不已。

其后，伊冈瞬作品的题材各异，但卖点基本都在于以弱者重生为轴的戏剧性讲述。如今，他已经出道十年，又向世间推出了可谓"蝶变"的作品。那就是本书《代偿》。

这部作品为作者第四部长篇小说，二〇一四年三月由角川发行单行本。这部作品与之前略显不同之处，首先在于恶人的塑造。

故事开始于一九九九年的夏天。诺查丹玛斯预言的世界末日没有降临，但是居住在东京世田谷的小学五年级学生奥山圭辅的生活，却开始不声不响地走向崩溃。在与他家相隔一条私营电车线路的另一个小区里，住着母亲的远房亲戚浅沼一家。与奥山家一样，那也是个爸爸妈妈和一个儿子的家庭，且那个孩子与圭辅年龄相仿。不知从何时起，那个家庭的母亲道子就会带着儿子达也到圭辅家来，向圭辅的母亲要钱。相比性格内向的圭辅，达也外向、敏捷，散发着野性气息。他虽然表面殷勤、有礼，实际却低俗、冷酷，跟圭辅完全合不来。因为一次露营活动，达也开始经常到奥山家玩。与此同时，奥山家中的金钱及物品开始频繁丢失。于是，一家人将他拒之门外。然而到了年底，浅沼夫妇因为工作要离开东京，想让达也寄宿在奥山家。如此一来，就发生了十二月二十八日的惨剧。

由于香烟处理不当，一场大火让圭辅失去了父母和家。浅沼道子成了他的监护人，可是圭辅的生活堪比奴隶的生活。由于一日三餐、穿衣洗澡都只能得到最低限度的批准，圭辅成了脏兮兮的阴沉少年，在学校渐渐遭到孤立。

本书由上、下两部组成，第一部描写了圭辅惨淡的少年生活。与之相呼应的，则是浅沼道子与达也的跋扈。想必读者都能察觉到奥山家的火灾及其后的家庭财产处理，背后都有这对母子在搞鬼。

说到侵占家庭，可能会有人联想到二〇〇二年北海道市发生的连续监禁杀人案，以及二〇一二年兵库县尼崎市发生的连续杀人抛尸案。操纵人心，甚至以此夺人性命，此举堪比邪教害人。是的，本以为这种手段是集体狂热催动的有组织行为，但是在近几年，以个人为中心的洗脑型犯罪层出不穷。读完让人毛骨悚然的推理作品，俗称"嫌推理"中人气较高的犯罪推理场面也越来越多地运用了这些题材。本书便是典型之一。这也是本书的第一大看点。

顺带一提，作者本人这样讲述了写作动机："首先，我回顾了自己以前的作品。因为是推理小说，里面会有凶手和坏人登场，但多数都是出于某种原因，或是过于软弱，才走上了犯罪的道路。于是，我想写一种完全不顾别人的感受，根本不会反省的、彻头彻尾的邪恶，后来就有了《代偿》。"（集英社文艺单行本官网 RENZABURO 访谈第 25 回）

第二个看点，就在于上文提到的上、下两部结构的精妙之处。曾经，地球逃过了末日劫难，圭辅的世界却走向崩溃。所幸，他在通过阅读结交的挚友诸田寿人及其亲戚牛岛肇、美佐绪夫妻的帮助下，赶在初中毕业前离开了浅沼家，并在牛岛家的支持下一路升学，最后成了一名律师。第二部的开篇就是圭辅加入实力派律师白石慎次郎创办的法律事务所，成为其中的一员。某天，一名强盗致死案的嫌疑人突然点名让圭辅为自己辩护。那人就是父母已经离异，从浅沼改姓安藤的达也。

圭辅本以为自己已跟达也一家断了关系，此时却被拖回了过去的记忆中。然而，第二部摇身一变成了法庭之战：圭辅和达也的斗争。转而变成了法律推理故事。因为第一部的惨剧而痛心不已的读者，来到此处又能带着解开杀人案之谜团的新动机继续畅读下去。当然，将第二部写成法庭之战，也是为了传达不能让坏人一直逍遥法外的因果报应的观点。

对此，作者表示："每次看凶案电影，我都有一种被警察抓住就算完未免太不过瘾的感觉。哪怕过程令人愤愤不平，我也想要一个爽快的结局。《代偿》最让我发愁的地方,是在结局处应该让达也付出什么样的代价。他是个十恶不赦的人物,我认为最后必须预示一个远远超过'被警方逮捕'的结局。所幸,这次写出来的东西让我感到很满意。"(RENZABURO访谈,同上)

上文一口气讲到了结局,现在再来讲讲第三个看点。那就是法律推理之妙。圭辅竟不得不接受达也的辩护委托,实属讽刺。那么,案子是怎样的呢?四个月前的一天晚上,板桥区某运输公司遭到打劫,一名员工被袭击致死。凶手抢走了这名员工存放在公司的九十三万四千日元。现场没有任何遗留物品,但是从犯罪手法推断,凶手很熟悉公司的内部情况。不久之后,警方盯上了一个月前因为工作态度恶劣遭到解雇的达也。其后,调查人员在达也居住的出租屋的抽屉里发现了一沓万元钞票,并在上面检出了被害者的指纹,继而在出租屋附近发现了沾有被害者血迹的特殊警棍。综合其他几重理由,警方逮捕了达也。达也虽然承认了罪行,但是该案没有直接证据,也没有决定性的自白。圭辅一度拒绝为达也辩护,但不久之后,他收到了达也亲笔写的委托书,文中暗示达也掌握了当年发生火灾那晚圭辅的秘密。实在没办法,圭辅只好前往看守所会见达也,并接受了他的辩护委托。

由于是杀人案,法庭采用了陪审员审判制度。圭辅的老大白石慎次郎将其评价为"这玩意儿无论好坏都会变得像电视剧一样"。陪审团制度是指,在某些特殊的刑事审判中,由法官和普通市民组成的陪审团共同审理的制度。该制度于二〇〇九年五月开始实施,同年八月第一次在公审中采用。这种制度"就是让一群毫无司法知识的外行前来参加连续几日的公审，并要求他们做出判决。而且，这种审判形式还刻意适用于包含死刑在内的、量刑较重的犯罪审判。换个角度想，这种制度可谓粗暴。"因此，在公审开始前，必须进行公审前的整理会议。"法官、监察官和辩护律师都会出席这个会议，有时被告也会同席，大家都亮出底牌。"

这部作品就是以这个全新的系统为依托，描写了后半段的故事。即将进行公审前整理会议的某一天，一名女子出现在圭辅面前，声称自己在案发当晚与达也待在一起。对于这个场景，作者本人表明："我写着写着，就感觉好像看过这个情节……原来是《情妇》这部电影中的情节。"

比利·怀尔德导演的《情妇》改编自阿加莎·克里斯蒂的杰作《检方证人》，在本书的第一部，圭辅与挚友诸田寿人相识的场景中也提及过。万万没想到，这部电影还被运用在了第二部的情节中。这个情节的掌控能够深深抓住"推理迷"的心，并且预示了富有克里斯蒂特色，却与克里斯蒂有不尽相同的转折。作者谦虚地说："我极喜欢看书，也喜欢看电影，经常把电影的情节融进小说创作里。写完之后我发现，达也的角色塑造可能与《发条橙》（1971，英国）那种赤裸裸的暴力表达有着相似之处。我一直很注意不直接照搬别人的创造，但是以前读过和看过的作品，还是给我自己的创作带来了很大影响。"（RENZABURO访谈，同上）

本书的陪审员审判特征、极具画面感的描写，以及经典的推理故事情节，都巧妙地形成了彼此烘托的效果。

顺带一提，本书还被推选为二〇一四年第五届山田风太郎奖候选作品。虽然没能获奖，但是在这一年，作者另外两部作品《如果我们是天使》（幻冬舍）和《乙雾村的七人》（霜叶社）也先后出版。出道近九年，包括《代偿》在内，作者的作品总数只有六部，数量绝不算多。但是，二〇一五年他又出版了《孤独的他》（文艺春秋），二〇一六年四月，更有数个作品正在杂志连载。其作品风格多样，版权较为分散，足可认为作者在二〇一四年实现了一个大的突破。

伊冈瞬正值巅峰！"推理迷"不可错过！